MÉMOIRES DU LARGE

ÉRIC TABARLY

Mémoires du large

ÉDITIONS DE FALLOIS

CRÉDIT PHOTOS :

Apis/Sygma : 2c. - *J. Guichard/Sygma* : 1, 2a, 8, 14, 15. -
J.-P. Laffont/Sygma : 13a. - *A. Nogues/Sygma* : 7. -
A. Nogues et P. Robert/Sygma : 16. - *Sygma* : 2b, 3. -
Tabarly : 4, 5a, 5b, 10a, 12b. - *D.R.* : 5c, 6, 9, 10b, 10c
11, 12a, 13b, 13c.

© Éditions de Fallois, 1997.
ISBN : 978-2-253-14448-9 - 1re publication - LGF

1

MON VIEUX GENTLEMAN

Quand je le regarde, avec son habit noir et son plastron de voiles, il évoque pour moi un vieux et digne gentleman. Entre lui, dont la silhouette désuète fête ses cent ans, et moi, le retraité de la Marine, s'est nouée une affection qui a marqué nos existences. Sans moi, il ne serait plus qu'une épave. Sans lui, ma vie eût été sans doute différente.

Il s'appelle *Pen Duick* — « Mésange à tête noire » en breton. Il ne porte pas de numéro comme ses successeurs. À la rigueur, je pourrais le baptiser « Pen Duick Premier·». Comme on dit « premier amour ». Parce que l'histoire de ce cotre centenaire est une histoire sentimentale.

Quitte à décevoir les âmes tendres, mon attachement à cette coque noire n'est pas lié au fait qu'elle appartint à mon père. Croire que je me suis entiché de ce voilier, endetté pour lui, tourmenté pour le sauver par amour filial serait faux. J'ai sauvé *Pen Duick* qui pourrissait dans une vasière parce que j'ai toujours été sensible à sa beauté. Le temps ne lui a rien ôté de sa noblesse. L'Homme a besoin de passion pour exister, certains se battent pour maintenir Venise à flot, d'autres passent leur vie à restaurer un vieux château en ruines. *Pen Duick* est un chef-d'œuvre de l'architecture navale de jadis. Il ne fallait pas qu'il meure. De tout temps, j'ai voulu qu'il survive et qu'il navigue.

C'est donc l'histoire d'amour entre moi et mon bateau, avec les émotions nées de ce long compagnonnage, que je vais raconter. Cela surprendra sans doute ceux qui m'ont affublé de la réputation inexacte d'ours, de taciturne, de catastrophe médiatique. C'est mal me connaître. Sans être un bavard, je ne suis pas un silencieux. Au contraire. J'aime bien parler et lorsque le sujet m'intéresse il m'arrive d'être intarissable. Mais si la conversation s'enlise dans des sujets qui m'indiffèrent, alors je m'absente mentalement, je me tais, et parfois même je m'endors. Malgré mes efforts pour ne pas paraître impoli, ma tête s'incline et mes paupières se ferment. Cela m'est arrivé. Je me souviens en particulier de m'être endormi lors d'une réception — à l'Hôtel de Ville, à Marseille, après une régate. Le maire d'alors, Gaston Defferre, prononçait un discours sans fin. Son speech interminable et son élocution particulière eurent raison de ma résistance. J'étais au premier rang. Juste devant lui. J'ai coulé dans un paisible sommeil. C'est mon ami Gérard Petipas qui m'en a extrait avec un coup de coude dans les côtes.

Ce caractère peu loquace, je le tiens de ma mère, une femme volontaire et discrète, qui détestait parler pour ne rien dire.

Pour en terminer avec mes « silences », j'avoue qu'il m'est difficile de répondre à des questions banales sinon idiotes. L'exemple typique est quand, au retour d'une course, on me demande : « Alors, content d'être premier ? » Que dire d'autre que : « Oui » ? Je ne connais pas de vainqueur que la victoire ait mis d'humeur chagrine. Lorsqu'on me demande, aussi, à propos de *Pen Duick*, si je suis heureux qu'il navigue toujours à son âge, je suis incapable de faire l'effort de répondre. Il est évident que sentir ce pont en bois sous mes pieds me rend heureux et que d'écouter ses bruits familiers, sa manière à lui de me parler, me procure du plaisir. Sinon, depuis près de quarante ans, me serais-je endetté et aurais-je tiré le diable par la queue pour que *Pen Duick* glisse encore sur la mer ? Je n'ai rien oublié de ce que nous avons vécu ensemble.

Je me revois. Je vais avoir sept ans et nous sommes aux environs de Pâques de l'année 1938. Les souvenirs d'enfance ont ceci de curieux qu'ils sont souvent vagues, imprécis mais parfois aussi d'une netteté troublante. En voiture, mon père, Guy Tabarly, nous a emmenés, ma mère, ma sœur Annick — ma cadette de dix-huit mois — et moi à Basse-Indre, un coin de la Loire, en aval de Nantes. De ce trajet à partir de Préfailles, où nous passions nos vacances de Pâques, à ce coin de fleuve, ma mémoire a tout oublié. En revanche, l'apparition soudaine du voilier, avec sa coque émergeant parmi les roseaux où son propriétaire l'avait hiverné, m'est restée gravée en mémoire. Avec ma logique enfantine, j'avais pensé : « Ce n'est pas la place d'un bateau ! »

Précédés par mon père, nous sommes montés à bord. Ce pont de 15 mètres de long m'impressionne et m'émerveille par son immensité. Je voudrais le parcourir mais ma mère me tient fermement par la main car je suis un gamin turbulent. Mes sottises sont imprévisibles. J'ai des inspirations subites. Ainsi, un après-midi, après le déjeuner, ma mère nous cherche, ma sœur et moi. Elle va d'une pièce à l'autre, inquiète de ne pas nous entendre jouer ou nous chamailler. Finalement, elle sort dans le jardin, où il a beaucoup neigé. À peine a-t-elle mis le nez dehors que l'échelle en bois, appuyée contre la façade de notre maison, attire son attention. Elle lève la tête et reste comme clouée sur place, n'osant même pas crier de crainte de provoquer une catastrophe. Muette et terrifiée, elle nous regarde, Annick blottie contre moi, les pieds calés dans la gouttière, adossés aux ardoises du toit, béats. J'ai quatre ans et ma sœur deux ans et demi à peine. C'est moi qui ai traîné l'échelle, moi encore qui ai hissé Annick là-haut. Mon intention est louable. La neige du jardin ayant été souillée par les pas, je veux montrer à ma petite sœur une étendue blanche, immaculée. Ma mère désapprouve mon initiative. Mon retour sur terre me vaut une correction. Une parmi tant d'autres.

Sur le pont du bateau, ma mère me tient donc solidement, tout en suivant mon père dans son inspection. *Pen Duick* est déjà un vieux bateau. Conçu en 1898 à Fairlie par un talentueux architecte naval, l'Écossais William Fife Jr. III, initialement baptisé *Yum*, il a la quarantaine bien tassée. Et un besoin urgent de travaux, notamment le pont, qui craque de partout. Des frais élevés que les frères Lebec, des Nantais, ne veulent pas engager. D'où leur décision de le vendre.

Ma mère me raconta par la suite que mon père, malgré le piteux état du voilier, était résolu d'avance à l'acquérir, séduit par la beauté de ses lignes. Ce qu'il fit. Mon père en devint le douzième propriétaire. *Pen Duick* avait déjà beaucoup vécu, sous des noms divers au gré de ses maîtres : *Yum, Magda, Griselidis, Cora V, Astarté, Panurge, Butterfly*. Après avoir régaté en Grande-Bretagne, avoir connu divers ports d'attache — Le Havre, Brest, Douarnenez, La Trinité-sur-Mer — il semblait devoir finir sa carrière dans les roseaux.

Peu de temps après l'achat, avec son matelot, mon père amène le bateau à Bénodet qui devient sa nouvelle base. Mes parents, qui avaient vécu à Quimper avant ma naissance, aimaient beaucoup cette région.

C'est une période presque faste pour ma famille. Mon père est représentant de commerce en textiles. Il a dans sa tournée tout l'ouest de la France : la Bretagne, la Normandie, la Vendée. Il part visiter ses clients avec sa voiture le lundi et ne rentre à la maison que le vendredi ou le samedi. Ma mère gouverne donc la maison. Aussi chaque week-end, quand la météo le permet, et pendant les vacances, du 1er juillet au 31 août, nous naviguons. Nos croisières se déroulent au début sur un petit cotre de 9 mètres, *Annie*, basé à Préfailles où mes grands-parents paternels possèdent une maison de vacances. C'est sur ce bateau que je commence à me déplacer à quatre pattes.

Je me rappelle que nos balades se déroulaient principalement le long de la côte bretonne. Du cabotage, qui nous emmène à Concarneau, à La Trinité, à Belle-Île, à l'île d'Yeu. Papa est vraiment un bon marin qui ne s'affole jamais. C'est en les regardant, lui et son matelot, barrer, scruter le ciel et les nuages, jouer des courants, manœuvrer, changer et établir la voilure que j'ai appris à naviguer. Il y a un marin professionnel parce que *Pen Duick*, avec son gréement ancien et lourd, ne peut être manié par un seul homme, si costaud soit-il. De plus, non seulement ce matelot s'occupe de la popote du bord et du ménage, mais il a, en outre, parmi ses attributions, celle de nounou. C'est lui qui nous garde, Annick et moi, quand nos parents descendent à terre pour aller dîner et retrouver des amis.

De tout temps, j'ai aimé naviguer. Surtout sur *Pen Duick* car, aussi loin que remontent mes souvenirs d'enfance, je l'ai toujours considéré comme un bateau plus beau que les autres. Le plaisir que j'ai éprouvé la première fois que mon père m'a autorisé à le barrer ne s'est jamais démenti et demeure un bonheur constant. On n'explique pas une passion.

J'ai aimé les bateaux depuis que je portais des culottes courtes. Mes lectures préférées étaient les revues de yachting ou les récits maritimes. Mes jouets préférés étaient des bateaux. À l'exception de quelques soldats de plomb, ce n'était pas la peine de m'offrir autre chose. Dans ma chambre de la maison de Blois, où nous habitions, je pouvais rester des heures à m'amuser avec mes bateaux. C'étaient des jouets de bazar, bon marché, pas vraiment bien construits. Alors, compulsant mes revues, je refaisais les gréements et je retaillais des voiles miniatures.

Je n'aimais pas l'école. Ça ne m'intéressait pas.

J'étudiais malgré moi parce que mes parents m'y
contraignaient. Mais j'étouffais en classe. Une
impression physiquement pénible d'être comme
dans une prison. Mon père et ma mère, surtout,
rêvaient pour moi de l'École Navale, d'une brillante
carrière dans la Royale. Je les consternais. Mon rêve
à moi, à cinq ans, était de devenir amiral. Une pro-
fession au grand air. J'ai vite renoncé à devenir amiral — dès que j'ai compris les embûches scolaires qui
se dresseraient sur cette route. J'aimais par-dessus
tout naviguer, mais plus tard, pendant la guerre,
quand j'aidais mon père à abattre des arbres ou
fendre des bûches, cela a suscité une nouvelle vocation : être bûcheron. C'étaient des activités musculaires et intenses qui s'exerçaient dans la nature : à
cette époque l'horrible tronçonneuse n'existait pas et
je m'imaginais seul dans la grande forêt, la cognée à
la main. Et pour une telle carrière, les études
n'avaient pas besoin d'être brillantes.

Un peu plus d'une année s'était écoulée depuis que
mon père est le nouveau propriétaire de *Pen Duick*.
Comme tous les étés, nous sommes partis en croisière le 1er juillet, mais c'est l'été 1939. L'Europe sent
la poudre. Moi, j'ai huit ans et je ne m'en soucie
guère. Lors de notre escale à Port-Louis, mon père
quitte le bord pour aller acheter du pain. Sur la plage
avant, je regarde les mâts des voiliers pointés vers le
ciel et les cheminées des bâtiments de guerre, dans
le lointain, stationnés à Lorient. Le marin est en train
de préparer le repas, aidé par ma mère, quand papa
revient. Il paraît calme mais je devine, à la crispation
de ses mâchoires, que quelque chose ne va pas. Il
pose les miches de pain, puis, de sa voix sonore, il
annonce :
    — Je suis mobilisé. Le rappel de mon fascicule est
affiché à la boulangerie.
    — Que vas-tu faire ? demande ma mère.
    — On rentre dare-dare à la maison. Je dois
rejoindre mon régiment.

La croisière s'achève un peu prématurément. Nous partons dans l'heure. Notre matelot, aidé par un copain, ramène *Pen Duick* à son mouillage habituel de Bénodet et le désarme dans la vasière de Pen Foul, où il hiverne habituellement. Cette fois, il va y séjourner plusieurs hivers.

Mon père, mobilisé dans le train des équipages, s'est retrouvé en Lorraine. À Blois, ses lettres nous rassurent, et nous écoutons les informations du front à la TSF. Je me souviens des commentaires optimistes des adultes, pour qui l'armée française va « coller une raclée aux Boches ». Il y a le rationnement, la défense passive, les fenêtres calfeutrées pour que la lumière n'attire pas les avions de la Luftwaffe comme des papillons. La confiance dure pendant toute la « drôle de guerre ». Elle s'émiette dès l'offensive allemande. Le front défoncé, la débâcle met soldats et civils sur les routes de l'exode.

Maman croit naïvement aux propos pleins de fermeté de nos gouvernants, qui affirment : « Les Allemands ne franchiront pas la Loire. »

— On va se réfugier à Préfailles, nous annonce-t-elle. Là-bas, nous serons en lieu sûr, chez grand-père et grand-mère.

On s'est donc entassés dans la voiture paternelle, avec une cargaison de bagages et de colis. Maman ne sachant pas conduire, c'est un cousin qui nous y emmène. Le temps est magnifique. Mais les esprits sont chagrins. La déroute militaire et l'invasion du pays plongent mes grands-parents et ma mère dans une tristesse indicible. Il n'y a pas trois jours que nous sommes « en lieu sûr », que les premières colonnes allemandes entrent dans Préfailles. La Loire ne les a pas arrêtées longtemps !

« Où est Guy ? » Nous n'avons aucune nouvelle de mon père. Annick et moi, bien qu'enfants, nous sentons que des événements graves se sont abattus sur nous et sur le pays.

Peu après l'armistice, un matin, mon père débarque à la maison. Il porte des vêtements civils qui ne sont pas vraiment à sa taille et qu'il a trouvés Dieu

sait où. Dans la débandade générale, avec des bribes
de ce qui a été son régiment, il s'est retrouvé, à force
de reculer, dans le Lot où on l'a démobilisé. De
la Lorraine au Quercy, c'est un sacré repli en dia-
gonale !

Préfailles avait été pour la famille Tabarly un
paysage de vacances. La Loire-Inférieure, comme
on l'appelait naguère, nous offrait son bonheur
tranquille, ses plages de sable blanc, ses fruits de
mer, ses promenades à bicyclette et un inoubliable
sentiment de liberté. Il n'y a plus de liberté. L'occu-
pant occupe. Tout. Si la population se réconforte
avec le souvenir du cuirassé *Jean-Bart*, un imposant
bâtiment de guerre tout frais sorti du chantier
naval, qui, bien qu'inachevé, a réussi à descendre
la Loire en slalomant parmi les bancs de sable et
à échapper aux Allemands de justesse, une infinie
tristesse et l'humiliation de la captivité marquent
tous les visages. Les gens ressentent la présence
de l'ennemi comme une offense personnelle. Moi-
même, un enfant, j'ai honte.

— On ne va pas rester là, les bras croisés, à
subir ! grogne mon père.

Je saurai plus tard qu'il faisait partie d'un réseau
de renseignements et il espionnait les défenses
importantes de la Pointe Saint-Gildas.

Cette phrase qu'il prononçait souvent m'a enseigné
à ne jamais renoncer. Une attitude dans la vie qui a
toujours caractérisé la nature des Bretons et dont j'ai
hérité à 75 % puisque mes grands-parents maternels
et ma grand-mère paternelle étaient nés en terre
d'Armor, seul mon grand-père paternel était « étran-
ger » puisque né à Poitiers.

À Préfailles, il y a une école primaire mais pas de
collège. Ma sœur et moi devons nous rendre à Tha-
ron, un bourg distant de sept kilomètres, où le curé
a créé un petit cours pour les enfants qui poursuivent
des études secondaires. C'est là que je subis les cours
de sixième, cinquième et de quatrième. La première

année, je m'y rends seul. La deuxième année, Annick vient avec moi. Nos parents nous ont acheté un tandem. Nous partons le matin, nous rentrons à la maison pour déjeuner, nous repartons après déjeuner, nous revenons le soir : au total, vingt-huit kilomètres dans les jambes. Chaque fois que je me retourne, je fulmine : Annick se tient béatement les pieds sur le cadre et me laisse le soin de pédaler. Nous nous disputons. Souvent. Très souvent même. Annick est un peu chipie. Elle sait bien que, étant son aîné et plus fort qu'elle, je n'ai pas le droit d'en abuser et de la battre. Elle sait bien qu'elle ne risque pas grand-chose. Aussi en profite-t-elle. Les aînés ont toujours tort.

C'est la guerre. Il y a les privations. Il y a les bombardements alliés sur la base que les Allemands ont érigée à Saint-Nazaire. Malgré cela, comme tant d'autres de mon âge, j'ai eu une enfance heureuse. Je peux m'amuser seul, comme je l'ai déjà expliqué. Je peux jouer avec mes copains. La mode, en ces années-là, consiste à fabriquer des éoliennes avec des roulements à billes que nous récupérons dans de vieux cadres de vélos. On se chauffe au bois, et j'aide mon père à abattre des arbres dans la propriété de mon grand-père. Comme je l'ai déjà confié, je manie la hache avec vigueur. L'arbre qui s'effondre avec fracas me comble de bonheur.

La côte est surveillée par les Allemands. On n'a pas le droit de mettre une embarcation à l'eau. Pour s'amuser à la plage, nous fabriquons des radeaux avec des flotteurs de dragueurs de mines, récupérés sur la côte. Ce sont des sortes de catamarans à l'équilibre aléatoire. Nous naviguons parfois dans des zones interdites. Alors les Allemands tirent. En l'air, bien sûr, mais c'est suffisant pour nous faire décamper.

Il y a, à la Pointe Saint-Gildas, située au sud de l'embouchure de la Loire, un sémaphore qui abritait une petite garnison de marins français. Quand les Allemands sont arrivés, ils les ont faits prisonniers. Puis ils ont entassé tous les équipements de leurs captifs dans un champ classé « terrain militaire ». Pour mes copains et moi, c'est un véritable El Dorado. On y va en rampant, on ramasse ce qu'on peut : des ceinturons, des cartouchières, des masques à gaz, des gourdes. Des équipements de rêve pour jouer aux soldats. Les sentinelles allemandes nous voient, évidemment, mais laissent faire. Jusqu'au jour où le commandement local de la Wehrmacht prévient nos parents que si nous ne mettons pas un terme à nos larcins, il y aura des représailles.

Le « hic » vient de mes études : elles ne m'intéressent pas du tout. Mes parents sont désespérés. Mais ce sont des êtres persévérants, qui ne capitulent jamais, s'efforçant par tous les moyens — la manière douce et la manière forte — de m'inciter à étudier. On m'attache à ma table de travail avec une chaîne et un cadenas, parce que m'enfermer à clef dans ma chambre n'est pas suffisant : je m'esquive par la fenêtre. On me prive de baignade en me confisquant mon maillot de bain : je nage tout habillé et quand je rentre, trempé et dégoulinant, je mens effrontément, sans souci de vraisemblance : « Je suis tombé dans la mer... » Les tentations sont irrésistibles à Préfailles : il y a la campagne, l'océan, les rochers et les criques. Pour un enfant, un adolescent, c'est l'indépendance. L'école, au contraire, est synonyme de captivité.

J'ai oublié à quel âge j'ai reçu ma dernière paire de gifles mais j'en ai reçu beaucoup. J'étais dur. Et c'était un tourment pour mes parents. Par exemple, mon père m'administrait une claque. Eh bien, je le regardais droit dans les yeux et je lui disais : « Ça m'est égal, ça ne m'a pas fait mal ! » Fatalement, mon attitude provocante l'exaspérait et il m'en collait une de plus. J'avais beau avoir les marques de ses doigts sur les joues — et il n'avait pas les mains graciles — je répétais : « Ça m'est égal, ça ne m'a pas fait mal ! » Il aurait pu m'assommer. J'aurais continué à psalmodier : « Ça m'est égal », etc., etc.

Mon père m'aimait pourtant. Je le savais et je

l'admirais. Mais c'était ainsi autrefois : les enfants devaient obéir et travailler. En ces temps-là, on ne se préoccupait pas de savoir si des « baffes » pouvaient traumatiser les mauvais sujets. À juste titre, d'ailleurs : ni moi ni mes copains, qui subissaient les mêmes traitements, ne fûmes jamais traumatisés. C'était la règle : à une bêtise ou à une désobéissance correspondait une gifle. C'était du donnant-donnant.

Je ne m'attarderai pas sur ces années de guerre que d'autres ont maintes fois décrites ou commentées. Je dirai simplement que pour nous, enfants et adolescents qui n'avions pas savouré, car trop jeunes, les temps heureux de la paix, le sourd bourdonnement des bombardiers alliés, passant, parfois très haut dans le ciel noir de la nuit et parfois déversant leurs cargaisons de bombes sur Saint-Nazaire, tout proche, ou Nantes, pas bien loin, faisait partie de notre existence ordinaire, car nous n'en connaissions pas d'autre. Les privations alimentaires rendaient nostalgiques les adultes. Ces privations nous touchaient aussi. Il fallait manger des aliments que nous n'aimions pas. Je me souviens du pain au maïs, vraiment dégueulasse. Si nous souffrions moins que les habitants des villes, il n'en reste pas moins que j'ai eu longtemps d'énormes furoncles douloureux dus à la mauvaise nourriture. C'était aussi la cause, ni la maison ni l'école n'étant chauffées, d'engelures.

Mais des soucis plus graves étaient réservés à nos parents. Et ma mère, particulièrement, était soucieuse et se rongeait les sangs quand mon père tardait à rentrer le soir à la maison. Près du feu de bois, en hiver, ou dans le jardin, aux belles saisons, elle guettait son pas. J'ignorais, alors, que papa était dans un réseau de Résistance et qu'à mesure que le conflit évoluait en faveur des Alliés, les occupants traquaient impitoyablement ceux qu'ils appelaient des « terroristes ». Mon père était un homme solide,

costaud. Lors de son service militaire, il avait terminé deuxième aux championnats de France de
« l'athlète complet » interarmes. Je le craignais mais
je l'admirais. C'était un homme courageux qui
affrontait les adversités sans jamais se lamenter. Il
pouvait tempêter, oui, mais jamais pleurnicher.

Après la capitulation sans conditions du IIIe Reich,
les Tabarly retournent à Blois sans moi. Je vais avoir
quinze ans et on me cloître au collège Saint-Charles,
à Saint-Brieuc. « Là, on va le mater », espèrent mes
parents. Annick a treize ans. Ma sœur Armelle est
née et va sur ses cinq ans. Patrick, le benjamin, en a
deux à peine.

Mon père, pendant l'Occupation, poursuivait son
travail mais très au ralenti. Les usines de textiles pro-
duisaient au compte-gouttes et la population ne pouvait acheter tissus ou vêtements qu'avec des tickets.
Tout était rationné. Malgré ces difficultés, mon père
s'efforçait de tenir son rôle d'intermédiaire entre les
usines et les grossistes mais uniquement par corres-
pondance. Sauf pendant les derniers mois du conflit,
au cours desquels nous vécûmes coupés du monde.
Préfailles faisait partie de la « poche de Saint-
Nazaire » que les Alliés avaient contournée pour
poursuivre leur avance. La garnison allemande qu'ils
laissaient derrière eux ne représentait plus un danger, aussi n'avaient-ils pas voulu perdre de temps
pour l'amener à se rendre. Alors que tout autour de
nous le pays était libéré, à Préfailles nous vivions toujours l'occupation. Une occupation en lambeaux ou
presque. Les soldats de la Wehrmacht portaient des
uniformes usés, râpés, rapiécés, et leurs bottes ayant
rendu l'âme ils continuaient la guerre en sabots ! La
population manquait de tout. Je me souviens qu'il n'y
avait plus d'allumettes ni de pierres à briquets pour
faire du feu. Alors mon père, ingénieusement, avec
une vieille magnéto parvenait à obtenir des étincelles
grâce auxquelles on pouvait enflammer la mèche
d'un briquet et allumer le feu. Des voisins venaient

chez nous avec des pots de terre que mon père remplissait de braises fumantes. Avec une éolienne entraînant une dynamo, il faisait notre électricité. Préfailles ne fut débarrassé des Allemands qu'au moment de la capitulation du IIIᵉ Reich.

Moi, je me fais toujours sonner les cloches à cause de mes études mais, bien qu'en travaillant un minimum, je ne redouble aucune classe ; alors, pourquoi me forcer à travailler plus ? Les petits derniers pimentent la vie quotidienne avec leurs chapelets de maladies enfantines. Le dimanche, à l'exception de papa, nous allons à la messe. Somme toute, nous sommes une famille provinciale comme tant d'autres, à cette différence près que notre grand plaisir est de naviguer.

Pendant toute la durée de l'occupation, de temps à autre, papa se demandait :

— Je ne sais pas dans quel état on va retrouver *Pen Duick* !

Pendant ces années de chagrin, il avait bien d'autres choses en tête que son voilier. Mais enfin, malgré tout, il ne l'oubliait pas.

La réponse à cette question, nous l'avons en 1945, quand nous allons à Bénodet. La Bretagne a souffert de la guerre et des combats. On commence à reconstruire, et on recommence à espérer. Après ces années d'horreur, chacun est persuadé qu'il n'y aura plus jamais de conflits sur cette terre. Il y a encore les cartes de rationnement et tout le monde attend de faire bombance. Sur l'océan, les premiers bateaux de pêche retrouvent le grand large qui leur a été, pendant des années, interdit. La vie reprend, comme avant.

— Il est minable, dit mon père.

Le voilier, en effet, est en bien piteux état. Il gît dans la vasière depuis six ans.

Laisser hiverner son bateau dans la vasière était une méthode courante à l'époque, car la coque flottait à marée haute et au jusant elle se reposait

doucement. C'était excellent pour la carène car la
vase favorisait la bonne santé du bois. L'inconvénient
de cette méthode était que le pont et les œuvres mortes restaient exposés aux intempéries. Ce désavan-
tage était sans gravité lorsque le bateau était réarmé
chaque année et que peinture et vernis étaient chaque année refaits. Or, six ans d'abandon sur un voilier aussi âgé avaient accéléré son vieillissement.

— Il est minable, répète mon père.

Nous restons en rang d'oignons, silencieux et cons-
ternés, regardant *Pen Duick* après en avoir fait le tour
et inspecté les œuvres mortes. Le bateau fait pitié à
voir. Il n'a plus rien du fringant voilier qui, au temps
de sa jeunesse, se pavanait sur la mer nimbé de
gloire. Nous savons qu'il avait participé aux régates
du Royal Corinthian Club, en 1899, terminant quatrième sur quatorze inscrits. Il avait gagné le Handicap Match dans la Ramsgate Week, organisée par le
Royal Temple Yacht Club. Il finissait deuxième, en
1990, dans la course Port Victoria-Harwich, et puis
premier dans Harwich-Buihram. En 1902, il raflait
les places d'honneur lors des régates de Trouville.
L'année d'après, il gagnait à Duclair puis terminait
deuxième à Trouville, Saint-Malo et Meulan. Puis, en
1911 et 1912, il se classait chaque fois deuxième ;
engrangeait une succession de premiers prix de 1919
à 1921 à Morgat et à Douarnenez. Devenu la propriété de yachtmen français, il courait encore le long
de la côte atlantique avec le même brio, admiré partout non seulement pour ses qualités maritimes mais
aussi pour sa beauté. Un palmarès qui en disait long
sur ce véritable lévrier des mers. Là, comme recro-
quevillé dans la vasière, il fait penser à un pauvre
vieux chien abandonné et malade.

Devant nos expressions désolées, le matelot qui,
pendant la guerre, a vaille que vaille veillé sur lui,
surveillant son mouillage, écopant l'eau de pluie,
nous dit en guise de consolation :

— Vous plaignez pas. Vous avez eu de la chance
de le conserver. Pendant l'Occupation, les Allemands

réquisitionnaient le plomb des quilles. Quand ils m'ont demandé si la quille de *Pen Duick* était en plomb ou en fonte, j'ai dit : « Il me semble bien qu'elle est en fonte. » Ma réponse leur a suffi et ils ont tourné les talons.

2

PATRON D'UNE ÉPAVE

Tant bien que mal mon père, avec l'aide du matelot et la mienne, réarme *Pen Duick*. Enfin, il le rend tout juste apte à naviguer. Ainsi, la famille Tabarly, papa, maman et leurs quatre enfants, reprend ses petites croisières le long de la côte bretonne. Des navigations parfois humides car le pont, malgré le calfatage, est une passoire. Dès qu'il pleut ou qu'il y a des embruns on est douchés à l'intérieur. Dans le carré, on vit dans l'humidité. Le voilier a un impérieux besoin de gros travaux.

Nous avons un nouveau port d'attache : La Trinité-sur-Mer. Ainsi en a décidé le skipper, pour une simple raison : le marin de Bénodet ayant pris sa retraite, mon père trouve un autre Joseph à La Trinité pour veiller sur *Pen Duick* en hiver. La Trinité, bâtie sur une butte à l'entrée de la rivière d'Auray, bénéficie d'une flatteuse réputation dans le petit monde du yachting d'alors. Déjà, avant guerre, des Nantais, des Rennais, des Lyonnais et même quelques Parisiens fortunés, tous propriétaires de voiliers, possédaient leur corps-mort dans la célèbre rade, bien abritée des vents de secteur ouest. Des yachtmen britanniques, immuablement en blazer et arborant cravate de leur Royal Yacht Club, aimaient y venir mouiller leur ancre.

C'est alors un coin breton plein de charme et de

vie. Le quai est encore en terre battue et il est animé
par de rares bateaux des pêcheurs de Séné, du Bono,
d'Étel qui l'accostent. La glacière construite peu
après la guerre pour donner de l'expansion à la pêche
est un échec. La grosse ressource du bourg provient
de l'ostréiculture.

Il y a, de l'autre côté de la rivière, l'unique chantier
naval spécialisé dans la construction de voiliers de
course ou de croisière — ou les deux à la fois —,
celui de Gino Costantini, le père des jumeaux Gilles
et Marc Costantini, qui seront des amis précieux et
qui tiendront un rôle important dans ma vie. J'ai
17 ans. Je regarde. J'écoute. Je suis attaché à ce
monde où l'existence est fondée sur le travail, l'amitié, le respect de la parole donnée. J'aime La Trinité-
sur-Mer.

Mon père est soucieux. Avec son marin, Joseph, ils
sont parvenus à la même conclusion : le cotre ne peut
plus continuer longtemps à naviguer sans risquer de
sérieux pépins.

« Il est vieux, ronchonne Joseph. Si on ne refait pas
le pont, un de ces jours on va y passer à travers... »

« Je sais bien ! » répond mon père, agacé.
L'urgence d'une telle réparation saute aux yeux.
« Mais ça coûte très cher », ajoute-t-il, morose.

Le train de vie familial est « dépressionnaire ».
Quand mon père regagne la maison après sa tournée
hebdomadaire, il annonce, l'air sombre, que tel ou
tel grossiste, ancien et fidèle client, vient de mettre à
son tour la clef sous le paillasson. En cette période
d'après-guerre le modernisme commence ses premiers ravages. Du coup, des difficultés financières
planent sur notre maisonnée. Certes, nous ne man-
quons de rien et nos repas sont toujours abondants
mais il faut accepter de faire des économies en attendant des jours meilleurs.

C'est au cours de cette période, vers la fin de 1947,
que mon père envisage pour la première fois de
vendre le bateau. *Pen Duick* est vraiment mal en
point : un taquet de bastaque s'est arraché du pont ;
les vis ne tiennent plus dans le bois vermoulu ; la

voûte arrière est « cuite » ; tous les hauts sont morts. On ne peut plus naviguer sans courir de dangers stupides. En espérant que ses affaires reprennent, mon père hiverne *Pen Duick* sur la vasière de La Trinité. Il ne sait pas que c'est la dernière fois.

L'été 1948, mon parrain prête son 8 mètres jauge internationale à mon père. Lui et moi naviguons tout l'été sur ce superbe bateau blanc qui est très « sportif ». La saison suivante, nous participons comme équipiers à bord de bateaux inscrits aux courses anglaises du RORC. Dans le petit univers des « courses », on commence à me connaître.

J'avais risqué une suggestion un peu hypocrite. Les études me martyrisaient. Dans la plupart des matières, mes professeurs notaient simplement : « inexistant ». Un samedi soir, après avoir subi comme un rituel les récriminations parentales, j'ai, d'une voix pateline, proposé une solution qui me paraissait concilier tous les points de vue :

— Tu pourrais faire des économies, papa...

— Ah... Et comment ?

— Eh bien, tu cesses de me payer des études et comme ça tu pourras payer une partie des réparations.

Le regard de mon père me foudroya. Je n'insistai pas.

Pen Duick est mis en vente. Je suis désespéré. Mais le temps passe, et l'absence d'acquéreurs me laisse croire à une aide miséricordieuse du Créateur. Ce bateau, même dans un état misérable, est ma vie. Un coup de foudre, comme on dit. Mon père aussi lui est très attaché, et ma mère l'aime également beaucoup. Mais je suis jeune et j'ignore encore que dans l'existence il faut savoir accepter des sacrifices, si pénibles soient-ils.

Un jour, un type s'était présenté pour visiter *Pen Duick* avec l'intention de l'acheter. C'était juste avant de le désarmer. J'accompagnais mon père. Je l'écoutais vanter les qualités du voilier. Mon père louangeait le cotre, sa bonne tenue à la mer « à toutes les allures », sa vitesse, sa robustesse. Froidement, j'interrompis l'éloge :

— Bien sûr, il faudra vous méfier...

— Ah ?

— Par exemple, le taquet ne tient que par miracle à cause du bois qui se désagrège comme de la sciure...

Mon père me lança un regard noir, puis reprit son dithyrambe, évoquant le palmarès glorieux du vieux bateau. Moi, ignorant les éclairs de colère qui brillaient dans les yeux paternels, j'ajoutai, éploré :

— Si la remise en état ne coûtait pas une fortune, c'est sûr que nous l'aurions gardé.

— Ça va coûter très cher ? me demanda le candidat à l'achat, m'accordant soudain de l'intérêt.

— Presque le prix d'un bateau neuf !

Le type repartit en disant : « Je vais réfléchir. » Mais on devinait à son intonation que nous ne serions pas près de le revoir. Après qu'il eut décampé, je reçus une sacrée engueulade mais le danger était momentanément écarté.

Sur le quai de La Trinité-sur-Mer, on ne parle plus de *Pen Duick*. C'est un bateau mort.

Moi seul refuse de porter son deuil et de me résigner. Nous sommes en 1952. Le bateau a cinquante-quatre ans et croupit dans un triste état de décomposition. Chaque fois que je me trouve à La Trinité, je ne manque jamais d'aller le voir. Je lui caresse les flancs, je scrute les plaies du temps qui le dévorent comme une gangrène. « Quel dommage ! » soupirent ceux qui aiment les bateaux et les considèrent comme des objets vivants, presque humains.

Ce fut cette année-là que mon père prit une décision qui allait tracer le déroulement de ma vie. Je m'en souviens, c'était début septembre, nous étions à la Chalouère et terminions le dîner. Soudain, interrompant les jacasseries des « petits », il annonce :

— Puisque *Pen Duick* est invendable à cause de sa vétusté, je vais récupérer le plomb de sa quille et le vendre. Ça représente une jolie petite somme. Ce sera toujours ça de gagné.

Silence consterné autour de la table. Tout le monde est sincèrement attaché au cotre. On le considère un peu comme une maison de vacances. Il est évident que cette résolution paternelle sonne le glas de *Pen Duick*. J'ai vingt et un ans, la ferveur et l'insouciance de cet âge-là, et mon baccalauréat en poche grâce à la miséricorde divine. Je me racle la gorge pour assurer ma voix. Je regarde mon père droit dans les yeux et je prends la parole :

— Papa, l'année prochaine je m'engage dans la Marine nationale. J'aurai une solde. Avec cet argent, je pourrai sauver le bateau ou en tout cas essayer. J'économiserai le temps qu'il faudra. Je me priverai le temps qu'il faudra, mais je ferai tout pour le faire naviguer à nouveau...

Mon père me fixe longuement. C'est un homme parfois bourru et sévère mais c'est un homme de cœur, un homme qui n'a qu'une parole, et je suis comme lui. C'est un homme qui aime sa famille, capable de dévouement et de sacrifices pour le clan familial. C'est un vrai père. Son regard s'adoucit lorsqu'il me dit :

— C'est d'accord, Éric. Je te donne *Pen Duick*. Nous irons chez le notaire pour les formalités.

Puis, avec un petit sourire, il ajoute :

— Tu vas être le treizième patron de *Pen Duick*, ça te portera peut-être chance...

C'est un beau cadeau qu'il me fait là, car, à l'époque, les six tonnes de plomb de la quille représentent un joli magot.

C'est ainsi qu'à vingt et un ans, je deviens le skipper d'une épave qui repose dans une vasière depuis cinq ans.

3

MON NEZ N'EST PAS RÉGLEMENTAIRE

Je pensais que piloter me plairait, mais je n'avais jamais posé les fesses dans un avion. Être marin me plaisait. L'Aéronavale était l'arme qui me convenait.

Un jour de novembre bien pluvieux, je suis convoqué à Versailles, aux « Petites Écuries », pour y subir des visites médicales et des tests afin de savoir si je suis bon pour le service, apte à être pilote. Je suis en pleine forme. À un détail près : mon nez. Le médecin major me dit :

— On vous prend mais à une condition : que vous fassiez refaire votre cloison nasale.

— Qu'est-ce qu'elle a ma cloison nasale ? dis-je, étonné.

— Elle est de travers, ce qui peut vous créer une gêne respiratoire pendant le pilotage.

Mon nez, effectivement, était depuis ma naissance un peu de guingois mais il ne m'avait jamais donné de soucis particuliers, aussi n'y avais-je pas prêté attention. Mais on ne discute pas avec les militaires. Je me soumets à la chirurgie réparatrice qui me refait une cloison nasale bien droite et réglementaire. À mes frais, bien entendu, ou plus précisément aux frais de mes parents. En février 1953 je suis, enfin, incorporé.

Après deux mois de formation à Hourtin, je suis affecté à Saint-Mandrier, près de Toulon, où se

trouve un centre de triage des élèves pilotes. Il y a
trois destinations possibles : Marrakech pour ceux
qui suivront les cours avec les élèves de l'armée de
l'air ; Pensacola, aux États-Unis ; Kouribga, à l'École
de la marine. Ne bredouillant que quelques mots
d'anglais, Pensacola est hors de question et je me
retrouve donc à Kouribga, à une centaine de kilomètres à l'est de Casablanca.

Kouribga est un village avec des ruelles étroites qui
serpentent parmi des maisons blanchies à la chaux,
posé sur un sol sec et nu, semblable à un désert. Dans
les alentours, il y a quelques fermes et des troupeaux
décharnés qui broutent en liberté de rares touffes
d'une herbe dure. La base-école de l'Aéronavale se
trouve à l'écart, en plein bled. L'unique distraction,
pour nous, est la piscine des mines de phosphate toutes proches.

Nous sommes par stages de vingt et il y en a un
par trimestre. Chaque stage habite dans une petite
baraque où nous vivons à quatre par chambre, dans
des lits superposés. En fin de journée, les cagnas sont
des étuves, aussi nous nous couchons et nous endor-
mons nus. Mais la nuit, la température chutant, le
froid nous réveille et on tire la couverture.

Nous sommes tendus — moi particulièrement —
car nous savons que, après une sélection sévère et
continue, selon les statistiques dix seulement parmi
nous termineront le stage de formation.

Moi qui ai tant détesté les études, je me retrouve à
l'école, avec des cours, des interrogations, des
devoirs à faire, des passages au tableau noir comme
un potache. Il faut apprendre, comprendre, retenir.
L'initiation ne lambine pas : dès le début, on commence à voler. Le vol d'accoutumance est mémorable
car il consiste en une séance de voltiges, c'est-à-dire
boucles, tonneaux, vols sur le dos... Moi, je ne vois
pas ce qui se passe, l'horizon est toujours en mouvement. À l'air libre, cela fait un drôle d'effet d'être la
tête en bas, suspendu aux bretelles de sécurité.

L'appareil de nos débuts est un biplan : un Stamp.
Après des heures de vol accompagné par un

moniteur, vient le moment redouté du contrôle par un examinateur peu câlin, qui ne pardonne rien — à juste titre d'ailleurs. On décolle, on vole, on se pose en sa compagnie. Si la prestation a été bonne, il dit simplement : « À vous. » Il descend, et on repart seul. C'est alors le grand moment, quand on se retrouve seul aux commandes, qu'on appelle le « lâcher ». Quand mon tour vient, je ne suis pas vraiment décontracté. Je sais que mon avenir dépend de cette épreuve et qu'une seule erreur, un oubli suffisent pour que tout soit fini. Je déteste ces contrôles qui me nouent l'estomac et m'assèchent la gorge. Mes divers examinateurs, d'ailleurs, en sont conscients puisqu'à côté de mes notes ils signalent : « Fait beaucoup mieux en solo. »

Le soir de ce premier « lâcher » sur Stamp, deux camarades sont déjà « saqués ». Les rescapés du « lâcher » sont joyeux et brillants comme on peut l'être après avoir vécu une longue et torturante tension nerveuse. Mes camarades échangent leurs impressions parfois avec une certaine exagération. Moi, je suis calme. Je ne partage pas l'enthousiasme collectif. Je suis simplement satisfait : pour moi, l'essentiel est d'avoir franchi cette première étape. Mais je sais que d'autres étapes restent à franchir et que rien n'est encore gagné. De toute façon, ma nature n'est guère expansive. Je pense aux difficultés à venir. Je vais devoir m'exercer sur SNJ, la version marine du T6, un monoplan américain, semblable à un petit avion de chasse, qui file à 250 km/heure alors que le Stamp atteint les 150 km/heure à tout casser.

Les cours, les entraînements, les heures d'étude nous accaparent. Cette existence de soldat studieux nous laisse peu de temps pour songer aux loisirs, aux filles, aux fêtes. De plus, nous sommes tous fauchés. Bien qu'engagés, pendant toute la durée correspondant à la période du service militaire obligatoire, nous touchons une solde d'« appelé sous les drapeaux ». C'est-à-dire une pincée de francs. Dans l'enceinte de la base, nous vivons comme des reclus, à l'exception du week-end qui suit la distribution de notre maigre solde, une fois par mois. Ce samedi-là, avec notre modeste pécule en poche, nous faisons de l'auto-stop. Notre destination immuable : Casablanca.

À peine arrivé dans la grouillante métropole marocaine, je fonce à la Maison de l'Armée pour y réserver un lit pour la nuit. Ensuite, je vais flâner en ville. Pour moi qui n'ai connu que la Bretagne et l'Anjou — qui sors « de mon trou », comme on dit — cette grande ville portuaire et commerçante, avec son trafic intense et sa population cosmopolite, me donne l'impression d'être au cinéma. Parmi mes balades favorites il y a le port de pêche. Sous un ciel indigo, à leur retour, les pêcheurs tirent leurs gros canots à moteur, font cuire dans d'énormes marmites noircies par les feux de bois la soupe de poissons, ou bien de la friture dans des poêles larges comme des roues de bicyclette. C'est odorant. C'est alléchant. Moi, je mords dans un sandwich au jambon-beurre, unique repas que me consentent mes finances. Après une séance au cinéma, je me couche tôt. Le lendemain, avec quelques copains, nous allons passer la journée à la piscine municipale, où l'on avale un autre sandwich en guise de déjeuner. On dévore les filles du regard, mais il n'est pas question de lier connaissance ni de leur offrir une glace : il nous reste tout juste de quoi nous payer notre billet de train pour regagner Kouribga. Après cette nouba spartiate, c'est terminé jusqu'au mois suivant. L'armée nous reprend dans son giron généreux.

Comme prévu, à la fin du stage de Kouribga, nous nous retrouvons à dix pour poursuivre notre formation. Les quatre premiers — les cracks — sont affectés à l'aviation de chasse. Les six restants, dont moi, sommes dirigés sur l'aviation à terre qui, dans l'Aéronavale, a pour missions la lutte anti-sous-marine, la recherche en mer, la surveillance des routes maritimes, bref, ce que l'on appelle la patrouille en mer.

Il y a aussi les escadrilles de servitude pour les transports et autres tâches diverses.

Mon nouveau centre d'entraînement se trouve à Agadir. Toutefois, une année s'étant écoulée depuis mon incorporation, j'ai droit à une longue permission. Je retrouve donc ma famille, ma chambre à la Chalouère, les soirées avec les miens qui me regardent et me questionnent affectueusement. Mon père et ma mère, surtout, sont radieux. Après tous les soucis que je leur ai infligés concernant mon avenir, ils sont rassurés. Certes, l'Aéronavale n'est pas l'École Navale, mais enfin, je suis casé.

Je retourne, bien sûr, à La Trinité-sur-Mer et vais constater l'état de mon bateau. *Pen Duick* est de plus en plus mal en point. Bientôt, me dis-je, je pourrai le soigner. Il ne se passe pas de jour sans que je pense à lui.

De retour de permission, nous découvrons un terrain verdoyant, en comparaison de Kouribga, entouré de baraquements et de hangars. Sur les parkings des mécaniciens s'affairent auprès de gros avions qui cuisent au soleil.

Nous sommes là pour nous spécialiser avec les multimoteurs au cours d'un stage qui durera six mois. Nous allons découvrir autre chose que les « coucous » sur lesquels nous avons fait nos premiers vols. On se familiarise d'abord avec le Beechcraft, un bimoteur. Puis, après ce stage, on reçoit le brevet et le macaron de pilote. En même temps on passe second maître, l'équivalent de sergent. Ensuite, je pilote un Lancaster, un quadrimoteur : 1 250 CV par hélice ! Un appareil britannique qui s'est distingué pendant la dernière guerre en bombardant les barrages de la Ruhr. C'était l'unique appareil capable de transporter une bombe de 10 tonnes. Une bombe spéciale qu'il fallait lâcher à l'horizontale, à une certaine altitude, à une certaine vitesse, pour qu'elle ricoche sur l'eau, saute par-dessus les filets pare-torpilles et atteigne sa cible : le barrage. Une mission que le Lancaster réussit.

J'aime bien le Lancaster. Évidemment, ça me change des appareils précédents. Là, à mon poste de pilotage, au roulage au sol, je suis à cinq mètres au-dessus de la piste, et la vue du monde devient panoramique.

On nous demande d'atterrir « sur trois points ». Cela signifie qu'il faut poser les trois roues (il y a une roulette de queue sur cet appareil) en même temps. L'habileté consiste à faire décrocher l'avion au moment précis où il est bien dans son assiette et les roues à ras de la piste. Au début, c'est difficile ! Si, comme on dit dans le jargon des pilotes, on arrondit trop tard, seules les deux roues avant touchent le sol en un premier temps, et du coup, on rebondit. Si on s'y prend bien, on peut se reposer impeccablement quelques mètres plus loin. Si on s'y prend mal, on va encore rebondir et on peut ainsi, de bond en bond, parcourir une bonne longueur de piste. Si, au contraire, on arrondit trop tôt, on « décroche trop haut » et l'appareil s'écrase alors avec la grâce d'un parpaing : « braoumm ! » On se fait engueuler, évidemment, mais on est là pour apprendre après tout !

Finalement, j'ai appris.

Avec mon brevet en poche, je perçois ma première solde d'engagé. Certes, ce n'est pas un pactole mais je peux, enfin, économiser pour *Pen Duick*. Pratiquement, presque tout ce que je gagne file sur mon compte en banque. Je thésaurise, quitte à me faire une réputation de radin. Ces privations ne m'affectent pas, ou pas trop, car j'ai un but : mon bateau.

En Indochine, les armes se sont tues. Dans l'armée règne un profond sentiment de tristesse et d'humiliation. Tous les sacrifices, les souffrances et l'héroïsme du corps expéditionnaire ont été vains et se sont achevés dans une défaite. Bien des Français de la métropole ont jubilé, sinon pavoisé, quand nous avons déposé les armes. Mais nous, qui revêtons l'uniforme, sommes malheureux.

Nos troupes luttaient au côté d'un grand nombre de Vietnamiens qui ne voulaient pas d'un régime communiste. Malheureusement les communistes ont gagné. Il s'ensuivra quelques années plus tard de terribles épreuves pour les peuples vietnamien et cambodgien.

La France procède au rapatriement de ses fonctionnaires, de ses citoyens, de ses derniers militaires. De par le jeu des relèves, la Marine propose à la fin du stage deux places pour la 28F (F pour flottille). Bien sûr, l'attrait d'une double solde m'incite à me porter volontaire pour ces dernières missions dans ce pays lointain où nous avons œuvré et combattu. Mais ce n'est pas la raison majeure, l'élément déterminant qui me fait accepter l'un de ces deux postes pour l'Indochine. Je veux voir du pays.

La paix a été signée le 21 juillet 1954. L'année suivante, je m'envole pour Saigon à bord d'un Armagnac, un puissant quadrimoteur français conçu pour concurrencer les Constellation américains qui étaient les long-courriers de l'époque. N'ayant, malgré ses qualités, pas pu s'imposer sur les lignes commerciales, il est affecté au transport des troupes vers l'Indochine.

Dans la capitale du Sud-Vietnam, Saigon mène son train de vie habituel, avec son trafic désordonné, ses magasins, ses affaires louches, ses militaires en permission, ses filles dans les boîtes, ses bars, à croire que la ville essaie de se dissimuler le malheur qui a frappé le nord de la péninsule indochinoise.

Les premiers six mois, je vole sur Privateer, un quadrimoteur, version aéronavale du bombardier américain Liberator qui avait abondamment pilonné l'Allemagne et participé au débarquement de Normandie. Puis, un matin, au briefing, on nous annonce que ces appareils sont envoyés d'urgence en Afrique du Nord, où les événements commencent à se gâter.

— Tabarly, vous ferez partie de la Section Liaisons.

Ce n'est pas grand-chose. Quelques Cessna et quelques Morane 500, de petits appareils à peine dignes d'un aéro-club.

À la Section Liaisons, nos principales missions consistent à embarquer dans nos biplaces des officiers parachutistes chargés de repérer des « dropping zones », zones de saut, où larguer les sticks de parachutistes pour les exercer.

À cause du climat, on commence tôt le matin. Après le déjeuner, il y a sieste obligatoire. Et deux fois sur trois, on est permissionnaire après. Je vais jouer au tennis sur les courts de l'armée, à Saigon. Ensuite, avec mes partenaires de jeu, nous allons à la piscine, puis déguster une glace au chocolat, exquise, rue Catinat, et nous rentrons. Après le dîner au mess des sous-officiers, nous regardons un film au cinéma en plein air de notre base. Puis je vais me coucher. Ce sont des journées économiques. D'ailleurs, je garde très peu d'argent sur moi puisque la presque totalité de ma solde est virée à ma banque. Elle est réservée à *Pen Duick*.

J'aurais dû rester deux ans en Indochine, mais je n'y ai séjourné qu'une année. J'avais décidé de préparer un examen afin d'accéder à un cours préparatoire de la Marine, destiné à me présenter à un concours pour entrer à l'École Navale. À Saigon, pendant que mes camarades faisaient la sieste, j'avais potassé... et passé l'examen écrit avec succès. L'oral, lui, se déroule au CPEOM — Cours Préparatoire Élèves Officiers de Marine — installé dans une baraque dans l'enceinte de l'École Navale, au Poulmic, près de Brest. C'est la raison de mon retour anticipé en France.

Je suis reçu à cet examen. Le 1er mai 1956, j'entre au CPEOM pour un an et trois mois.

4

« TON BATEAU EST FOUTU »

À mon retour en France, une bonne année et
demie d'économies draconiennes m'attendent tapies
dans mon compte en banque. Ce n'est pas une
somme faramineuse — dans la Marine nationale on
ne s'est jamais enrichi — mais ma cagnotte m'autorise à entreprendre la « résurrection » de mon
bateau.

Confiant, je débarque au chantier naval des frères
Costantini, à Kerisper. Depuis la mort de Gino, le
père fondateur, les jumeaux, vingt-quatre ans à
peine, ont assumé la succession. Ils se sont réparti
les tâches : Marc, réputé fin barreur, veille sur la
comptabilité et l'administration ; Gilles, l'artiste,
conçoit et réalise les plans des voiliers qu'on lui commande, veille sur la partie technique.

Quand je débarque dans son bureau, Gilles est
penché sur la table à dessin, en train de crayonner
une carène. En entendant mon pas, il lève la tête et,
me voyant, me sourit :

— Enfin de retour ! s'exclame-t-il. Il y a une éternité que tu es parti...

— Un an en gros...

— Alors ?

— On va pouvoir s'occuper de *Pen Duick*.

On prépare le ber, le charpentage destiné à sou-
tenir le navire, qui est mis sur un chariot que l'on

descend à marée basse en bas des rails, puis, à marée haute, on amène le bateau et on le positionne sur le ber. Puis au treuil, avec lenteur, douceur même, on tire mon bateau qui craque comme un vieillard dont on déplacerait la carcasse douloureuse. Finalement, *Pen Duick* est au sec. Ses flancs dégoulinent d'eau et de vase. Gilles monte à bord et ausculte les fonds avec sa minutie habituelle. Puis revient vers moi, l'air désolé, pour m'annoncer :

— Ton bateau est foutu.

Ça me fait un sacré choc. « Foutu » ! C'est impossible à admettre.

— Quand même, dis-je, refusant une évidence tangible, ça se répare, non ?

— Trop de travail, Éric. Tous les pieds de membrures sont pourris. Pour remettre tout ça en état, ce serait un boulot considérable et ruineux...

Ce matin-là, Paul Gentet, un ostréiculteur ami de mon père, arrive au chantier, intrigué. Du pont de *Pen Duick,* on le voit venir vers nous et Gilles me dit, heureux de trouver un allié :

— Tiens, voilà Paul : il va bien te dire que ton bateau est foutu.

Et se tournant vers l'arrivant :

— Hein, Paul, que *Pen Duick* est foutu ?

Et Paul de répondre avec son accent chantant d'Auray :

— Dame, bien sûr que *Pen Duick* est foutu !

Je l'aurais tué. De quoi se mêlait-il ? Il n'était même pas allé le voir ! Ils avaient pourtant raison !

Il y avait sous hangar un beau voilier, le *Cuty,* un 8 mètres de jauge internationale, en vente depuis des années. Quand je m'adresse à son propriétaire, il me répond : « Navré, je viens de le vendre. »

Aucun autre bateau ne me plaît.

Au CPEOM, où je viens d'entrer, je bûche avec une ardeur inhabituelle. Mes uniques évasions ont lieu certains week-ends quand je me rends à La Trinité-sur-Mer, où Gilles m'héberge.

On se connaît depuis notre adolescence. À l'époque, La Trinité était un abri où se trouvaient les plus beaux bateaux de plaisance et de compétition. La baie, bien protégée, permettait de naviguer par n'importe quel temps ou presque. Les gens se connaissaient, parents et enfants qui se retrouvaient régulièrement au moment des vacances. Nous nous affrontions sur l'eau à bord de dériveurs, puis nous commentions nos courses et, déjà, nous essayions de trouver des astuces pour accroître la vitesse de nos embarcations. Plus tard, avec Gilles, son frère, son père et d'autres amis, nous embarquions comme équipiers et nous régations dans les courses britanniques.

Nos parents étaient très liés. La dernière croisière du père de Gilles s'était déroulée en compagnie de mon père. Ils étaient partis pour la Grande-Bretagne chercher des voiles en dacron, textile encore peu connu en France, pour leurs courses futures. Hélas, Gino Costantini décédait peu après.

Gilles et moi aimions infiniment nos pères. Ce n'étaient pas des « papas poules ». Costauds et râblés tous deux, ils aimaient courir et détestaient perdre. À bord, il ne fallait pas lambiner ni cafouiller une manœuvre sous peine de reproches. Mon père était fasciné par le côté artiste de Gino, un Italien calme et rigoureux, aimable et d'une droiture extrême. « Une parole est une parole ; c'est une question d'honneur », disait Gino. Mon père partageait la même éthique. Gilles et moi avons hérité d'eux cette règle de vie. Lorsque nous prenons un engagement nous n'avons pas besoin de signer des papiers ni de la présence d'un notaire : la parole donnée suffit.

La maison des Costantini est facile à repérer. Elle a un toit plat. C'est une construction à l'italienne, comme la voulait Gino. De ses fenêtres, on voit tout le trafic sur le chenal, le quai de La Trinité, les nuages qui montent du sud et l'océan dans le lointain.

Dans le salon, un samedi soir, nous dégustons en

silence un whisky. Le sauvetage de *Pen Duick* me ronge les nerfs. Comme cela se produit souvent, nous avons égrené quelques souvenirs de jeunesse. Ce soir-là, donc, je lui fais part d'une solution à laquelle je songeais depuis que l'achat de *Cuty* m'avait échappé :

— Tu réalises des petites coques en polyester. Pourquoi ne pas se lancer dans une coque plus grande ?

— Explique-toi...

— Eh bien, on pourrait se servir de mon bateau comme d'un moule : du coup, j'aurais une coque neuve.

— On peut essayer, dit Costantini tenté par mon idée. Ton bateau est beau. Le sauvetage de ses formes en vaut la peine.

Pen Duick — et Gilles partage mon avis — est un cotre de jadis, qui permet de constater l'évolution des bateaux de cette époque révolue à nos jours.

Mon chantier démarre avec mes permissions d'août 1956. Il va durer trois ans.

J'enlève le pont en laissant les barrots. Je démonte les emménagements. Puis, on chasse les boulons de quille. On peut alors remettre le bateau à l'eau. Le lest va rester sur le ber. La coque flotte de guingois et se remplit par les trous des boulons de quille et quelques autres. Une élingue — un câble d'acier — avait été fixée sur la quille. On la met au crochet de la grue : on peut ainsi faire chavirer la coque et la soulever, quille en l'air. On la repose sur un chaland que l'on échoue le plus haut possible. L'opération a été faite à pleine mer, un jour de grande marée. Ma perme terminée, mon chantier va s'interrompre un an.

« La vie est une école de patience », me répétait ma mère quand, comme tous les enfants, je trépignais pour obtenir vite ce que je convoitais. La patience :

il m'en a fallu des tonnes pour mener à bien mes entreprises.

En septembre, retour au CPEOM. Jusqu'au concours en juin 57 où je suis recalé. J'ai une permission avant de rejoindre mon affectation à la 2S de Lann-Bihoué. Je retourne à *Pen Duick*.

Tout d'abord, je ponce la coque, ce qui représentait une importante superficie. Elle devait être parfaitement lisse pour servir de moule à la nouvelle coque.

Dans ce travail plutôt monotone, je suis seul. Des badauds passent, s'arrêtent, me regardent, repartent, la mine sceptique ou étonnée. Certains me demandent ce que je fais. Je réponds : « Je suis en vacances, je m'occupe... »

C'est une habitude bretonne de demander à quelqu'un, dont l'activité est pourtant bien visible, ce qu'il fait. Ainsi, quand un type est un train de repeindre son pignon, on lui demande : « Tu peins ? » « Je peins », répond l'autre. En Bretagne, c'est une manière de se saluer, de montrer qu'on s'intéresse aux autres.

Peu à peu, le week-end, en permission, j'ai terminé le ponçage, ciré le tout, pour éviter que la résine polyester n'adhère sur la coque, et que l'on puisse démouler facilement. Le stade suivant, le plus important, consistait en effet à poser le tissu de verre. Gilles m'avait enseigné à préparer le dosage de la résine qui lie les tissus.

Ce n'est qu'à Pâques 1958 que j'ai pu entreprendre cette opération.

— Il te faudra de la main-d'œuvre, me dit-il.

— Je sais.

— Je vais t'en recruter sur les chantiers ostréicoles.

D'après mon plan de travail, six ouvrières sont nécessaires pour m'aider. C'est Gilles qui les trouve. En ce temps-là, la vie de certaines femmes est pénible ; notamment celles qui s'éreintent dans les parcs à huîtres, dans le vent et sous la pluie. Puis, quand ces tâches saisonnières sont terminées, elles s'emploient dans les restaurants ou l'hôtellerie. On ne compte pas les heures. Ce sont des temps difficiles pour assurer le pain quotidien. Aussi m'aider à plastifier ma coque, un travail minutieux mais moins fatigant que le grattage des tuiles dans les chantiers ostréicoles, permet à mon équipage féminin d'améliorer son ordinaire.

Vu de loin, le spectacle que nous offrons doit ressembler à un ballet bien synchronisé. Trois filles se tiennent d'un côté et trois de l'autre. D'abord on étale une couche de résine. Puis on passe des bandes de tissu de verre par-dessus la coque renversée. Ensuite, on remet de nouveau la résine, en imprégnant bien le tissu. En appliquant une couche, il faut faire attention à ne pas emprisonner d'air, ce qui se traduirait par des bulles. Si, en dépit de ces précautions, il s'en forme, je fais sauter ces cloques à la ponceuse avant de poser la couche suivante.

Gilles, qui ne doute pas des résultats, a calculé que pour obtenir une coque solide on doit superposer sept couches. Nous en posons une par jour. Les filles ne travaillant pas le dimanche, il faut huit journées pour réaliser le moulage.

L'épaisseur de la nouvelle coque est de 15 mm à peu près. Pour m'assurer de sa robustesse, je cogne sur des chutes avec une masse : ça ne casse pas.

— Incroyable, hein ? me dit Gilles venu jeter un coup d'œil au résultat.

— C'est du solide. Maintenant reste la finition : enduire.

Le travail le plus pénible. Les bandes de tissu étant raccordées en se chevauchant, cela provoque inévitablement des boursouflures. Ma coque ressemble un peu à de la tôle ondulée. Il faudra niveler le tout à l'enduit. Mais le temps m'est compté : je dois préparer à nouveau le concours d'entrée à l'École Navale, au printemps. J'interromps donc mes travaux. La chance a été avec moi : pendant toute la durée de ces opérations de plein air, il n'est pas tombé une goutte de pluie sur la Bretagne.

Le règlement de la Marine est précis : quand un candidat a été recalé au concours du CPEOM, il retrouve une affectation normale mais il peut se représenter une seconde fois après avoir suivi les révisions du dernier trimestre pour se remettre dans le bain avec ceux du nouveau cours.

Redevenu élève au CPEOM, je bûche ferme pour ces examens qui peuvent être un tournant dans ma carrière. Je suis tendu et fébrile devant mes examinateurs. Je suis tendu et fébrile le jour des résultats.

— Papa, je suis reçu à l'École Navale !

— Formidable, Éric ! s'exclame mon père au téléphone. Je te passe ta mère.

— Maman, j'ai réussi !

— Bravo, mon garçon. Tu nous en as fait voir mais, aujourd'hui, c'est le plus beau jour de ma vie : mon fils officier de marine, c'était mon rêve !

J'ai vingt-sept ans. Je vais me retrouver, en octobre, avec des camarades plus jeunes que moi de six ou sept ans. Sur une promotion de cent élèves, la promo 58, nous sommes six ayant suivi le même parcours que le mien. Dans l'argot de la « baille », on nous surnomme les « zèbres » — pour avoir porté le tricot rayé blanc et bleu du matelot.

Dans un garage de Josselin, j'ai déniché une Harley-Davidson survivante de la US Army. Une « occasion en or », m'a affirmé le vendeur, en précisant, comme s'il s'agissait d'une assurance tous risques : « Elle a fait le débarquement. » Fort de cette garantie, c'est à moto que j'arrive, dans le grondement de mon engin, à la Chalouère. Je suis « en perme ». Je fête ma prochaine entrée à Navale chez mes parents. Je suis content. À ma manière : calme. Pour exprimer ma félicité, je n'ai pas besoin de m'abandonner à des manifestations d'exubérance, ni me laisser aller à des signes extérieurs de liesse. Il me suffit de dire : « Je suis content. » Ça suffit. Mes parents, mon frère, mes sœurs sont radieux. Maman,

comme on dit, a mis les petits plats dans les grands.
À la fin du dîner, mon père me demande :

— Et maintenant, que vas-tu faire ?

— Je retourne à La Trinité enduire la coque. J'aimerais terminer ce travail avant la rentrée.

— Alors, le bateau va de nouveau naviguer ?

— Oui.

Mon père a eu comme un éclair dans le regard.
C'est sa façon à lui d'exprimer sa satisfaction. Ma
mère, mes frère et sœurs sourient de contentement.
Dans ma famille, nous avons toujours eu l'euphorie
contenue.

En fin de semaine, avec ma Harley, je retrouve La
Trinité-sur-Mer, où m'attend *Pen Duick*.

Plusieurs mois se sont écoulés entre la pose de la
dernière couche de tissu et le moment où j'entame
l'enduit. Cette interruption a durci la résine. De nouveau, il me faut poncer la coque pour enlever une
mince pellicule très résistante qui s'est formée et
aurait empêché l'adhérence de l'enduit. Gilles m'a
prêté une grosse ponceuse à disque. C'est épouvantable. Maintenant, dans les chantiers, des aspirateurs
avalent immédiatement la poussière de laine de verre
que dégagent les ponceuses. Moi, je n'ai pas d'aspira-
teur. À l'air libre, je vis enveloppé par un nuage de
fines particules irritantes comme des poils à gratter.
Mes yeux sont rougis et boursouflés. Mes avant-bras
ont doublé de volume sous l'effet des milliers de
piqûres de cette poussière de fibres de verre. Je ne
peux plus supporter ma chemise.

Premier ponçage. J'étale l'enduit. Deuxième ponçage. Deuxième enduit. Re-re-ponçage. Re-re-enduit.
Au cinquième ponçage, j'obtiens enfin une surface
lisse. À mesure que le temps passe, je trouve que ce
bateau a vraiment beaucoup de surface !

C'est avec soulagement que je pose la ponceuse
pour la dernière fois. Je prépare le retournement de
la coque en plaçant des fûts de 200 litres à l'intérieur
du bateau, à l'avant et à l'arrière. À la première

grande marée haute, je fais reflotter le chaland. Une fois celui-ci assez loin de la rive, j'enlève le nab du chaland pour qu'il puisse se remplir. Il s'enfonce sous le poids de *Pen Duick* jusqu'à ce que celui-ci chavire et flotte plein d'eau, avec cependant un petit franc bord grâce à la flottabilité des bidons. Avec une motopompe, on vide l'eau complètement. On échoue le bateau sur un ber et on le remonte au sec. Il est alors rentré sous hangar.

Au chantier Costantini de prendre la suite : scier les bavures de polyester qui dépassent du plat-bord, démolir le vieux bordé sur une petite hauteur pour mettre une première serre avec un barrotage provisoire qui permet de démolir le reste de la vieille coque sans que la nouvelle ne se déforme, poser un pont avec capots, claires-voies, pavois, cockpit. Bref, un bateau neuf.

Mes finances ont fondu mais Gilles ne s'en soucie pas : « On s'occupe du bateau. Le reste, on verra ça plus tard, quand tu pourras... » La coque est en état. Le chantier va travailler tout l'automne et tout l'hiver 1958 pour redonner au bateau son aspect de bateau. « *Pen Duick* sera prêt l'année prochaine, pour Pâques. En attendant, entre à Navale et ne t'occupe pas du reste. »

5

BON DERNIER

L'École Navale de mon époque n'a pas la grandeur imposante de l'austère établissement actuel, bâti au fond de la rade de Brest, au Poulmic.

C'est un assemblage de baraquements provisoires dans lesquels vivent et étudient les cent élèves de la promotion, plus ceux de la précédente. Des locaux sévères qui n'incitent pas à se livrer à des batailles de polochon — et d'ailleurs nous n'en possédons pas puisque nous dormons dans des hamacs. On nous a rassemblés en « postes », groupes de cinq « bordaches », appellation traditionnelle des élèves de Navale. On nous a habillés : deux tenues de travail et une tenue de sortie, ajustée pour chacun par le tailleur maison. Nous dormons à cinquante dans un dortoir. Mes camarades sont des jeunes gens pour lesquels j'éprouve de l'amitié et de l'estime. Je dis souvent que dans chaque catégorie d'individus il y a toujours une proportion de cons. Mais j'estime que parmi les officiers de marine, le pourcentage de cons est moins abondant qu'ailleurs. Par exemple : si je me réfère à ma promotion, j'ai dix excellents camarades, quatre-vingts que je revois toujours avec plaisir et dix... bon, que je préfère éviter. Et d'ailleurs, ce ne sont pas de vrais cons, mais seulement des gens avec lesquels je n'ai pas d'affinités. Mais qui sont corrects, vivables.

J'ai laissé une certaine marque de mon passage à l'École Navale. Je sais que, longtemps après mon départ, on parle encore de moi, à cause de la voile — alors que j'étais un inconnu — et du sport.

En sport, d'une façon générale, je suis le plus fort de ma promotion. J'écrase tous mes copains : je termine premier, avec 18 sur 20 de moyenne, le deuxième ayant 16,5 sur 20. Nos examens portent sur le 100 mètres et le 800 mètres, le lancer de poids, le grimper à la corde lisse, le lever de gueuse, les sauts en longueur et en hauteur. Dans ces deux dernières disciplines, je ne brille guère. En revanche, j'obtiens toujours 20 sur 20 à la corde lisse et au lever de gueuse, et 19 sur 20 à la course. J'ai oublié mes temps, mais je me souviens avoir battu quelques records de l'École au 400, 800 et 1 000 mètres. Chaque succès nous donne droit à des journées de permission. Alors, je dose mes efforts pour pouvoir améliorer mes performances à ma convenance, quand j'ai besoin de quarante-huit heures de permission.

Mon sport préféré, la voile, me vaut plusieurs séjours au « chibi », ainsi appelle-t-on la prison de l'École Navale. Tous les jeudis soir ou presque j'y ai droit.

Ce jour-là, l'après-midi, il y a « sport libre ». Chacun a le droit de s'adonner à la discipline de son choix. Moi, je participe à des régates dans la rade, sur les petits voiliers de l'École. Ce qui n'est pas du goût du service des sports de l'École. Parce que j'ai une bonne foulée, je suis inscrit d'office à tous les cross-countries de la région — aussi minables soient-ils — pour y défendre les couleurs de l'École. Naturellement, considérant comme tout un chacun que j'ai le droit de choisir mon activité, je vais faire une régate. Et chaque jeudi soir, le directeur des études, dans le langage « bordache » surnommé « la veuve », un capitaine de frégate, me convoque dans son bureau et me colle quatre ou cinq jours de « chibi ». Dans la journée, je suis normalement les cours. Le soir, je regagne ma cellule, mon lit de planches et ma couverture. Il n'y a pas de sentinelle en armes, bien sûr, aussi me suis-je organisé. Dans le plafond, se trouve une trappe. J'y planque un drap. À peine a-t-on refermé la porte derrière mon dos, j'ôte les planches de ma couchette et j'installe à leur place le drap en guise de hamac. Je dors profondément.

Gilles Costantini est un homme de parole. Il m'avait promis que *Pen Duick* serait prêt pour Pâques 1959. Il a tenu son engagement. *Pen Duick*, avec sa nouvelle coque, est magnifique. Il est repeint en noir, bien sûr. Les vernis brillent. J'ai refait tout le gréement parce que les espars d'origine, remisés au chantier douze ans auparavant, ont disparu. Peut-être quelqu'un, convaincu qu'ils ne serviraient jamais plus, les a-t-il transformés en rondins de bois. Il m'a fallu refaire un mât, une vergue, un bout-dehors neufs. La bôme, j'en ai trouvé une chez Anatole Le Rouzic, qui s'occupait de gardiennage de bateaux et dont le petit hangar était une vraie caverne d'Ali-Baba. Il me dit :

— Cette bôme sera bien pour *Astarté*.

Il avait connu *Pen Duick* sous ce nom, à La Trinité, vers les années 1925, et pour lui *Pen Duick* était toujours *Astarté*. Cette superbe bôme en pitchpin n'avait qu'un défaut : elle était un peu courte. Il a fallu lui rapporter un petit bout pour la mettre à la bonne longueur.

Pour la voilure, j'ai récupéré celle qui datait de l'achat du bateau — à l'exception de la voile de flèche, inutilisable à cause de son usure. Avec des parachutes achetés d'occasion, j'ai fait un spinnaker. Par chance, tout l'ancien haubanage est toujours en bon état.

Au moment du réarmement du bateau, j'ai eu une inspiration fâcheuse. Pour accroître les performances de *Pen Duick*, j'ai allongé le nouveau mât de cinquante centimètres et, du coup, les haubans sont trop courts. Plutôt que d'en commander des neufs —

je n'en ai d'ailleurs pas les moyens financiers — j'ai rallongé les anciens avec des petits bouts de chaîne qui me paraissaient solides...

Il y a douze ans que *Pen Duick* n'a pas pris la mer. L'armement m'a pris toutes les vacances de Pâques. Il reste juste le temps d'essayer le bateau. Le voyage pour Brest se fera plus tard.

Il y a mon père, mon frère Patrick, les jumeaux Gilles et Marc Costantini. On sourit sans rien dire. Dans ces moments de bonheur, les mots risquent de sonner faux ou d'être d'une banalité navrante. Le bonheur se savoure en silence. Je revois mon père. Lui qui ne croyait pas possible de sauver *Pen Duick* est ému. Quand les voiles montent et que la brise leur redonne vie, quand la coque recommence à faire chanter l'océan, c'est pour nous tous des instants magiques. Le vieux rêve est devenu réalité.

Sous un ciel bleu lavande comme La Trinité en connaît souvent, digne d'un dépliant touristique, nous serpentons entre les bouées du chenal et atteignons la mer libre. La baie de Quiberon s'étire devant nous. On voit le phare de la Teignouse, les ombres aplaties des îles de Houat et de Belle-Île. Je tiens la barre et je pense que rien ne peut ternir, assombrir ma félicité. Je me trompe.

Cela commence par un claquement sec. C'est la rallonge en chaîne qui a cédé. Le reste se déroule très vite. Le mât oscille, puis, vaincu par le poids de la voilure, casse net à ras du pont.

Je ne m'attarderai pas sur ce mauvais souvenir. On s'active à ramasser le gréement, dans un silence sépulcral car rien ne sert de pester, jurer, gueuler à la suite d'un pépin, si gros soit-il. Les jurons et les récriminations ne sont que des pertes de temps. Par chance, un ami qui passe dans nos parages vient nous passer une aussière et nous ramène à La Trinité en remorque.

C'est un coup dur pour moi. Je n'ai plus un sou pour payer les réparations, étant à sec. Déjà, j'ai une jolie ardoise chez les Costantini, qui m'ont accordé des facilités de paiement sans barguigner : « Tu nous paieras quand tu pourras. » Chaque mois, j'y allais de mon obole au chantier. J'ai fini en 1963.

C'est l'une des rares fois, dans mon existence, où j'ai été un peu découragé. Refaire un pied de mât, un mât de flèche et un haubanage neufs n'est pas dans mes moyens. D'ailleurs, je n'ai plus de moyens du tout.

Par la route, nous regagnons l'École Navale.

C'est là que Gilles me joint au téléphone pour m'annoncer, de sa voix sonore et chaleureuse :

— Un client m'a demandé d'effectuer les réparations de *Pen Duick* à ses frais.

— Qui est-ce ?

— Il m'a demandé de garder son nom secret. C'est quelqu'un qui t'aime bien et qui t'a vu te donner bien du mal pour faire naviguer ton bateau.

Je me doute bien de l'identité du généreux donateur. Mais puisqu'il veut demeurer anonyme, je fais semblant de ne pas le savoir.

Le mât et tout le fourbi sont réparés en un temps record par le chantier.

Un premier week-end, *Pen Duick* est convoyé à Bénodet. Une semaine plus tard, début mai, nous prenons la bouée qui lui est attribuée par le service Manœuvres, au Poulmic, après accord de la direction de l'École Navale. Je suis le seul élève du célèbre établissement à posséder son propre voilier.

On m'accorde, aussi, une faveur exceptionnelle. Au lieu de sortir le samedi après-midi et de rentrer à minuit, comme le prévoit le règlement, puis de ressortir le dimanche matin jusqu'à l'heure du dîner, j'ai le droit — ainsi que les camarades qui embarquent comme équipiers — d'appareiller le samedi à midi et de ne rentrer que le dimanche soir.

Nous pouvons être six à bord, pour une balade en mer dont l'itinéraire est quasiment immuable à cause de la situation géographique du Poulmic, bien enfoncé dans la rade de Brest. En effet, pour peu que l'appareillage ait lieu avec du vent d'ouest et la marée montante, il faut tirer des bords tout l'après-midi pour en sortir. Le soir, on mouille généralement à

Camaret ou dans les environs. Parfois, quand vent et marée le permettent, nous poussons jusqu'à l'île de Sein ou à Molène.

J'ai des fidèles pour embarquer par n'importe quel temps. Il y a Hubert de Lépinay qui, lui, ne manque presque jamais une sortie ; Malézieux, Foillard, Véricourt et bien d'autres sont souvent volontaires pour se faire rincer. Mais beaucoup de camarades de promotion n'osent pas se joindre à nous. Chaque semaine, je fais la tournée des « postes » pour proposer des places à bord, mais sans faire toujours le plein. Ce n'est que plus tard qu'un camarade me confia : « On n'osait pas accepter parce qu'on ne se sentait pas à la hauteur en voile. » Je lui ai expliqué que je ne demandais pas des équipiers aguerris, qu'il suffisait que deux ou trois fussent expérimentés, les autres n'avaient qu'à regarder et apprendre.

La fin de ma première année d'études à l'École Navale coïncide, après nos sorties d'instruction à la mer, avec la fin de l'été. Mes notes sont tout juste passables : je décroche la moyenne de 12, le seuil minimum, in extremis. Je passe en seconde année. La promo 58 a droit à une permission d'un mois, en septembre.

L'archipel des Scilly, avec la centaine d'îlots baptisés par les anciens « Cassitérites » où, jadis, en hiver, tant de voiliers se fracassèrent sur des roches pointues comme des dents, avec leur végétation exotique surprenante dans de tels paysages, est le but de notre première croisière. Dans le vent de la Manche, *Pen Duick* taille sa route gaillardement. Chaque manœuvre, avec le vieux gréement aurique, pourtant éprouvante même pour de jeunes biceps vigoureux, est un plaisir. À Cowes, lieu mythique de la voile, j'ai la confirmation de la beauté exceptionnelle de mon bateau. Nous défilons sous voiles quand le plus prestigieux photographe de bateaux, Keith Beken, nous aperçoit. Aussitôt, il saute dans sa vedette et vient tourner autour de nous avec son célèbre appareil à plaques. C'est ainsi que j'obtiens les premières photos de *Pen Duick*, que je conserve comme des reliques.

La seconde année à l'École Navale commence. Je retrouve mon hamac au dortoir, ma place dans notre poste, le 14. Le directeur des études me convoque et, d'un ton ferme, me dit :

— Tabarly, vous avez la tête plus dure que ce bureau. Je sais que si l'on continue à vous inscrire sur les listes pour courir des cross le jeudi après-midi, vous n'irez pas. On ne peut pas continuer à vous mettre au « chibi », on serait contraint d'en venir à des sanctions plus sévères, pouvant entraîner l'exclusion. Ce n'est pas le but que nous recherchons. J'ai donné des ordres pour que cette année on vous laisse tranquille. Mais je veux m'assurer de votre concours pour les championnats et les tournois importants, comme celui des grandes écoles.

— Commandant, vous pouvez compter sur moi.

La course à pied ne me procure donc plus d'ennuis. Mes études ne me préoccupent pas non plus — même si je suis loin d'être un crack. En revanche, avec *Pen Duick*, je n'en ai pas fini de me tourmenter.

Le dernier week-end avant Noël nous sortons par un assez mauvais temps. Nous avons tiré quelques bords au large de la Pointe Saint-Matthieu. Il y a de la mer et on vit de bonnes sensations. C'est au retour que ça se gâte. Bien engagés dans le goulet de Brest, par un fort vent d'ouest, j'avertis à plusieurs reprises le barreur qu'il navigue du mauvais côté du vent arrière.

— Attention, tu es trop sur la panne !

Paroles en l'air. Alors, fatalement, il empanne malgré lui. La bôme passe comme un météore d'un bord à l'autre, et le mât se brise à la hauteur des barres de flèche. Plus exactement : juste en dessous. Sur le bateau qui gigote, on ramasse le haut du gréement mais le moignon de mât qui reste n'a plus de haubans, plus une drisse. Le tout est resté attaché à la partie haute du mât, celle qui est tombée.

Il faut bricoler une drisse de secours. Je grimpe à ce poteau lisse et mouillé. Je fixe une drisse en amarrant une poulie en tête de ce qui reste du mât. C'est ainsi qu'on parvient à envoyer un tourmentin et refaire route vers le Poulmic. Tant que nous avons le vent de travers, sans aller bien vite, nous avançons. Mais une fois franchie la Pointe de Pen Ar Vir, on doit remonter, et c'est impossible. Avec notre petit foc, nous ne pouvons pas tirer des bords. On y serait encore si le service Manœuvres de l'École, nous voyant en difficulté, n'avait dépêché une vedette pour nous prendre en remorque et nous conduire jusqu'au mouillage.

Une fois de plus, je me retrouve désarmé.

La chance m'avait permis, au cours d'une promenade, de repérer dans l'anse de Lauberlat un gros mât abandonné depuis des années en haut de la grève. C'est vraiment un gros morceau, un ancien mât de gabarre ou de bateau de pêche probablement.

Je me suis dit : « Avec ce truc, je dois pouvoir me faire un mât. »

Dans une chaloupe de l'École, je vais jusqu'à Lauberlat, me renseigne, retrouve le propriétaire et conclus affaire. Puis mon volumineux espar en remorque, je retourne au Poulmic. Après l'avoir sorti de l'eau avec la grue, il est entreposé dans l'atelier de charpentage de l'École Navale.

« Bonnes vacances et Joyeux Noël », me lancent mes camarades en partant en perme pour les fêtes. Moi, ma perme, je vais la passer tout seul à l'École. À mettre le mât aux bonnes dimensions.

Le vent d'hiver souffle en furie et prend en enfilade la rade. Les crêtes des vagues, que les anciens nommaient « la peau du diable », se dressent à perte de vue. Les arbres sont fouettés par le vent. Le ciel est d'un gris cafardeux. Enfermé dans l'atelier de charpentage, je ne vois rien de ce paysage hivernal. À la plane et à la varlope, je mets d'abord le mât au carré, ensuite en hexagone, enfin j'arrondis les angles. C'est du bon bois, du pitchpin. Me voici en possession d'un beau mât. Il se dresse toujours sur le pont de *Pen Duick*.

C'est à cause de lui que j'ai failli me rompre les os — sinon aller retrouver le Créateur. Le nouveau mât vient d'être mis en place. Je me trouve perché tout en haut — à onze mètres — en train de remettre le gréement quand un bateau de service de l'École arrive, soulevant de nombreuses vagues. *Pen Duick* commence à rouler, tanguer et tirer sur ses amarres. Le mât, n'étant pas encore tenu par tous ses haubans et étais, se courbe de façon impressionnante et je pense qu'il ne va pas tenir avec mon poids là-haut. Je veux descendre en vitesse. Dans ma précipitation et avec les secousses du gréement, je rate une prise et je dégringole plus vite que prévu : je tombe dans le vide, tête la première. Miraculeusement, je réussis à empoigner un hauban déjà en place : je parviens à stopper mon plongeon. Je suis à 50 centimètres du pont.

Gérard de Véricourt, qui se trouve tout près, a pâli. Quand, passablement ému, je me retrouve à côté de lui, il me dit d'une voix atone :

— Mon petit vieux, tu as une sacrée veine et une sacrée poigne.

Il a raison. Je suis plutôt costaud. Mais ma force m'a coûté, paradoxalement, le Prix de Sport de l'École Navale : une paire de jumelles ou un chronomètre, je ne sais plus. Le directeur des études m'a convoqué pour m'expliquer cette décision :

— Tabarly, me dit « la veuve », je me suis opposé personnellement à ce que vous ayez ce Prix. J'estime que lorsqu'on possède votre musculature, on se doit de représenter l'École plus souvent que vous ne l'avez fait !

Je n'ai pas eu le Prix de Sport. Je risque, aussi, de ne pas sortir de l'École Navale. Il faut dire que je ne suis pas très courageux dans le vaste domaine des études. Mes efforts sont parcimonieux, dosés au plus juste pour ne pas être, comme on dit dans notre jargon, « sous le vent du coffre », le « coffre » étant le 12 sur 20 de moyenne indispensable pour ne pas être recalé. J'ai le strict minimum : 12 sur 20. Je me crois tranquille. Mais j'ai négligé ce qu'on l'on appelle « la note de gueule » du commandant — ainsi nommée car évaluée, ironise-t-on, « à la gueule du client ». Le commandant juge l'élève selon ses propres critères, et en particulier en fonction du nombre de jours de prison engrangés.

Il faut savoir qu'à la fête célébrant la fin des cours, on sacre « maj-chibi » l'élève ayant le plus fréquenté la cellule. La tradition « bordache » exige que, pour mériter cette distinction peu glorieuse, le puni fasse à sa ceinture autant de crans que de nuits passées au « chibi ». Cette distinction ne m'intéressant pas, je n'avais pas fait de crans à ma ceinture et je n'ai donc pas été sacré « maj-chibi » — même si je suis manifestement celui qui a le plus connu la prison. J'ignore en fait de combien de jours de punition j'ai écopé mais le commandant, lui, en connaît le total avec précision. La « note de gueule » qu'il m'octroie est un calamiteux 8 sur 20 qui fait sombrer ma moyenne.

Lors de la réunion de l'état-major de l'établissement, les différents instructeurs statuent sur mon cas. Il y a ceux résolus à me « saquer », et ceux qui me soutiennent. Parmi mes supporters, se trouve le lieutenant de vaisseau Nœtinger. Au cours de sa plaidoirie en ma faveur, il s'exclame :

— Pour une fois que nous avons un officier de marine qui aime la mer, on ne va tout de même pas le mettre à la porte.

L'officier de manœuvre, le commandant Jaouen, intervient à son tour pour me défendre :

— Grâce à Tabarly, la plupart de nos élèves ont compris le rôle du vent, des courants, et se sont amarinés... La promotion 58 est la plus « boulinarde » qui soit.

Pour les néophytes, la « bouline » est un terme de

vieille marine à voiles employé dans l'argot baille
pour désigner ceux qui aiment la voile.

Le « pape » (le commandant, en argot baille) se
laisse fléchir et remonte sa « note de gueule » de 8
à 12.

Sans gloire, je sors dernier de ma promotion, avec
le grade d'enseigne de vaisseau de 2ᵉ classe, qui correspond à sous-lieutenant. J'ai vingt-huit ans.

Ainsi que le veut le rituel, j'embarque sur la *Jeanne
d'Arc* avec ma promotion, direction tour du monde.
Le premier croiseur-école de ce nom, celui à quatre
cheminées, qui, grâce à ça, jouissait d'une réputation
de vitesse dans les pays coloniaux, était parti à la
casse dans les années 30. Mes camarades et moi mettons sac à bord du croiseur de 10 000 tonnes, lancé
en 1932, et qui fut conçu comme navire-école.
Il allait, peu après notre passage, être remplacé par
la troisième *Jeanne d'Arc*, un croiseur porte-
hélicoptères.

On ne chôme pas à bord. On suit des cours théori-
ques d'instruction, mais on a surtout un entraînement pratique. C'est « l'école d'application ». Il y a le
quart à la passerelle et aux différents PC de bord.
Nous sommes initiés à tous les services et toutes les
servitudes du bâtiment. Nous avons continuellement
des exercices : postes de combat, sécurité, l'homme
à la mer : on flanque à l'eau un croisillon de bois
avec un petit pavillon et il faut manœuvrer pour s'en
approcher à la bonne vitesse et à la bonne distance
afin que les gabiers puissent le sortir de l'eau avec
leur gaffe. Enfin, on s'exerce également avec l'aviso
qui escorte la *Jeanne,* sur lequel se trouve toujours
un groupe d'élèves.

La tradition veut que 100 milles avant d'arriver à
une escale, la grosse chaloupe, appelée « la galère »,
soit mise à l'eau. C'est une embarcation de 10 mètres
de long, avec trois mâts. À son bord, se trouvent un
compas, la carte, un sextant, un chrono et des tables.
L'équipage, composé d'une dizaine d'élèves, doit se
débrouiller pour rallier l'escale à la voile.

J'ai eu de la chance. Mon groupe, le premier à

embarquer, me suit sur la « galère » pour rallier les Saintes. L'alizé des Antilles souffle bien, et nous avançons toute la nuit à toute allure. Quand nous arrivons aux Saintes, dans la matinée, la *Jeanne d'Arc* nous a précédés de quelques heures à peine. Oui, nous avons eu de la chance en comparaison des malheureux lâchés à 100 milles de Valparaiso, une zone peu ventée, où les courants portant vers le nord leur étaient contraires. Cette fois-là, la « galère » rejoint la *Jeanne* à son mouillage alors que l'escale est pratiquement terminée.

Le croiseur-école fait parfois le tour du monde — c'est pourquoi on nomme cette navigation « croisière du tour du monde » — mais pas obligatoirement. Toutefois la durée à la mer est immuable, de même que sont immuables le nombre des escales et leur durée. Avec ma promotion, nous allons aux Antilles, au Mexique, à La Nouvelle-Orléans, nous franchissons le canal de Panamá, nous descendons vers l'Équateur, puis longeons le Pérou, le Chili, passons le détroit de Magellan, remontons sur Buenos Aires, Montevideo, Rio de Janeiro, traversons l'Atlantique et accostons à Dakar. De là, nous devions aller à Alger en passant par Gibraltar. Mais à cause du putsch d'Alger, on est déroutés vers Ajaccio. Ensuite, Istanbul, Venise, et retour à Brest.

Un voyage inoubliable. Un retour émouvant. La *Jeanne* vient de s'engager dans le goulet. Soudain, devant nous, un superbe voilier, toutes voiles dehors, apparaît sur tribord : c'est *Pen Duick*. À la barre se tient mon père, mon frère Patrick à son côté, qui viennent à notre rencontre. Jamais, auparavant, je n'avais vu mon bateau à la mer. *Pen Duick* salue réglementairement la *Jeanne* en amenant son pavillon national trois fois, et elle lui répond en amenant le sien une fois.

6

« TU PAIERAS QUAND TU POURRAS... »

Comme les voies du Seigneur, les subtilités des militaires sont parfois impénétrables. En toute logique, après les trois années passées à l'École Navale et sur la *Jeanne d'Arc*, je croyais réintégrer l'Aéronavale. En quittant mon escadrille pour entrer à l'École Navale, mon commandant m'avait convoqué dans son bureau pour me dire au revoir et m'avait dit :

— Je sais que vous aimez les bateaux, mais la Marine ne voudra pas laisser perdre vos heures de vol et donc, après la *Jeanne d'Arc*, vous serez sans doute affecté à l'Aéronavale.

Eh bien non : on m'affecte à la Division des dragueurs de mines de Cherbourg. Mystère. Mais les ordres sont les ordres.

En attendant de découvrir le Cotentin, ses bruines et ses pommiers, la Marine m'accorde une permission de détente. Début août, la promotion « 58 » se disperse. J'ignore combien croiseront plus tard mon chemin.

Pour nous c'est la fin de trois années d'études qui resteront un bon souvenir dans ma vie. Je ne m'y suis jamais ennuyé. Je m'y suis même amusé. J'y ai connu des moments intenses d'amitié et d'espérance, comme on en ressent quand on a une vingtaine d'années et que la vie, croit-on, a tout à nous offrir. Une page de mon existence est tournée.

— Que vas-tu faire pendant ce mois de perme ? me demande, au moment de nous quitter, Foillard.

— Courir avec *Pen Duick*.

— Tu as mon adresse : tu sais où me joindre, me dit-il en me serrant la main.

Sur le littoral, il suffit de regarder les gamins des écoles de voile s'initier à flairer le vent, régler leur petite voilure, comprendre les courants sur leurs minuscules embarcations. Ils acceptent d'avoir froid, des ampoules aux mains, de se faire houspiller par les moniteurs parce qu'ils subissent l'emprise du bateau. Depuis l'Antiquité, une poignée d'hommes a toujours été attirée par la ligne inaccessible de l'horizon.

Moi aussi j'ai subi cette attraction. J'ai vingt-neuf ans. Et une longue permission en poche. Je suis le propriétaire d'un voilier mythique. Je veux le confronter à d'autres plus modernes et plus forts pour savoir ce que *Pen Duick* a dans le ventre. Et je désire aussi me perfectionner dans le rôle délicat de skipper. Je veux savoir ce que je vaux.

Le métier de marin est un métier d'humilité, qui exige un long apprentissage. La mer punit les bravaches. Naviguer est une activité qui ne convient pas aux imposteurs. Dans bien des professions, on peut faire illusion et bluffer en toute impunité. En bateau, on sait ou on ne sait pas. Malheur aux tricheurs. L'océan est sans pitié.

Mon métier de skipper, j'ai commencé à l'apprendre l'année précédente, en septembre 1959, dans les courses organisées par le RORC (Royal Ocean Racing Club), et pour lesquelles j'avais engagé *Pen Duick*. C'était avant d'embarquer sur la *Jeanne d'Arc*.

À l'époque, il y avait encore quelques voiliers, comme mon cotre, à gréement aurique, c'est-à-dire à grand-voile quadrilatérale surmontée d'une autre voile triangulaire, la flèche. J'avais pensé que mon

bateau devrait se comporter honorablement contre
eux.

Lorsque je l'ai fait jauger par les organisateurs britanniques, j'ai eu une mauvaise surprise. Pour comprendre ma déception, il me faut ici entrer dans une
explication un peu technique. La jauge du RORC
était conçue pour handicaper les voiliers entre eux
et, théoriquement, donner des chances égales à tous
les bateaux. Pour ce faire, une série de mesures
étaient prises sur coques et voilures. Celle-ci était
entrée dans les formules de jauge et après calcul on
obtenait le handicap du bateau, qui servait, à partir
du temps réel mis par le bateau pour effectuer le parcours, à obtenir un temps compensé permettant de
classer les bateaux. À cette formule générale, s'ajou-
taient différentes détaxes pour donner des chances
égales à des bateaux conçus à des époques différentes : des détaxes d'âge et de gréement. En effet,
un gréement aurique est moins performant au mètre
carré, qu'un gréement « marconi », dont la grand-
voile est plus aérodynamique. Or mon *Pen Duick* n'a
pas bénéficié de ces détaxes. Le jaugeur officiel du
RORC m'expliqua que puisque la coque venait d'être
refaite, elle m'interdisait d'en bénéficier. Je crois que
cette position était très illogique car ces détaxes
avaient pour but de rétablir l'égalité entre des
bateaux de conception différente. Or celle de *Pen
Duick* était bien de 1898. Du coup, on me mettait
sur un pied d'égalité avec, par exemple, *Bloodhound*,
16 mètres à la flottaison et une vingtaine hors tout,
alors que *Pen Duick* mesure 10 mètres à la flottaison
et 15,10 hors tout. On ne peut dire que le règlement,
où il était précisé qu'il avait pour but de donner des
chances égales à des bateaux différents, était bien
respecté.

Ils étaient cinq sous mes ordres. Mon père, pour la
première fois mon équipier après avoir été longtemps « patron » du bord. Patrick, mon jeune frère.
L'écart de treize années entre nous avait empêché
que nous soyons proches pendant son enfance mais
à mesure qu'il avançait en âge, nous avions appris à

nous connaître et à devenir réellement frères. Enfin, mes « fidèles » de l'École Navale : Foillard, Malézieux et Véricourt.

— Cette fois, nous sommes en règle ! s'était exclamé Foillard en montant à bord.

Mon camarade faisait allusion à ce dimanche matin où nous devions mettre *Pen Duick* à l'eau. C'était à La Trinité-sur-Mer. Depuis quelques jours, ma promotion participait à des manœuvres avec les élèves officiers de l'armée de terre de Coëtquidan. Avec Foillard, on s'était éclipsés dans la nuit pour rejoindre le chantier des Costantini, où *Pen Duick* nous attendait, flambant neuf. Inutile de préciser que nous risquions gros.

Pour en revenir à ce mois de septembre, avant d'embarquer sur la *Jeanne d'Arc*, nous avions disputé la Channel Race, puis Cowes-La Corogne où nous avons la bonne surprise, à Ouessant, de nous retrouver, après deux jours de louvoyage par petite bise, juste derrière *Striana*, l'un des plus beaux bateaux de course français, avant de déchirer la grand-voile dans le golfe de Gascogne. Cette fortune de mer m'avait contraint à continuer ma route avec une vieille voile de cape qui datait du temps où mon père avait acheté *Pen Duick*. Et d'arriver très attardé à La Corogne.

En débarquant de la *Jeanne d'Arc*, avant de rejoindre mon affectation à Cherbourg, j'ai donc une perme d'un mois. Tout le mois d'août 1960, avec mon équipage, nous rallions Beaumaris, sur l'île d'Anglesey, au pays de Galles, pour prendre le départ de la Irish Sea Race. Une fois de plus, je constate que *Pen Duick* est vraiment un bon bateau. En effet nous restons bord à bord avec un 8 mètres de jauge internationale jusque sur la côte sud de l'Irlande. À ce moment, par vent arrière, notre adversaire envoie son spinnaker. Je n'en ai pas. On a beau hisser un petit foc-ballon, on est largués. Pour courir, il faut le jeu de voiles complet.

Ce constat amer est confirmé peu après le départ

du Fastnet. Par la faute de la brise de sud-ouest qui a bien fraîchi dans la nuit, l'unique foc du bord se déchire. *Pen Duick* s'arrête à Brixham.

— Je vais chercher un voilier pour qu'il nous répare le foc, dis-je à l'équipage, dépité par cette nouvelle mésaventure.

À quelque chose malheur est bon, dit le dicton. Cette escale s'avère profitable. Le voilier local pratique des prix tellement modiques que non seulement je lui demande de réparer le foc, mais je lui commande par la même occasion une grand-voile et un autre foc. *Pen Duick* qui n'avait que d'anciennes voiles en coton va se pavaner avec des nouvelles en tissu synthétique. Elles seront prêtes pour le prochain printemps.

Fin des vacances. Je prends mes pénates à Cherbourg. L'enseigne de vaisseau Tabarly monte la passerelle, salue les couleurs qui battent à la poupe du dragueur de mines de la Marine nationale : le *Castor* qui était le bâtiment du chef de division. À bord j'étais le second du commandant pour tout ce qui concernait les bâtiments. À la mer, je faisais le quart. Le travail consiste en exercices pour draguer les mines à orins ou de fond. *Pen Duick* a son mouillage en face du yacht-club de Cherbourg. Chaque week-end, avec des amis cherbourgeois, nous naviguons un peu par n'importe quel temps. Un dimanche, un coup de vent nous empêche de rentrer et nous nous réfugions à Guernesey. Par téléphone je préviens le commandant qui me recommande de ne pas faire d'imprudence. La division devait appareiller le lundi matin, mais en raison du temps, l'exercice a été annulé. Je suis arrivé à bord le mardi matin, pour écoper de six jours d'arrêt.

Je ne me souviens plus du jour avec exactitude mais un soir de juin 1962, à bord où j'étais le seul officier à vivre, je lis une revue nautique et y découvre l'annonce de la prochaine édition de la course transatlantique en solitaire, organisée par les

Britanniques, et je me dis : « Cette épreuve, j'aimerais bien la faire. » Cette course représentait pour
moi la compétition la plus complète du yachting à la
voile. Les récits des participants à la première Transat en solo, en 1960, m'avaient passionné.

J'ai écrit aux organisateurs du Royal Western
Yacht Club of Plymouth, leur demandant de me faire
parvenir le règlement. Dans leur réponse, ils m'an-
nonçaient que le départ était fixé au samedi 23 mai
1964. Quant au règlement en lui-même, il se résu-
mait à un itinéraire : départ de Plymouth, Angleterre ; arrivée à Newport, Rhode Island, États-Unis.
La taille des bateaux était libre. Il était précisé qu'ils
devaient être propulsés uniquement par la force du
vent et les muscles du navigateur, le moteur ne
devant servir qu'à fournir de l'électricité, et que les
concurrents n'avaient droit à aucune aide extérieure
à la mer. Il était cependant permis de faire escale
pour réparer ou se ravitailler.

Plus les jours passent et plus je suis passionné par
cette longue régate. Je me procure les itinéraires des
cinq concurrents de 1960 : Chichester, le vainqueur,
Hasler, Lewis, Howells et le Français Lacombe.
Selon eux, il n'y a que trois routes possibles. Celle au
nord, choisie par Hasler ; celle orthodromique — ou
l'arc de cercle —, la plus courte, empruntée par
Chichester et Lewis ; celle des Açores, choisie par
Howells et Lacombe. Chacune de ces routes nécessi-
tait une longue réflexion. En mer, l'itinéraire le plus
court n'est pas obligatoirement le plus rapide : un
courant contraire, une brise trop fraîche ou légère,
la prédominance de vents debout peuvent ralentir
considérablement la progression d'un voilier. La mer
et l'atmosphère sont constamment en mouvement.
Cette instabilité est liée aux saisons, aux latitudes,
aux pressions barométriques. Pour aider le marin
dans son option, il existe des cartes propres à chaque
océan et établies pour chaque mois de l'année. On
sait, ainsi, grâce à ces Pilot Charts, que les eaux du

Gulf Stream se déplacent à la vitesse de 3 nœuds vers le nord-ouest, que le courant froid du Labrador charrie des glaces flottantes au large de Terre-Neuve. Après avoir bien réfléchi et analysé tous ces renseignements, j'opte pour la route orthodromique.

Il me reste à savoir avec quel voilier je courrai.

Aucun bateau ne m'est plus cher que *Pen Duick* avec ce gréement qui lui confère une allure inimitable. Mais ce gréement ancien, je le sais bien, ne convient pas pour une course en solitaire à travers l'Atlantique : un homme seul ne peut le maîtriser.

Ma résolution est prise dès la fin de l'été. Un samedi, à midi, hors service, je quitte Cherbourg pour me rendre à Saint-Philibert chez les frères Costantini. Je connais leur amitié à mon égard, et ils me l'ont prouvée quand ils m'ont soutenu et aidé pour la reconstruction de *Pen Duick*. Je connais leurs méthodes de travail et le sérieux de leur chantier. Mais, surtout, je sais que, comme moi, Gilles est un adepte des « déplacements légers ». Or, je crois que la légèreté doit être un atout important dans une course en solitaire.

J'ai bien réfléchi à toutes les données de cette course et ma conclusion m'amène à devoir résoudre deux impératifs en apparence contradictoires : la vitesse et la maniabilité. La vitesse est indispensable puisqu'il s'agit d'une compétition. La maniabilité est, aussi, une nécessité. Seul à bord, il me faudra barrer, manœuvrer, cuisiner, assurer la navigation, veiller à l'entretien du bateau. Des tâches impossibles à assurer sur un bateau trop grand et trop chargé de voiles.

Dans le bureau de Gilles, je m'explique :

— Pour être rapide, le voilier doit être long. Sur ce point, nous sommes tous d'accord. La surface de la voilure étant en rapport avec le poids à déplacer, l'unique solution consiste à choisir des matériaux légers et, bien sûr, solides.

— Bon. Et la longueur ?

J'avais réfléchi à ce sujet. Mon raisonnement est le suivant : puisqu'il m'est impossible d'établir, par manque d'expérience, la dimension du bateau convenant à mes forces et à mes capacités, il me faut faire appel à l'expérience des autres, c'est-à-dire Chichester, le vainqueur, et Hasler, le deuxième arrivé. Le premier s'était épuisé à manœuvrer sur son cotre de 12 mètres. Le second avait réussi une belle course sur un folkboat de 8 mètres.

— Je pense que la bonne taille serait 10 mètres, dis-je.

— Bon, dit Gilles.

Les Costantini construisaient un voilier en contreplaqué, le type Tarann. Lors d'une nouvelle réunion à Saint-Philibert, les jumeaux me proposent de réaliser à leurs frais un Tarann, version course, qu'ils me prêteraient pour la Transat et dont ils se serviraient ensuite.

— Nous le baptiserons *Margilic V.* C'est le nom que nous donnons aux voiliers réservés à la famille.

Le temps que Gilles établisse les plans, le chantier commence à travailler en octobre 1962.

Dans ce type de course, la condition physique, évidemment, est primordiale. En attendant de naviguer sur *Margilic V,* je m'entraîne. Dès que mon service à bord du dragueur me le permet, je me rends au stade. Les qualités athlétiques sont indispensables à un navigateur solitaire. Le 400 mètres est un long sprint qui enseigne à serrer les dents. Je m'exerce toujours au saut en longueur et je ne cesse de grimper à la corde lisse. Je me soumets chaque jour à des séries de « pompes ». Porter des sacs à voile, affaler ou envoyer la voilure, monter au mât, toutes ces activités musculaires qu'exige la navigation n'admettent pas la méforme ou la faiblesse. Sur mon *Pen Duick,* je continue à naviguer le plus possible afin de me maintenir en forme. Le corps humain est une merveilleuse machine qui a une résistance insoupçonnable à condition de l'entretenir.

Un événement imprévu survient, menaçant de couler mes beaux projets. Je reçois une nouvelle affectation : la Marine m'expédie à la base de Bizerte. Tous mes plans sont à l'eau car je ne vois pas comment, en Tunisie, je pourrais participer à l'élaboration du futur voilier, m'entraîner et courir.

Je suis passablement catastrophé, même si le commandant de la division des Dragons de Cherbourg, qui connaît mes projets, me rassure :

— Ne vous en faites pas, Tabarly : l'officier qui est au bureau des désignations, à Paris, est un camarade de promotion. Je vous écris une lettre pour lui expliquer votre situation. Il va vous dénicher une autre affectation. Tout va s'arranger.

C'est à la caserne de La Pépinière, à Paris, que je débarque, confiant, avec ma lettre de recommandation en poche. Je suis devant l'officier pendant qu'il la lit. Il la repose sur son bureau, lève son regard vers moi. Un regard sans aménité. D'une voix tranchante, qui n'admet aucun appel, il me déclare :

— Tabarly, vous n'êtes pas dans la Marine pour faire de la voile. Cette affectation pour Bizerte sera bénéfique pour votre formation d'officier. Vous irez donc en Tunisie. Vous pouvez disposer.

Dépité, je quitte La Pépinière, en quête d'une solution que je dois trouver vite. Je marche dans les rues de Paris, me demandant auprès de qui je pourrais trouver de l'aide. Soudain, j'ai une illumination. Je me souviens que le capitaine de vaisseau de Kerviler, personnage connu dans la Marine, auteur d'un Traité de manœuvres que l'on étudiait à l'École Navale, navigateur réputé pour ses dons de barreur, représente souvent la Royale dans les compétitions dans la classe des Dragons ; peut-être ma planche de salut. Nous nous connaissons car il y a quelques mois il m'avait pris comme équipier pour convoyer de Gosport à Brest un *Naïca* acheté par la Marine pour le club nautique de Brest. Kerviler est directeur des Sports et ainsi mon ultime chance. Je n'ai que quelques mètres à faire dans les couloirs de

La Pépinière pour arriver à son bureau. Nous ne perdons pas de temps à évoquer des souvenirs de bateaux. Kerviler est un homme qui va droit au but :

— Que puis-je faire pour vous, Tabarly ? Vous me paraissez soucieux...

— En effet je le suis, commandant.

Je lui expose mes tribulations. Dès que je me tais, il dit simplement :

— Je vais essayer d'arranger ça.

Il arrange ça : trois jours plus tard, à Cherbourg, je reçois ma nouvelle destination : on m'affecte à Lorient, où je reçois le commandement du EDIC 9092 — Engin de Débarquement d'Infanterie et de Chars —, une unité de 60 mètres de long, avec quinze hommes d'équipage.

En dehors de quelques exercices de débarquement avec le régiment de Vannes, j'ai pour mission de reconnaître dans la région les plages où un EDIC peut beacher. Pour cela je propose toutes les semaines à l'état-major un programme de navigation pour la semaine suivante. Il y est souvent prévu une relâche pour la nuit dans l'abri trinitain, ce qui me permet de surveiller la progression des travaux de *Margilic V* et par la suite ceux de *Pen Duick II*.

Dès le mois d'avril 1963, *Margilic V* est à l'eau. Je m'entraîne. Je navigue et participe avec les frères Costantini aux petites courses régionales d'avant saison, avant de m'engager dans les épreuves du RORC, en particulier le Fastnet. Toutes ces navigations en équipage ou en solitaire m'enseignent deux choses : d'une part *Margilic V* marche bien à toutes les allures et par tous les temps, pour sa taille, et si les classements dans les courses du RORC furent moyens, c'était parce que la jauge de handicap pénalisait beaucoup les bateaux à déplacement léger ; d'autre part, je constate, en solitaire, n'avoir aucun problème de manœuvre sur ce bateau et je suis sûr de pouvoir en mener un sensiblement plus grand.

— Pour cette course, il faudrait concevoir un bateau plus fort, dis-je à Gilles. *Margilic V* est la base à partir de laquelle il faut inventer *Pen*

Duick II. On doit penser une longueur à la flottaison plus grande, un déplacement léger malgré l'augmentation de taille, une grande stabilité, une barre douce, une bonne tenue de cap et un accroissement de la voilure.

Dès lors, Gilles et moi passons notre temps à peaufiner cette merveille des mers. Je crayonne sur les pages d'un cahier d'écolier des esquisses, que Costantini corrige et affine.

Au début, nous avions des idées un peu opposées. Le *Margilic V,* sur lequel j'ai beaucoup appris, était ce que l'on appelle un bateau à simple bouchain vif : le bouchain, c'est la partie, généralement arrondie, d'une coque entre les œuvres vives et les œuvres mortes. Si cet arrondi est remplacé par un angle c'est un bouchain vif. Moi, j'étais partisan d'un double bouchain, c'est-à-dire un panneau de fond, un autre au milieu, un troisième pour le bordé vertical. Gilles rechignait à adopter ma solution, mais j'y tenais mordicus et comme le client a toujours raison, même celui qui, comme moi, était sans le sou, j'ai fini par obtenir gain de cause.

Je n'oublierai jamais cette période, l'une des plus denses de ma vie. Il fallait que je pense à *Pen Duick II.* Il fallait que je me maintienne en bonne forme. Les Costantini avaient mis en vente *Margilic V* car, en vue du prochain voilier, ils ne pouvaient se permettre de nouveaux frais. En attendant, je poursuivais mes entraînements à son bord. Si j'éprouve une réelle nostalgie pour cette époque, c'est parce qu'elle était fondée sur la loyauté et l'amitié. Une fois de plus, Gilles et Marc m'avaient répété : « Tu paieras quand tu pourras... » Certes, dans le petit monde de la voile de naguère, où tout le monde se connaissait, ma réputation de bon marin était bien établie. Mais je n'étais qu'un inconnu. Et, du reste, le grand public ignorait même l'existence de la Transatlantique en solitaire. Seuls l'amour des bateaux et le sens profond de l'amitié faisaient que les frères Costantini et moi étions unis pour ce projet.

— Ce qui me préoccupe, c'est la maniabilité de la

voilure, dis-je à Gilles. Il me faut beaucoup de toile pour aller vite, encore faut-il qu'elle ne me dépasse pas. Il faudrait qu'elle soit divisée pour qu'elle ne m'oblige pas à des changements de voilure compliqués et éreintants.

Je suis très influencé par la lecture du livre de Chichester où il se plaint beaucoup de ses difficultés de manœuvre et je ne veux pas me trouver dans cette situation.

La question du gréement est posée. L'armer en sloop ou en cotre me fait à peine hésiter. La hauteur du mât et la surface de la grand-voile exigeraient de trop violents efforts musculaires. L'armer en ketch — le grand mât à l'avant et le plus petit, l'artimon, à l'arrière — me paraît la bonne solution. Les surfaces de chaque voile sont plus faibles et maniables. De plus il ne devrait pas manquer de vent sur l'Atlantique Nord, le bateau est, à dessein, assez sous-tuilé. Le gréement de ketch permet d'équilibrer le bateau à la barre, ce qui est important en navigation solitaire pour le pilotage automatique. Enfin, grâce au déplacement léger, nous disposons d'une grande longueur de pont et de peu de surface de toile à envoyer, ce qui permet de ménager un grand espace entre la chute de la grand-voile et l'artimon, lui garantissant un bon rendement.

Si la conception du voilier est pratiquement achevée, il reste à commencer sa construction.

Octobre passe. Puis novembre à son tour. Décembre commence et *Margilic V* n'est toujours pas vendu. Depuis peu, j'ai fini de payer mes dettes aux Costantini pour la restauration du vieux *Pen Duick* et ma trésorerie est presque à zéro. La fin de décembre approche, et la mise en chantier de mon prototype n'est toujours pas commencée. Le départ de la deuxième Transat est fixé au 23 mai suivant, c'est-à-dire moins de six mois plus tard. Insidieux, le découragement s'insinue en moi et me laisse présager qu'il me faudra renoncer à participer.

Élevé dans la religion catholique, pendant longtemps j'ai été pratiquant. Puis, un jour, je me suis
demandé pourquoi ce Dieu d'Amour permettait autant de saloperies et de misère sur notre terre. La
réponse, peut-être, me la fournira-t-il dans l'au-delà.
En attendant — sans hâte — une explication, quand
je suis en difficulté, je ne l'appelle jamais à mon
secours en priant « Mon Dieu, faites quelque
chose... » S'il m'a mis dans le pétrin, alors pourquoi
viendrait-il me repêcher ensuite ?

Parfois, pourtant, je doute de mes doutes. Parfois,
en effet, j'ai l'impression de bénéficier de la Miséricorde divine et de sa bienveillance. Un peu avant
Noël 1963, alors que mes chances de prendre le
départ à Plymouth paraissent irrémédiablement
compromises, des amis me font savoir qu'ils m'avan-
cent 20 000 francs sans intérêts. Cette somme ne
règle qu'une partie des travaux mais lorsque
j'annonce aux Costantini que je dispose de ce prêt
inespéré, ils ont un grand sourire et Gilles me dit,
une fois de plus :

— On fait ton bateau. Tu paieras le reste quand
tu pourras.

Dès lors, tout s'accélère. Avec Gilles, nous étions
convenus de donner au bateau les dimensions suivan-
tes : 10 mètres de longueur à la flottaison, 13,60 mètres hors tout, 2,20 mètres de tirant d'eau et une
largeur de 3,40 mètres.

Grâce au double bouchain, la carène se rétrécissait
de façon importante bien au-dessus de la flottaison,
lui procurant la bonne pénétration d'un bateau
étroit, mais dès que la coque gîterait, la stabilité
serait celle d'un bateau plus large. La conception de
cette carène était l'aboutissement des interminables
discussions que Gilles et moi avons eues au cours des
soirées de cette interminable fin d'année.

Interminable est également le début de l'année
1964. Interminable mais aussi angoissant. Alors que
le chantier s'apprête à appliquer le bordé en contre-
plaqué découpé dans des panneaux de 15 mètres de
longueur, sur des membrures de bois renforcées par

d'autres membrures métalliques, je dois m'occuper du matériel toujours manquant : le haubanage, l'accastillage, la voilure.

La veille du Nouvel An, je glisse sur un madrier qui traînait dans le chantier des Costantini et je me fais une entorse à la cheville. Mon entrée au Salon nautique de Paris me vaut d'être remarqué : je me déplace avec des béquilles. Après les moqueries d'usage, et les souhaits de prompt rétablissement, je vais profiter de la guéguerre que se livrent deux récentes revues nautiques.

Mon ami Alain Gliksman, rédacteur en chef de la revue *Neptune*, m'avait convaincu, quelque temps auparavant, de signer un contrat avec son journal, lui réservant l'exclusivité de mon récit de course. Du coup, ses concurrents des *Cahiers du Yachting* m'entourent dès que je suis dans l'enceinte du Salon.

— Éric, vous auriez dû traiter avec nous. On est bien meilleurs que les autres, et d'ailleurs, on va vous le prouver. Vous avez besoin de matériel ? Demandez et vous l'aurez !

Ils m'escortent de stand en stand, auprès des différents exposants. On me fournit tout ce dont j'ai besoin, et sans bourse délier. J'accepte sans me faire prier toutes ces merveilleuses offrandes : mâts et bômes, haubanage, winches, tissu à voile, cordages, poulies.

— Vous voyez, me dit l'un des collaborateurs des *Cahiers du Yachting*. Vous voyez, grâce à nous, vous avez obtenu ce qu'il vous manquait. C'est la preuve que nous avons davantage d'influence que *Neptune*.

— C'est possible mais j'ai signé un contrat avec ce journal et je ne peux pas revenir dessus. Merci pour votre aide très efficace, je le reconnais !

7

COURIR EN SOLITAIRE

Le temps traîne. Le temps file. Le temps presse.

Ces trois variations, je les ai vécues, subies, souffertes lors de la préparation du bateau.

Le temps paraît long, presque figé, lorsqu'on tâtonne sur un projet et ignore comment trouver les solutions financières. Le temps défile quand on franchit la frontière du rêve ou de l'espérance et qu'on aborde les rivages pleins d'écueils de la réalité. Le temps se rétrécit ou semble s'accélérer à mesure qu'approche la date du but à atteindre.

La coque terminée a enfin un aspect de navire. On a aménagé deux couchettes sous le cockpit, la cuisine, la table à cartes et les compartiments pour les vivres et le matériel. Pour faire des économies, chaque week-end, je peins l'intérieur de la coque aidé par mon père. La fabrication de la quille à bulbe me tourmente. La fonderie, qui devait initialement me la livrer fin mars, me la promet pour le 5 avril. Ce retard n'est pas sans conséquences. Il signifie que je ne pourrai pas, faute de temps, me familiariser avec mon nouveau bateau, m'entraîner, procéder à des réglages ou à des modifications.

Le 5 avril, toutefois, est une date importante. Ce matin-là on a mis *Pen Duick II* à l'eau. Je suis à bord. Le bateau glisse à une allure impressionnante sur la voie volante qui relie le chantier à la mer. La coque s'enfonce dans un bouillonnement d'écume, tout l'arrière est immergé jusqu'au cockpit, se redresse. Puis le bateau, encore privé de son lest, flotte comme un bouchon. Avec précaution, on le remorque jusqu'au quai de La Trinité où un camion-grue met un terme à sa première et brève navigation. On le sort de l'eau et on le pose sur une remorque. Bien calé et bien arrimé, il prend la route. Direction : l'Arsenal de la Marine à Lorient.

Gilles Costantini est un personnage fort physiquement et fort moralement. Avec son père, et depuis qu'il a assuré la succession, il a construit plus de six cents voiliers conçus pour courir et gagner. Des bateaux qui régataient avec les flottilles de La Rochelle et de Bénodet, dont les propriétaires, des banquiers et des industriels, poussaient l'audace jusqu'à se confronter avec les Britanniques dans leurs eaux territoriales, et fort honorablement.

Gilles et moi, adolescents, avons embarqué comme équipiers et, parfois, comme adversaires. Notre amitié est ancienne. Et notre véritable passion est le bateau : pour ses formes, pour ses performances, pour sa beauté. Chaque fois qu'une nouvelle unité sort de son chantier naval, Gilles ne peut dissimuler une lueur d'émotion qui brille dans son regard clair. Gilles est un artiste. À cette époque, l'ordinateur n'existait pas et n'imposait pas ses données. À cette époque, les bateaux portaient la « patte » de l'architecte. Il y avait les célèbres Nicholson et Cornu. Il y avait les Costantini. Chacun d'entre eux avait son coup de crayon. Ce talent artistique, Gilles le tient bien sûr de son père, Gino, mais plus encore, prétend-il, de son grand-père paternel. Il se prénommait Virgile. Natif de Mestre, près de Venise, c'était un Italien calme et peu loquace, qui vivait de sa peinture. Une partie de ses œuvres est d'ailleurs exposée à Paris, Londres, Tokyo. Virgile adorait voyager. Après avoir sillonné l'Italie et la Suisse, l'Écosse et la Bretagne l'avaient fasciné. C'est sur un voilier de

30 mètres, *Aziadée* — acheté avec son équipage ! —, qu'il jetait l'ancre à La Trinité-sur-Mer au début du siècle. À l'époque, c'était un bourg qui vivait de ses bateaux de commerce. Les Trinitains chargeaient leurs soutes avec des poteaux de bois qu'ils revendaient à Cardiff, et revenaient en transportant du charbon, moins cher que celui extrait des mines du nord de la France. Gino était né, qui épouserait une Vannetaise. De cette union, des jumeaux vinrent au monde, Gilles et Marc. C'est toujours avec fierté et tendresse que Gilles évoque son grand-père Virgile et son père. « Des artistes », dit-il sobrement. Comme lui.

Avant que la coque de *Pen Duick II* ne soit posée sur la remorque, il l'a regardée se dandiner sur l'eau. Il me dit : « Tu as un joli bateau, Éric. » Il y avait dans sa voix la béatitude du père découvrant son rejeton.

Peu avant la mise à l'eau, la Marine vole à mon secours en autorisant que le service des Mouvements généraux de l'Arsenal fasse quelques finitions. Ce service s'occupe, entre autres, de l'entretien des bateaux du club nautique de la Marine et son chef, l'IDT — Ingénieur des Travaux — Henaff, est passionné de voiliers. Ça tombe bien. En fait, c'est un peu plus que des finitions qui seront effectuées : la pose de la quille, par exemple, est déjà un travail important. Mais, sans ce coup de force, je n'aurais jamais été prêt à temps. Quant à moi, j'ai été retiré de mes fonctions à bord de l'EDIC pour que je puisse m'occuper à plein temps de mes préparatifs.

La quille à bulbe, étroite et profonde, est placée après plusieurs jours de boulot. La table à cartes, la cuisine, le circuit électrique, les filières, les cales de fixation pour le youyou et pour l'ancre, les mâts, le gouvernail, les voiles coupées par Victor Tonnerre, tout est à poste.

Le samedi 9 mai, dans l'Arsenal quasi désert, c'est le baptême de *Pen Duick II*, un nom qui sonne bien, que j'aime bien et qui m'évite de me creuser la tête pour en chercher un autre. Le « premier », lui, repose, au sec, dans un coin du chantier Costantini. L'épouse de Gilles, Odile, est la marraine. La bouteille de champagne se brise nettement contre la coque, ce qui, dans les superstitions des marins, est de bon augure. Mais je ne crois pas à ces sornettes.

Le dimanche 10 mai, *Pen Duick II* appareille de Lorient pour faire route sur La Trinité. C'est un moment important, un moment longtemps attendu. Pourtant, je n'éprouve pas une réelle émotion. Le premier contact avec ce nouveau bateau est destiné à le tester, me rendre compte s'il correspond vraiment à ce que j'attends de lui. Cette sortie est une séance de travail qui me permet de constater que la grand-voile est un peu trop creuse à cause de l'élasticité du tissu. Victor Tonnerre, à bord, en convient et me dit :

— Ne t'inquiète pas. Je vais la rectifier.
— Il faut te grouiller...
— Je vais me grouiller.

Il ne me reste que quelques journées pour terminer mes préparatifs avant mon départ pour Plymouth. J'installe le gouvernail automatique. Je sors quelques heures pour l'essayer : il est parfait aux allures de près mais insatisfaisant au largue — mais je n'ai plus le temps de pallier cet inconvénient. Avec Gilles, mon père et mon frère, nous vérifions une fois de plus le bon fonctionnement des poulies, l'emplacement de certains équipements dont les leviers de bastaque. Il faut encore scier des boulons qui dépassent et boucher quelques fentes suspectes, puis ranger les voiles de réserve, graisser les ferrures et laver le pont. Je mets la main à la pâte, je surveille, je vérifie. Le temps file à une allure vertigineuse.

Ma mère m'a demandé de faire installer un poste radio émetteur-récepteur. Je me soumets à sa requête : le poste, dit-elle, la rassure. Pour ma part, j'y vois deux inconvénients. Le premier : il consomme beaucoup de courant électrique. Le second : s'il tombe en panne, je ne puis lui donner des nouvelles et maman s'inquiétera davantage encore.

Le 16 mai, je suis prêt pour rallier Plymouth. Le bateau est prêt. Enfin, presque.

Ma mère était venue à bord pour m'embrasser et déposer dans ma table à cartes la médaille à l'effigie de Notre-Dame de la Mer. À cet instant-là, à la façon qu'elle a de me regarder, je comprends toute la tendresse, tout l'amour qu'elle me voue.

— Maman, il faut que j'y aille...

Avec mon youyou, je la ramène à terre. Elle débarque. Elle se force à me sourire mais ses yeux sont pleins de larmes. Sur le coup, j'éprouve un sentiment de culpabilité de lui infliger un tel tourment.

— Je reviendrai, maman, sois tranquille, tout ira bien.

Le ciel est magnifiquement bleu. La Trinité-sur-Mer vaque à ses occupations habituelles et ne semble guère prêter attention à *Pen Duick II* qui s'éloigne. Sur la cale, la silhouette frêle de ma mère diminue puis disparaît de ma vue.

8

VALENTINE N'EST PAS UNE FEMME ET CHICHESTER EST LE FAVORI

C'était un lundi de Pentecôte. *Pen Duick II* a laissé derrière lui les roches de Mewstone et l'estuaire de la Yealm pour s'engager dans la rade de Plymouth, couronnée de collines boisées. Avec mon père et Jean-Paul Aymon, le reporter de *France-Soir*, embarqué lors d'une brève escale à Brest, nous apercevons au loin la vieille citadelle de Charles II, sentinelle fortifiée de jadis.

Sous voiles, *Pen Duick II* poursuit sa route silencieuse, longe la côte, où seuls des baigneurs britanniques peuvent s'ébrouer aussi joyeusement dans une eau aussi frisquette et sous un ciel aussi menaçant. Soudain, l'île Drake apparaît comme si elle se décrochait de la terre. L'île me fascine à cause du nom qu'elle porte : celui de Francis Drake, amiral et corsaire, marin légendaire qui, voici trois siècles, guettait avec son escadre tapie dans la rade l'approche de l'*Invincible Armada*. Drake, honoré, anobli puis tombé en disgrâce, fait partie de ces marins qui ont peuplé mes rêves de jeunesse.

Nous sommes peu après au fond de la rade. Le port de Plymouth s'étire de tous côtés, à tribord vers le vieux quartier de Barbican, et à bâbord vers le bassin des docks de Stonehouse, derrière le pont tournant de Mill Bay. Ce décor de grues, hangars, quais abandonnés en ce jour férié est plutôt lugubre.

— On ne va pas s'amarrer ici, murmure mon père, ça me donne le cafard !

Il a raison. On évolue, sous voilure réduite, à la recherche d'un paysage plus attrayant, et finalement on prend un corps-mort en eau profonde devant le yacht-club. Sous les murs de la Citadelle, des baigneurs sont rassemblés autour de la piscine municipale bâtie en bordure de mer, s'obstinant à vouloir bronzer sous un soleil à peine tiède.

Nous sommes le 18 mai. Le départ est dans cinq jours. On pourrait croire que j'ai l'éternité devant moi mais, en réalité, je suis comme on dit « à la bourre ». *Pen Duick II*, en effet, est loin d'être paré. Bien que d'un tempérament peu anxieux, je me fais un peu de souci. Il reste une palanquée de bricolages à terminer : l'installation des glissières pour fixer un compas renversé au-dessus de ma couchette, me permettant de vérifier mon cap sans devoir me lever ; une couche de peinture antidérapante à passer sur le pont ; compléter les provisions ; fixer la coupole en plexiglas d'un ancien astrodome d'hydravion Sunderland, trouvé à la base de l'Aéronavale du Poulmic, d'où je pourrai surveiller la voilure et l'état de la mer ; dénicher un speedomètre Hermès que je n'ai pu obtenir à temps en France. Ces cinq jours seront courts. D'autant plus qu'il me faudra participer aux réunions et réceptions avec les autres concurrents. Pas de quoi lambiner pendant ces journées.

— Je vais à terre m'occuper des instructions de course.

— Je t'accompagne, me dit Jean-Paul Aymon.

— Moi, je m'occupe de la popote, dit mon père.

L'honorable secrétaire du Royal Western Yacht Club est un gentleman à la moustache britannique, rappelant celle du Major Thompson de Daninos. Tout en tirant sur sa pipe d'où s'exhale un parfum de tabac blond, il m'accueille, accoudé au bar, et me remet toute sorte de documents. Puis il me signale que mon bateau est le seul à être mouillé en rade.

— Vos adversaires sont dans le bassin des docks. C'est là qu'auront lieu les inspections et les mesures de jauge, me précise-t-il.

Qui sont mes adversaires ? À l'exception des cinq concurrents de la première Transat, dont je connais les visages pour les avoir vus dans des revues nautiques, je n'ai jamais vu les autres.

La rencontre a lieu lors de la réception donnée par l'amiral Sir Nigel Henderson, commandant de la base navale de Plymouth.

Le premier que j'observe, non sans une certaine admiration, est Francis Chichester. Il est des hommes qui ont une destinée. Chichester est de ce nombre. Le menton proéminent, carré et volontaire, il a été forestier, promoteur de sociétés aéronautiques, pilote d'avion, inventeur d'un procédé de navigation, auteur et recordman des premiers vols en solitaire de grande distance en hydravion en 1931, rédacteur des instructions de navigation au ministère de la Royal Air Force pendant la guerre. Marin chevronné, régatant depuis 1954, après sa victoire dans la première Transat en solitaire il a effectué, pour son plaisir, une nouvelle traversée de l'Atlantique, en solo, réussie en trente-trois jours, à bord de son fameux *Gipsy Moth III*, qui lui vaut les compliments du Président John Kennedy et du duc d'Édimbourg. Son voilier est toujours *Gipsy Moth III*, un cotre à bordé en acajou sur membrures de chêne. Longueur hors tout : 12,06 mètres, longueur à la flottaison : 8,43 mètres, maître-bau : 3,10 mètres, déplacement : 13 tonnes. Pour la deuxième édition, il ne modifie pas sa route : il reste sur l'arc de cercle.

Valentine Howells avait provoqué une méprise ridicule de la part de certains journalistes non spécialisés. Personnage peu connu, certains reporters l'avaient surnommé, à cause de son prénom : « la mystérieuse femme skipper ». Or Valentine, chez les Anglo-Saxons, n'est pas un prénom réservé au sexe féminin. Howells est une puissante carcasse de

1,90 mètre, au visage oblong, aux bras d'haltérophile, que Chichester a baptisée « le Viking à barbe noire ». Rien d'une mystérieuse femme skipper. Son *Akka* est un sloop en acier de 10,70 mètres, qui pèse 12 tonnes. Lui aussi repartira sur la route orthodromique. À trente-huit ans, c'est un ancien de la Marine marchande qui s'était reconverti en fermier dans le Permbrokershire. Après sa course, en 1960, il pêche la langouste et, avec son épouse, tient un restaurant à Saunders.

Je regarde David Lewis, l'enfant du pays puisque né à Plymouth. Après avoir vécu sa jeunesse en Nouvelle-Zélande, il regagne l'Angleterre, termine ses études et devient médecin. En 1963, il a fait construire un catamaran sur lequel, après quelques désagréments au cours d'une croisière en Irlande, il adopte un gréement cotre bermudien avec beaupré. Ce bateau est sa maison. D'un caractère indépendant, il a vendu son cabinet et son cottage pour, après cette deuxième Transat, se promener autour du monde pendant trois ans. *Rehu Moana* a 12,30 mètres de longueur, un bau de 5,18 mètres mais un catamaran de ce poids ne peut certainement pas être très rapide.

W.B. Howell est l'unique Australien de la course. À trente-huit ans, il a quitté son cabinet de dentiste à Wimbledon pour naviguer d'Europe à Vancouver en passant par Panamá et Tahiti. Il est le détenteur du record du monde de la traversée de l'Atlantique Sud en vingt-quatre jours. Son *Stardrift* est un cotre de 10,40 mètres de longueur, 2,50 mètres de maître-bau, 1,54 mètre de tirant d'eau et 8 tonnes de déplacement. C'est un joli bateau classique mais ancien, puisque sorti du chantier en 1937, conçu pour le gros temps.

Avec Jean Lacombe, quarante-huit ans, reporter-photographe aux États-Unis, je peux envisager une conversation normale. Il était le seul Français engagé dans la première édition de la Transat et je le trouve d'emblée sympathique. C'est un homme tranquille, observateur, réservé, qui aime la solitude océanique.

Sa première traversée de l'Atlantique, il l'a menée à la barre d'un petit voilier dessiné par lui, *Hippocampe*. « J'étais parti de Toulon. Il m'a fallu quinze mois pour atteindre l'autre rive... » En 1960, son bateau, *Cap Horn*, 6,50 mètres, était le plus petit. Pour cette nouvelle régate en solitaire, il va barrer, une fois de plus, une coque de noix de même taille, *Golif*, sloop en plastique de 1 300 kilos. Logiquement, Lacombe devrait arriver dernier. Il le sait mais cela ne l'afflige pas. C'est un homme volontaire et courageux.

Il y a un peu de tout dans cette Transat. A. Rose, par exemple, cinquante-cinq ans, l'un des plus âgés, a été maraîcher, puis marchand de légumes à South Sea, sur la côte de la Manche. Après avoir travaillé pendant cinq ans à transformer un canot de sauvetage en yacht, il vend son affaire, navigue pendant deux années en mer du Nord et en Baltique, revient, vend son bateau et achète *Lively Lady*, un cotre de 10,97 mètres, pesant 9 tonnes. Il reprend son métier de marchand de légumes, et s'entraîne tous les jours, par n'importe quel temps.

Hasler est un officier en retraite de la Royal Navy. Un héros national. En effet, pendant la Deuxième Guerre mondiale, il a participé à l'opération « Coque de noix », un raid de sabotage, en kayak, dans le port de Bordeaux pour détruire des cargos, forceurs de blocus. Sur un bateau de 8 mètres à peine, Hasler terminait deuxième dans la Transat de 1960. Son bateau, *Jester*, mât en bois, aucun hauban, une voile de jonque lattée, pas de cockpit, 7,89 mètres, 2,5 tonnes, fait méditer tous les concurrents. Mais le lieutenant-colonel Hasler est optimiste : « J'ai couru la première solitaire avec ce bateau : il n'est pas très rapide mais il est extrêmement facile à manier par un homme seul. Je prendrai la route du nord car j'espère y trouver des vents portants. »

Avec Bob Bunker, M. Ellison est l'un des plus jeunes concurrents. L'un et l'autre ont vingt-huit ans. Ellison navigue dans la Marine marchande. Engagé dans la première course, il n'avait pu prendre le départ à cause d'avaries de dernière heure. C'est un ami qui lui prête, en 1964, sa goélette, *Ilala*, en plastique, 10,90 mètres, que l'on remarque à cause de son absence de haubanage et ses deux voiles de jonque.

Bunker, lui, est un cas. Employé à la brasserie Guinness de Park Royal, à Londres, ses navigations se limitent à des balades en canoë à voile. Pour la course, il se ruine pour acquérir *Vanda Caelea*, un sloop à clin de 7,62 mètres, de 5 tonnes. Après s'être fiancé la veille du départ, il a reçu de sa brasserie 48 bouteilles de Guinness. Avec humour, Bunker a déclaré : « Pour mon premier essai, je peux tenir en mer cinquante jours même si je ne dispose de bière que pour quarante-huit jours. »

Il y a Michaël Butterfield, un avocat de trente-deux ans dont ce n'est pas le vrai nom puisqu'il a déclaré, au moment de signer son engagement : « Pour différentes raisons, je souhaite rester anonyme. » Son *Misty Miller* est un catamaran de 8,84 mètres, de 2,65 tonnes, avec un lest de 750 kilos. Il a opté pour la route du sud, misant sur des vents portants, et il fait partie des favoris.

D'abord, il a été conservateur d'un planétarium, puis superviseur d'une société laitière, ensuite architecte et enfin promoteur d'un hôpital de quatre-vingts lits : né à Calcutta, Geoffrey Chafley n'a aucune expérience des courses en solitaire, aussi n'a-t-il pas craint de s'acheter *Ericht II*, un cotre de 9,50 mètres, de 8 tonnes, mais vieux de vingt-huit ans. Lui aussi a décidé de prendre la route du sud.

Derk Kelsall, séduisant ingénieur pétrolier en Afrique et au Texas, est un passionné de trimarans, à bord desquels il a navigué dans le Pacifique. Son *Folâtre*, 10,66 mètres, gréé en ketch, semble le laisser perplexe : sa construction a été hâtive et ne lui a permis de le tester que cinq jours. « Ce bateau est une inconnue pour moi », confie-t-il, soucieux. Mais il a été dessiné par l'architecte de trimarans le plus connu à l'époque, l'Américain Piver.

A. Pedersen et R. Macurdy ont tous les deux qua-

rante-cinq ans. Le premier est un Danois émigré en
Nouvelle-Zélande, qui a rallié l'Europe au terme de
deux années de navigation sur son *Marco-Polo*, un
ketch de 8,54 mètres. Il a annoncé par radio qu'il ne
pourra pas prendre le départ à la date prévue car il
est retardé par des vents contraires. Macurdy, lui, est
médecin. Il a navigué avec son ketch de 12,35 mètres,
Tammy Nucie, jusqu'aux îles Féroé pour s'habituer à
la solitude. Les tempes dégarnies, des lunettes, une
tête d'intellectuel, il ne se fait guère d'illusions sur
son classement : « Mon bateau est le plus lourd de la
flottille : je ne compte pas gagner, je souhaite simplement rallier Newport à une place honorable », dit-il,
résigné, en sirotant un whisky.

Sloops, cotres, goélettes, ketchs, multicoques
reflètent la palette des tempéraments de tous ces
concurrents, qui ne sont pas des gens ordinaires.

Quand j'amarre mon bateau au quai, dans le bassin des docks, pour qu'il y subisse les vérifications,
mes « adversaires » sont intrigués par *Pen Duick II*.
Certains se demandent s'il n'est pas trop léger, donc
fragile, pour affronter les furies océaniques ; d'autres
le considèrent trop grand pour un marin seul. Pour
moi, il n'y a aucun doute : mon bateau a été construit
très solidement, car il est conçu pour être souqué au
maximum. Le contre-plaqué employé est à plis mul-
tiples et d'une résistance nettement supérieure à celle
du contre-plaqué habituel. La surface de la voilure a
été minutieusement étudiée avec Victor Tonnerre, le
voilier de Lorient. Je voulais une grand-voile plutôt
petite afin de ne pas m'épuiser quand il me faudrait
la réduire. Pour cette manœuvre, j'avais choisi un
système de bôme à rouleau à vis dont la conception
était satisfaisante mais j'avais voulu, aussi, des
bandes de ris dans la voile au cas où mon enrouleur
tomberait en panne.

Je suis confiant dans mon plan de voilure de

ketch : il me permettra d'obtenir les conditions opti-
males pour un solitaire. Je sais que cette conception
de la voilure me contraindra à quelques manœuvres
de plus, mais cet inconvénient sera compensé par
une plus grande facilité de manœuvre et par conséquent moins de fatigue.

Francis Chichester a souhaité visiter mon bateau.
Toujours élégant, en blazer bleu foncé croisé, chemise blanche et cravate du yacht-club, il monte à
mon bord et je lui sers de guide.

Chichester est un Anglais très sec mais aussi très
grand. La hauteur sous barrots n'est que de 1,50 mètre, ce qui le contraint à se déplacer plié en deux.
Homme de mer, il sait que dans un bateau, quand
on est dans la cabine, on vit assis ou couché. Moi, je
n'ai pas voulu d'un roof — le toit de la cabine — trop
élevé sur le pont. D'une part parce qu'il offre une
prise au vent non négligeable, ensuite parce qu'une
déferlante peut l'endommager gravement.

En connaisseur, mon visiteur examine le poste de
pilotage intérieur, surmonté par le dôme en plexiglas, qui se trouve à droite de la descente, se glisse
dans la cabine centrale où loge la cuisine équipée
d'un réchaud et d'une petite table à cadran, d'un
minuscule évier et d'une selle de moto pour
m'asseoir. Juste de l'autre côté, à tribord, on a installé ma table à cartes avec une autre selle de moto.
L'ensemble est solidaire et pivote autour d'un axe qui
permet à la table et au siège d'être réglés en fonction
de la gîte grâce à un système de blocage.

La Transatlantique en solitaire est une course d'endurance et je n'ai rien négligé de ce qui peut améliorer la vie à bord, qui se résume à trois fonctions :
naviguer, se nourrir, dormir. Le jour éclaire la cabine
grâce à quatre plaques de plexiglas de 12 mm d'épaisseur, vissées sur le pont au-dessus de la table à cartes,
de la cuisine, de la cabine centrale et du poste avant.

En ressortant, Chichester remarque sous le panneau de descente un étroit compartiment vide. Il lève les yeux vers moi, surpris. Je lui explique :

— Pendant la navigation, j'aime bien que le capot de descente soit ouvert. Ici, ce sera ma soute à voiles mais aussi l'endroit où je laisserai mon ciré ruisselant d'eau pour ne pas mouiller la cabine.

Grâce à Howells, j'ai pu me rendre au chantier des frères Mashford, assez éloigné, pour faire retailler ma grand-voile. C'était un souci. Il m'en reste un autre : celui du speedomètre. Il m'en faut un absolument, pour pouvoir évaluer la vitesse de *Pen Duick II*, car ne le connaissant pas encore suffisamment bien, je ne pourrai pas évaluer sa vitesse d'après le bruit de l'eau contre l'étrave, des filets de mer le long du bordé, les ondulations plus ou moins évasées du sillage. Ces indications, en effet, varient selon les bateaux.

Ma tante Mony est venue me rejoindre. Elle m'achète les dernières provisions : des fruits, des œufs et des allumettes, que les services de la Marine, à Lorient, n'avaient pu me procurer à temps avant mon appareillage de La Trinité. Tout avait été mis à bord par mon père, y compris la provision de charbon de bois destinée à mon poêle, que ma mère avait stocké dans des sacs en papier.

Tante Mony s'inquiète de la mine fatiguée de mon père et de la mienne. Il est vrai que depuis des semaines, la préparation du bateau ne nous a guère laissé de temps pour nous reposer.

23 mai 1964. Le départ de la course est à 10 heures. J'ai encore une heure devant moi pour installer le speedomètre Walker qu'on m'a apporté tard la veille au soir.

Hier, dans l'après-midi, j'ai quitté le bassin à flot des Great Western Docks, après les opérations de contrôle, et je me suis amarré dans le bassin extérieur de Mill Bay, avec d'autres concurrents.

Installer mon speedomètre n'est pas une sinécure. D'abord, je dois fixer l'engin sur la plage arrière de *Pen Duick II*, près de la barre automatique. Ensuite, il faut que je perce le pont afin de faire passer les fils de transmission jusqu'au compteur placé sur la cloison arrière du roof. Entre l'arrière du bateau et cette cloison, il y a plusieurs cloisons d'un accès difficile qu'il faut percer. Les minutes passent et le moment du départ approche. Je travaille avec une énergie désespérée.

À 9 heures 30, le speedomètre est à poste. Sans ces derniers préparatifs, il y a longtemps que j'aurais appareillé. Des concurrents se sont déhalés et, à cause de la faible brise, gagnent lentement la rade. Moi, je me trouve encore à un bon mille de la ligne de départ et mon père est toujours à bord, avec deux journalistes de *Neptune*. La vedette qui doit venir les chercher pour les débarquer est partie faire son plein d'essence à l'autre bout du port. Il est 9 heures 50 et elle ne se pointe toujours pas.

Ma situation commence à devenir embarrassante. Mon père et les reporters sont toujours à mon côté. J'ignore si le coup de canon que j'entends est le premier ou le second. C'est fâcheux car le départ est donné au troisième tir.

Pen Duick II s'avance dans la rade. Je jette un coup d'œil sur la grande esplanade qui la domine. Une foule imposante s'est rassemblée pour assister au spectacle. À mesure que j'approche de l'île Drake, la mer est un fourmillement de bateaux de toute sorte, yachts privés, dinghies, vedettes à moteur, vieux rafiots du coin et même une voiture amphibie. Une imposante flottille chargée à craquer de passagers, qui suivra les concurrents jusqu'à la haute mer. Mon père et les journalistes grommellent contre la vedette qui ne se pointe toujours pas pour les embarquer. Quant à moi, il me faut prendre une décision : les règles de la course entrent en vigueur dix minutes avant le troisième coup de canon. Je me vois mal me pointer sur la ligne de départ pour une course en solitaire avec mon petit monde à bord ! Les reporters sont venus avec un youyou que je traîne en remorque. Je décide :

— Je vais lofer un peu pour ralentir le bateau afin que vous puissiez prendre place dans votre embarcation, dis-je aux amis de *Neptune*.

Profitant que *Pen Duick II* a perdu de sa vitesse, mes passagers s'entassent non sans peine dans le youyou, qui n'a que trois mètres de long et s'enfonce jusqu'au liston sous leur poids. Un dernier salut de la main. Le trio s'éloigne en godillant avec un aviron que je leur prête. Je reprends de la vitesse pour me diriger vers la ligne de départ qui se trouve à un quart de mille, entre un dragueur de la Navy et la bouée Melampus.

Je suis en retard et encore trop loin pour entendre le signal préparatoire annonçant les « 10 minutes » ou voir le pavillon hissé sur le bateau-jury simultanément avec le coup de canon.

À une cinquantaine de mètres de la ligne, je lofe et je laisse battre les voiles au vent debout. « Je mets en ralingue », comme disent les marins. Le vent est au sud et assez fort. Près de moi se trouvent Chichester et son *Gipsy Moth* noir et Hasler sur son *Jester* jaune canari. Plus loin, j'aperçois un groupe de concurrents qui décrivent des ronds dans l'eau.

Je ne suis pas ému. J'ai trente-trois ans, c'est ma première traversée de l'Atlantique à la voile. Souvent, je me suis demandé si au moment de m'élancer vers le grand large, j'éprouverais de l'appréhension. Finalement, rien du tout. Dans le feu de l'action, je n'ai pas le loisir d'avoir des états d'âme. Je me sens prêt à m'élancer comme si je partais en croisière. Le mental ne me pose aucun souci. Être seul ne me perturbe pas.

9

C'EST PERFIDE, UNE GOUTTE D'EAU

10 heures. En même temps que le coup de canon résonne et se répercute longuement, les pavillons s'abaissent sur le bateau-jury : le départ est donné. Le trimaran de Kelsall franchit la ligne en tête, suivi de Hasler dont le *Jester*, avec sa voile de jonque, a démarré en trombe. *Pen Duick II* est bord à bord avec *Gipsy Moth* de Chichester mais il est talonné par le sloop de Valentine Howells.

Mon départ n'est pas fameux. À cause de mes bricolages de dernière minute, je ne savais pas où j'en étais dans le chronométrage et, du coup, il m'a manqué du temps pour préparer et envoyer mon spinnaker rouge et noir de 80 mètres carrés. J'aurais pu mettre le tangon à poste, sortir la voile légère de son sac, prête à être envoyée, fixer les écoutes. Il ne me serait plus resté qu'à frapper la drisse. J'aurais pu, ainsi, franchir la ligne en tête. J'aurais dû, surtout, être prêt à temps.

J'enclenche le pilote automatique. Il y a un boucan insensé sur la mer et dans le ciel. Une centaine de bateaux, grande armada disparate, s'égaillent dans la rade, tourbillonnant autour des concurrents, leur compliquant les manœuvres, risquant des abordages.

Le vent est faible mais mon spinnaker, grâce à la légèreté du nylon, se gonfle et *Pen Duick II* accélère aussitôt. La manœuvre m'a occupé dix minutes à peine. Des passagers d'une vedette qui me dépasse m'apparaissent visiblement impressionnés, et m'applaudissent.

Mes écoutes réglées, ayant débranché le pilote automatique et repris la barre, dès que le bateau a quitté la rade, il commence à rouler à cause du clapot antipathique et de la faible brise qui vient de l'arrière. Le spinnaker, même s'il peine à rester gonflé, entraîne bien *Pen Duick II*, au point qu'un peu plus tard je lâche Chichester et Ellison sur sa goélette *Ilala*. Il ne me reste plus qu'à rattraper le trimaran de Kelsall. Alors que mon bateau augmente son allure, j'aperçois sur le tribord le sloop de Valentine Howells qui pivote comme une girouette après avoir été heurté par un bateau de promeneurs qui l'avait trop approché. J'ignore si son bateau a subi une grave avarie et j'espère qu'il pourra poursuivre la course car je trouve Valentine, personnage pittoresque, intéressant et sympathique.

Le trimaran de Kelsall perd du terrain sur *Pen Duick II*, qui laisse dans son sillage *Jester*. Hasler le dirige de l'intérieur de sa cabine où il a aménagé une ouverture ; seule sa tête dépasse comme celle d'un officier de tank de sa tourelle. On m'a rapporté que l'officier retraité de la Navy aurait installé un fauteuil de dentiste dont il modifierait l'inclinaison selon qu'il naviguerait, cuisinerait ou dormirait, sans avoir à se déplacer.

Il y a encore des bateaux à moteur, bourrés de gens qui suivent les concurrents et dont les vagues se rajoutent désagréablement au clapot. Je scrute ces embarcations un bon moment et je me rends à l'évidence : la vedette qui aurait dû embarquer mon père n'est pas là.

Maintenant il est 11 heures 30. Les bateaux accompagnateurs virent de bord et regagnent Plymouth. La pluie commence à tomber dru. Malgré la mauvaise visibilité, le trimaran de Kelsall apparaît encore derrière moi. Seul Chichester semble se cramponner à *Pen Duick II*. Bientôt, il disparaît à son tour. La terre

a été avalée par la boucaille. Je suis vraiment seul
dans ce coin de mer.

Assis sur ma selle de Harley-Davidson installée
près du réchaud et de l'équipet à provisions, de la
pompe à eau douce au-dessus de l'évier, tout est à
portée de main : les raviolis que je réchauffe et les
fruits frais. À 14 heures, je m'accorde une petite
sieste. Allongé sur la couchette au vent, afin d'être
calé par la toile à roulis au lieu d'être ratatiné contre
le bordé, je surveille de temps à autre le compas renversé vissé au plafond et j'écoute les bruits du bateau.
La coque, bien que peu sonore, amplifie le chuintement de la mer contre elle. Des bruits qui vont me
devenir familiers.

À 15 heures, je me lève. Sur le pont, j'empanne.
Dès que la bôme a changé de bord, l'allure devient
plus agréable car le clapot, maintenant, vient de l'arrière. Soudain, un bruit de moteur assourdi par la
brume me parvient et une grosse vedette surgit à vive
allure, soulevant des moustaches d'écume avec son
étrave. En un rien de temps, elle se trouve bord à
bord avec *Pen Duick II*. Je reconnais les deux reporters de *Neptune*. Et mon père.

— Vous avez de la chance de m'avoir trouvé dans
cette purée de pois ! dis-je, heureux.

— Je n'allais pas te laisser partir comme ça ! crie
mon père.

— Savez-vous où sont les autres ?

— À part *Folâtre*, qui se trouve à environ cinq
milles en arrière, on n'a vu personne, s'égosille mon
père.

On échange les derniers saluts. La vedette s'éloigne
pour regagner Plymouth et s'évanouit dans la bru-
maille. À cet instant précis, je ressens pleinement la
sensation d'être seul. Je suis touché par cette rencontre avec mon père. Puis ma pensée se consacre
uniquement au bateau, pour exiger de lui son rendement maximum, surtout quand le vent est fantasque
comme en ce moment. Vers la fin de la journée, il

tombe et me contraint à ramener mon spinnaker qui ondule inutilement. Dans le calme plat sur lequel le bateau me berce gentiment, je me dis que, puisqu'il n'y a rien à faire, autant que je me nourrisse. La nuit est tombée. Je suis installé sur ma selle de moto, en train d'avaler mes spaghetti avec une sauce aux oignons, quand la brise se lève de nouveau du suroît. La nuit est humide, quant à la visibilité, comme dirait un autre navigateur, « on ne voit pas sa main à cinq mètres » ! *Pen Duick II* fait route à l'ouest, en plein dans le trafic commercial. Les bateaux venant de l'océan ou de la mer d'Irlande qui se dirigent vers les ports du sud de l'Angleterre, de la mer du Nord ou de la Baltique, me croisent ou me dépassent presque sans discontinuer. Dans la brumasse, seuls leurs feux, blancs, verts ou rouges selon leur direction, ainsi que les lumières illuminant leurs superstructures sont visibles.

Le règlement maritime international a décrété que les voiliers sont prioritaires. Encore faut-il que cargos et tankers m'aperçoivent suffisamment à temps pour se dérouter. Les feux d'un yacht ne sont guère puissants et, souvent, ils ne sont repérés que lorsqu'il est trop tard pour que le gros vapeur puisse manœuvrer. Aussi, je reste à la barre jusqu'au lever du jour, et ce n'est que vers 5 heures que, me sachant désormais visible, je peux aller me coucher, soulagé.

Le pilote automatique enclenché, je règle mon réveil à 7 heures 30, puis je me glisse dans ma couchette.

Dimanche 24 mai. La trépidation caractéristique d'une hélice me tire du sommeil au moment même où mon réveil retentit. Ce bruit n'est audible que par temps calme et indique qu'un bateau est proche.

À peine sur le pont, je constate que le brouillard s'est épaissi et qu'il est inutile d'écarquiller les yeux : on ne distingue strictement rien. En revanche, dans ce décor sinistre, j'entends un véritable concert de cornes de brume qui mugissent de tous côtés. Le moins que je puisse dire est que je ne me sens pas à l'aise. Le cognement de la machine se rapproche et s'amplifie tandis que la sirène du navire meugle à intervalles réguliers. Je me sens impuissant. Le vent a complètement disparu, mes voiles battent mollement, *Pen Duick II* ne produit aucun sillage, comme s'il était rivé sur ce coin de mer.

Maintenant les coups de sirène sont assourdissants et il m'est difficile de déterminer d'où va venir ce navire. À mon tour, j'actionne ma corne de brume tout en sachant que j'ai peu de chances d'être entendu.

C'est une attente presque douloureuse pour les nerfs. Tout ce que je puis espérer, c'est de ne pas me trouver sur la route du bateau, dont la machine fait un boucan impressionnant. Ma situation est comparable à celle d'un malheureux cycliste égaré sur une autoroute infestée de poids lourds et noyée dans le brouillard.

Tout à coup, le vacarme de la machine est tellement à côté de mon voilier que je devine qu'il défile devant moi. Je dis bien « je devine » car je ne le vois pas. Ce sont les ondes de son sillage soulevant *Pen Duick II* qui me permettent de comprendre qu'il m'a croisé. Le grondement de la machine s'éloigne graduellement. Je respire un grand coup. Ouf !

Seul le courant de 2 à 3 nœuds qui me pousse, fort heureusement, dans la bonne direction en dérivant, me permet de ne pas faire du surplace. J'entrevois dans la brume une bouée, celle de Runnelstone, puis, plus tard, le phare de Longships que la bonne volonté du courant me permet d'éviter. Il reste encore à déborder les îles Solingues. Une petite brise d'ouest-nord-ouest s'est levée et *Pen Duick II* se dégage sans ennuis de ces parages scabreux. Je pourrais compter mes heures de sommeil sur les doigts d'une main. Dans ce type de course, la fatigue est l'ennemi redoutable auquel on ne doit pas laisser gagner du terrain. Je m'engouffre dans ma couchette.

Lundi 25 mai. La brise qui a fraîchi dans la nuit ne cesse de prendre de la vigueur et l'étrave de *Pen Duick II* file à 7 et 8 nœuds dans la brume qui m'empêche toujours de faire un point astronomique. Dans l'après-midi, le vent refuse et m'oblige à descendre un peu au sud.

Il y a les corvées du bord, avec rangements et inspections. Il y a l'attente d'une éclaircie dans ce paysage opaque et ouateux.

J'ai de la chance de participer à cette course. La chance peut prendre la forme d'un homme qui peut changer un destin. Sans le capitaine de vaisseau de Kerviler, je serais à cet instant en service à la base de Bizerte. Sans son intervention, *Pen Duick II* n'existerait pas. Cette chance m'a déjà souri quand un mécène anonyme m'a aidé pour refaire mon vieux *Pen Duick* qui sommeille à La Trinité. Depuis toujours, je sais que ce vétéran des voiliers sera le bateau de mes vieux jours et que, quoi qu'il arrive, je me sacrifierai pour le maintenir en vie.

Mardi 26 mai. Les émotions, en mer, sont variées. D'abord, au petit matin, en mettant le nez dehors, je remarque une baisse sensible de la température et le froid me pénètre. Sans aller jusqu'à claquer des dents, je frissonne dans mon pull marin que je porte à même la peau jusqu'aux environs de midi, quand le soleil, enfin, déchire les nuages, chasse la brume pour m'offrir un ciel bleu splendide. Du coup, je me sens ragaillardi. Un gros avion du Coastal Command, un Shackleton, me survole à basse altitude, me tourne autour avant de s'éloigner. Sa visite me ravit : grâce à lui, ma position sera transmise à mes parents, ainsi ma mère me saura en bon état. Plus tard, un cargo, le *Factor* de Liverpool, se déroute pour venir me saluer.

C'est peu après que mon gouvernail automatique commence à cafouiller. Après avoir débrayé le « pilote » et amarré la barre, je remonte l'appareil pour constater qu'une bague en bois est usée. Je ne dispose d'aucun moyen pour effectuer la réparation. Pire catastrophe ne pouvait m'arriver. Je sais bien que si mon pilote automatique est inutilisable — et cette prévision va se produire inexorablement — il me faudra être constamment à la barre le jour, et mettre mon bateau en panne la nuit pour dormir. Dans ce cas, la Transatlantique en solitaire est perdue d'avance. Le moral en berne, je reviens dans le cockpit. Et là, j'ai une agréable surprise : barre amarrée, *Pen Duick II* garde son cap. Jamais je n'aurais supposé que l'architecture navale pourrait procurer de si réjouissantes découvertes. Cependant, mon bonheur est mitigé. Comment prévoir, en effet, si cette stabilité de route, parfaite par beau temps et au plus près, se maintiendra avec des vents portants forts ?

J'en suis là de ma réflexion lorsque le temps se détraque. La matinée a été grise et humide. Le midi a été ensoleillé. Dans l'après-midi, les nuages bas reviennent, porteurs d'un crachin glacé et d'un vent ayant viré au sud. Le baromètre a enregistré une chute phénoménale. Le sifflement de la brise dans les haubans a pris de la vigueur. Par vent de travers, *Pen Duick II* accélère.

En prévision d'une nuit qui sera mouvementée, je m'allonge dans ma couchette tribord mais il m'est impossible de fermer l'œil. Dans la cabine, le boucan est abominable. Le cognement des lames contre le bordé me donne la sensation de vivre dans un tambour secoué comme un shaker. J'ai beau me mettre en chien de fusil, les ruades de *Pen Duick II* sont si violentes que je reste les yeux grands ouverts, fixés sur le compas au-dessus de ma tête, à surveiller les embardées.

Dehors, le vent ne cesse de forcir. À minuit, il est temps que j'affale le grand yankee de 29,58 mètres pour le remplacer avec le foc n° 1 de 12,70 mètres. La trinquette génoise de 16,40 mètres est remplacée par la petite trinquette de 11,20 mètres. Ce ne sont pas des opérations de tout repos car le bateau file ses 10 nœuds, poussé par un vent de force 6 sur une mer agitée. Il faut rentrer la toile trempée, envoyer les nouvelles voiles sur un pont où s'abattent les embruns et qui gigote sous mes pieds. Le vent ayant modifié son souffle est passé au suroît, et je règle ma voilure au plus près pour rester sur ma route qui conduit vers l'ouest. Je suis rincé. Je suis vanné. À 2 heures du matin, quand je vais me coucher, le tohu-bohu du bateau ne m'empêche plus de dormir.

Mercredi 27 mai. La brise a molli, j'ai renvoyé de la tuile. Le vacarme du vent a considérablement diminué. *Pen Duick II* avance au ralenti.

Jeudi 28 mai. Le roulis, le bruit des voiles qui battent, les bômes qui se balancent d'un bord à l'autre, faisant craquer les poulies, me réveillent. Des bruits fastidieux, auxquels s'ajoute le martèlement de la pluie qui se déverse sur le pont. Décidément, quand ce ne sont pas les embruns de l'océan, ce sont les cataractes célestes qui me mouillent sans cesse.

La houle est grosse et *Pen Duick II* roule comme une balançoire. Après avoir amené les focs et bordé la grand-voile, le vent s'étant absenté, je décide de profiter de cette calmasse pour essayer de rafistoler la fixation de mon gouvernail automatique. Autant dire qu'il s'agit d'une réparation peu commode. Sans difficultés, je sors l'appareil que je pose sur le pont. Il me faut maintenant remplacer le palier du femelot par un bout de tube en plastique maintenu en place avec un amarrage de fils de cuivre. Pour cela, je dois m'allonger sur l'arrière et me pencher au-dessus du tableau pour parvenir à saisir la pièce abîmée. Sous mon ciré, je sens des gouttes de pluie qui glissent avec malignité le long de ma colonne vertébrale et me glacent. Le déluge ne se calme pas. Penché sur l'eau, le plat-bord qui ceinture le pont me rentre dans l'estomac et les côtes. Selon les balancements du bateau dans la houle, mes bras et même ma tête plongent carrément dans la mer. C'est le coussinet

dans lequel est enfoncé l'aiguillot de fixation du gouvernail automatique qui est usé. L'unique remède
pour combler ce jeu est de passer dans le tube un
morceau de tuyau en plastique et de le fixer avec du
fil de cuivre. Je suis incapable d'évaluer le temps
passé à ce bricolage, mais enfin je réussis. Combien
de temps durera ma réparation relève du mystère
mais pour l'instant ça marche.

Il pleut toujours des cordes. L'eau qui remonte par
les manches du ciré me dégouline dans le dos et l'estomac. C'est vraiment perfide une goutte d'eau : elle
trouve toujours le cheminement le plus désagréable.

De retour dans la cabine, je me change. J'enfile des
vêtements humides car rien ne sèche à l'intérieur.
Pour me consoler et pour respecter une tradition de
la Marine voulant que le menu du jeudi soit particulièrement fignolé, je me mitonne une boîte de lapin-
chasseur. Je me régale.

Pen Duick II se trouve à 400 milles environ de
l'Irlande, la terre la plus proche. En remontant sur le
pont, je découvre un petit oiseau au plumage bleuté,
dont la tête est ronde, avec un bec jaune pointu. Ce
n'est pas un oiseau marin et il est probable que le
malheureux a dû se faire emporter par un courant
d'air ascendant et ensuite entraîner vers le large par
les vents d'altitude. Il est mourant. Le temps que je
m'approche de lui, il n'est plus qu'une pauvre petite
boule inerte sous l'orage.

On n'est jamais inactif sur un bateau. Alors que le
soleil consent à reparaître et qu'une petite brise du
nord redonne vie au bateau, je me décide à hisser
l'antenne de mon poste émetteur-récepteur. J'appelle
sans succès, mais il est vrai que j'éprouve une certaine aversion pour tout ce qui touche à l'électricité
et même à la mécanique. Mes navigations précédentes se sont toutes déroulées sur des voiliers sans
ces engins et je ne m'en portais pas plus mal. Toutefois, j'aurais aimé donner de mes nouvelles pour rassurer mes parents.

La nuit est calme. Sur mon journal de bord, je
note : « En dormant seulement une heure et demie à

la fois, je ne risque pas trop de m'écarter de la route si le vent change. ». Par exemple, si le vent passe du plein nord au noroît, *Pen Duick II* va changer de cap et, au lieu de faire cap à l'ouest, il obliquera vers le sud-ouest. À 7 nœuds de moyenne, je me retrouverai, après une heure, à 4 ou 5 milles plus au sud que ma route théorique. Cet écart n'est pas une catastrophe. Mais, plus grave, j'aurai perdu 2 milles en distance au but. Nous sommes tous obligés de dormir de temps en temps et ce risque guette tous mes concurrents. Il faut seulement dormir le plus possible par petites tranches, pour ne pas être victimes de ce genre d'incident plus que des autres.

Les Pilot Charts sont des ouvrages sérieux, des références dignes de confiance. Ces cartes, établies d'après d'innombrables observations scientifiques, sont formelles : en cette période de l'année et dans ces parages, les vents d'ouest sont dominants, ce qui m'a incité à cogiter un bateau performant aux allures de près. Le vendredi 29 mai, peu après mon réveil, le vent est carrément à l'est. À qui se fier ! Alors que le temps se couvre, le baromètre pique du nez au point que j'hésite à envoyer mon spinnaker car, si ça continue à fraîchir, je risque de ne pouvoir l'affaler en temps voulu et de le déchirer.

J'aime bien manœuvrer mais il y a des limites à tout. Avec mes yankees en ciseaux, *Pen Duick II* semblait caracoler sur les vagues. Je barrais sans arrêt car à cette allure mon pilote automatique devenait inopérant, jusqu'au moment où la brise remonte au nord et m'oblige à amener mes yankees, les remplacer par le yankee lourd pour naviguer vent de travers. Je ne suis pas au bout de mes peines. Le vent forcit encore, la gîte du bateau s'accentue sans que je gagne en vitesse. La raison est évidente : *Pen Duick II* porte encore trop de toile. De nouveau, j'affale l'artimon et remplace le yankee lourd de 29,59 mètres par le foc n° 1 de 12,70 mètres. Il était temps. Avec la nuit, le vent souffle à force 7 et repasse à l'est. Du coup, le bateau fonce grand largue sur les longues lames, glissant comme sur un gigantesque toboggan. Le

speedomètre bloqué à 12 nœuds, j'éprouve une formidable jubilation qui tonifie mon moral.

Je tiens la barre depuis des heures, mes bras sont
douloureux et je sens la fatigue, mais à cause de ce
maudit pilote automatique qui perd la tête au vent
arrière, il me faut veiller.

On a, parfois, des compensations dans les
moments délicats de la vie. Ma compensation, je l'ai
vers minuit, lorsqu'un gros troupeau de marsouins
vient bondir et jouer autour du bateau. Je savais que
ces mammifères marins émettaient des sons au point
que certains zoologistes assurent qu'ils possèdent un
langage. C'est la première fois que je les entends. Les
dauphins sont bavards. Entre cris et grognements, ils
jacassent pendant des heures. Peut-être sont-ils gour-
mands aussi ; en effet, le matin du samedi 30 mai, je
découvre que l'hélice de la ligne de loch m'indiquant
les milles parcourus a disparu. Est-ce l'un d'eux qui
l'a avalée ? Sur le moment, je crains que le goinfre
n'ait endommagé le compteur mais après avoir
remplacé la ligne, je constate qu'il fonctionne normalement.

Ce samedi, la pluie qui crépite sur le pont avec fracas et les embruns qui se déversent jusqu'au cockpit
et me cinglent le visage, bref, la conjugaison de ces
éléments liquides finit par me lasser et me donner
l'envie de vivre au sec. Après avoir enclenché la commande de barre intérieure, je me réfugie sous ma
coupole en plexiglas. Là, enfin sans ciré, comme dans
une serre bien chaude, je me sens revigoré.

La première semaine de course s'achève. *Pen
Duick II* se trouve assez au sud de la route orthodromique mais j'ai préféré rallonger ma route pour assurer l'allure la plus rapide et la moins fatigante pour
le bateau. Malgré le froid et le peu de sommeil, je me
sens à peine fatigué.

10

MON PILOTE AUTOMATIQUE ME LÂCHE
ET J'AI ENVIE D'ABANDONNER

Mon gros réveil chromé, un modèle de cuisine bon marché, acheté au Prisunic de Lorient, commence à être piqué par la rouille. On dirait qu'il a la rougeole. Avec son tic-tac sonore et sa sonnerie stridente, c'est lui qui me permet de régler mon sommeil et me rassure : toutes les deux heures au grand maximum son « dring-dring » me vrille les oreilles et me sort de ma couchette. Son aspect mastoc me donne confiance. C'est un réveil fidèle, qui ne badine pas avec l'horaire et ne perd pas son temps. Il suffit de le remonter pour qu'il poursuive sa route sur le cadran et scande les heures.

Malgré sa bonne volonté à sonner jusqu'à épuiser sa mécanique, le dimanche 31 mai, mon sommeil est si profond que je ne l'entends pas.

Quand on navigue, les bruits familiers du bateau sont ancrés dans la tête. On peut être abruti de fatigue et croire dormir comme un loir, le cerveau, lui, veille, enregistre les sonorités et donne l'alerte. Ce matin-là, à 7 heures 30, ce sont le battement des voiles et les balancements des bômes qui se promènent d'un bord à l'autre qui me réveillent. *Pen Duick II* est de nouveau en pleine calmasse et roule tranquillement comme un gros berceau.

Ma grasse matinée et l'absence de brise ne me

mettent pas de bonne humeur. La question qui me ronge l'esprit est d'évaluer depuis combien de temps *Pen Duick II* fait du surplace et quelle est ma position par rapport aux autres, notamment sur Francis Chichester qui, d'après mes estimations, ne devrait pas être loin de moi — devant ou derrière. Je monte sur le pont. Les voiles pendouillent comme du linge. Il ne me reste plus qu'à les affaler et être prêt à les renvoyer dès que le vent consentira à se réveiller.

Des efforts pour rien. Maintenant, il ne me reste plus qu'à amener sur le pont mes focs prêts à être renvoyés dès que le vent consentira à se lever. Il ne me reste qu'à bricoler, et avant tout ranger car pour moi l'ordre est essentiel à bord d'un bateau où chaque chose doit être à sa place : ce n'est pas de la maniaquerie, c'est une nécessité.

Quand je remets le nez dehors, le vent continue de paresser et le bateau se dandine sur la houle qui est toujours présente. N'ayant rien d'autre à faire, je décide de graisser mon pilote automatique.

Il y a des jours où tout va de travers. Première mauvaise surprise : le pilote automatique a perdu son safran mais je ne me bile pas trop car j'en possède un de rechange et il me suffira de procéder à sa mise en place. La mèche de ce gouvernail est constituée par un axe enfoncé dans le tube de fixation et assuré par un boulon. Optimiste, je me dis qu'il suffit d'enlever le boulon, enfiler l'axe du nouveau gouvernail dans le tube et de serrer le boulon. Je hisse l'appareil à bord. Et j'ai la seconde mauvaise surprise : l'axe s'est brisé à l'intérieur du tube et il m'est impossible de l'extraire. Il faudrait que je perce un trou dans la tige bloquée et que je la tire comme un bouchon du goulot d'une bouteille. Il me faudrait un outillage dont je ne dispose pas. Je suis catastrophé. Debout, près de l'appareil inutile, je rumine des pensées sinistres. Sans gouvernail automatique, la course me semble perdue car il me faudrait barrer constamment. Or je dois, aussi, dormir. Et pendant les quelques heures de sommeil que je m'accorderai, *Pen Duick II* bouchonnera, en panne, alors que les

autres tailleront leur route. J'imagine Chichester
bien installé dans son carré, sirotant un verre de gin
ou de Guinness, en train de rédiger *Ma deuxième victoire en solitaire*. J'imagine également Kelsall, son trimaran *Folâtre*, ou Butterfield à bord de son catamaran *Misty Miller*, des bateaux bien plus rapides aux
vents portants, filant vers Newport.

Ma fortune de mer va me coûter la victoire. La ten-
tation d'abandonner se glisse en moi, insidieuse.
Puisqu'il n'y a plus d'espoir de gagner, j'envisage
d'abandonner et d'aller en me promenant jusqu'à
Terre-Neuve où, pendant qu'on réparerait mon pilote
automatique, je ferais du tourisme. Les excuses et les
raisons justifiant mon retrait de la course ne man-
quent pas. Mon renoncement serait la solution raisonnable, mais ce serait, aussi, la solution de facilité.
Et la perspective de revenir à La Trinité, expliquant
mes malheurs aux amis qui m'ont fait confiance,·
m'est insupportable. Le découragement est passé. Je
me sermonne : tu dois terminer ton parcours à n'importe quelle place. Baisser les bras dans une compétition sous prétexte qu'on ne peut terminer premier est
incompatible avec l'esprit du sport.

Depuis quand la pièce du gouvernail a-t-elle cédé ?
Comment le déterminer ? Probablement l'avarie s'est
produite pendant la forte brise de la veille, car la
grosse mer et la vitesse ont dû faire souffrir le
système de pilotage. Or, bien des heures se sont écou-
lées depuis, et le bateau a bien gouverné tout seul
pendant la nuit. Cela signifie que si je trouve le bon
réglage pour amarrer la barre, le bateau doit tenir sa
route. C'est une maigre consolation car si le vent
n'est pas bien établi et régulier, je serai obligé de
modifier fréquemment mon réglage.

On a souvent demandé aux navigateurs à quoi ils
pensaient quand ils étaient en mer, et leurs réponses
sont presque toujours embarrassées. Moi, je ne pense
à rien. Ou plutôt, je ne pense qu'au bateau, sensible
à ses bruits, préoccupé uniquement par la volonté
de le faire avancer le plus vite possible. Je ne
pense qu'au bateau parce que les tâches du bord sont

accaparantes. Le bateau n'est pas, contrairement à ce qu'imaginent certains, la liberté. Naviguer : c'est accepter des contraintes que l'on a choisies. C'est un privilège. La plupart des humains subissent les obligations que la vie leur a imposées.

Le ciel s'est éclairci et le soleil apparaît enfin après toutes ces journées de boucaille et de brume. Le vent a basculé et la houle qui vient par l'arrière fait glisser *Pen Duick II* voluptueusement. La navigation est enfin agréable, pour la première fois depuis le départ. Le moment est venu de sortir mon sextant de sa boîte, calculer quelques droites de soleil pour obtenir un point exact afin de savoir avec précision où je me trouve. Jusqu'à présent, faute de soleil, je navigue à l'estime. Avec ma règle Cras, mon compas et mon crayon, j'ai inscrit mes points successifs sur ma route mais la marge d'erreur risque d'être assez large.

L'ennui, sur les petits bateaux, c'est que si la mer est agitée, l'utilisation du sextant est aléatoire. Roulis et tangage rendent l'équilibre incertain, les embruns douchent les lentilles, le miroir de l'appareil et le navigateur, placé presque au ras de l'eau, a du mal à dénicher l'horizon masqué par la houle.

Je profite donc de l'éclaircie, de la faible brise et de la stabilité du bateau pour faire mon observation. Si mes calculs sont exacts, je me trouve à mi-chemin entre Plymouth et Terre-Neuve.

Mon sextant remisé dans sa boîte, je remonte sur le pont juste à temps pour apercevoir un oiseau se poser maladroitement vers l'étrave. Ses ailes sont cendrées, son ventre est blanc et son cou entouré par une bande noire et une autre blanche. Son bec est orange, avec la pointe noire. C'est un oiseau du Cape Cod, un *sandpiper*. Je le reconnais car j'ai vu sa photo dans un magazine américain, *Life*. Perché sur ses longues pattes, mon visiteur ailé a du mal à conserver son équilibre sur le pont. Un paquet de mer s'abat sur lui.

Un avion britannique m'a survolé. L'oiseau s'est envolé. J'ai perdu de nouveau la ligne du loch, et je n'en possède plus de rechange. Désormais, je naviguerai à l'estime et je ne connaîtrai plus ma vitesse. En croisière, cette perte n'aurait guère d'importance mais en course c'est moralement pénible de ne pas connaître l'allure du bateau.

Le lundi 1er juin est une journée sans faits notables. Dans ma cabine, je jette un coup d'œil aux quatre livres que j'ai emportés : *Seul en course* de Chichester, *Atlantic Adventures* de Lewis, *Vertue XXXV* de Humphrey Barton, et l'ouvrage de Jean Merrien sur les navigateurs solitaires. Depuis Plymouth, je ne les ai pas ouverts une seule fois et il y a peu de probabilités que je les lise d'ici Newport. Chichester et Lewis, en revanche, ont embarqué de véritables bibliothèques et je présume qu'ayant toujours leur pilote automatique en état de fonctionner, ils auront tout loisir pour lire. Moi, le temps dont je dispose pour me prélasser, je peux le mesurer au compte-gouttes. Les changements de voilure, les réglages des écoutes et de la barre absorbent tout mon temps. Alors, dix minutes par-ci, dix minutes par-là, le temps file vite. La cuisine m'occupe également. Si certains peuvent se contenter d'avaler n'importe quoi, moi, je préfère manger des choses que j'aime : c'est bon pour le moral. Les spaghetti et le riz sont les bases de mon alimentation. Je me mitonne des omelettes flambées ou du riz au lait avec de la confiture de cerises. En fait, cuisiner n'est pas une perte de temps. Quand on est à la cuisine on sait tout ce qui se passe sur le pont et l'on est immédiatement disponible s'il y a une manœuvre à faire.

La nourriture mais aussi le repos sont indispensables. La perte de poids, quand on navigue en solitaire, peut varier selon les individus de quelques centaines de grammes à une dizaine de kilos, à cause des efforts physiques, de la tension nerveuse et du manque de sommeil. J'ignore si mon poids de 66 kilos a varié. On se découvre de petites manies quand on est livré à la solitude, ainsi je m'impose de dormir tout nu car si je me couche tout habillé, ce que je faisais les premiers jours de la course, mon sommeil est moins profond et reposant. Cela me fait perdre un peu de temps quand je dois remonter sur le pont mais m'évite d'être vaseux pour avoir mal dormi.

La nuit du 2 juin est très courte. Vers 4 heures du matin, le vent qui atteint force 5 me contraint à me lever en hâte, enfiler bottes et ciré, grimper sur le pont. *Pen Duick II* m'impressionne par sa puissance. Tel un pur-sang dans un concours, il saute les obstacles que la mer dresse devant lui. Les crêtes sont ourlées d'écume que la brise catapulte sur le pont, où elle se mêle aux embruns que soulève l'étrave. N'ayant plus de speedomètre, je ne connais pas la vitesse du bateau mais j'avance vite, très vite même. Pour l'instant, le ciel se dégage, puis la pluie, charriée par de nouveaux grains violents, me cingle le visage.

Cette cavalcade sur les lames dure jusqu'à midi environ, et là, malgré les ruades du bateau, il est évident qu'il est trop toilé. J'amène le yankee, mais le vent force encore et artimon et trinquette sont de trop. De nouveau, je m'active pour les affaler tandis que les grains crépitent sur mon ciré. Eau de mer et eau de pluie ruissellent sur mon visage, se faufilent sous mon pull-over me faisant frissonner, mais je ne suis pas au bout de mes corvées. Sur le bateau qui se dresse sur la lame, oscille sur la crête avant de s'engouffrer dans le creux, je dois encore prendre un ris dans la grand-voile. Un exercice qui n'est pas de tout repos. D'abord, je dois amener la voilure afin que la première bande d'œillets se trouve le long de la bôme. Ensuite, dès que le pli de la voile est pris, je la re-hisse. Il était temps. Le baromètre enregistreur trace une ligne chaotique, la mer s'est creusée sur laquelle gambadent des déferlantes couronnées d'écume. *Pen Duick II* fonce gaillardement, escalade les murailles verdâtres, s'abîme avec des cognements sourds dans les précipices liquides, s'ébroue et vibre dans ce jeu de montagnes russes. À l'intérieur, les voiles trempées répandent l'eau partout, et partout c'est le foutoir. Partout c'est le foutoir inhérent au gros temps. Mais ce n'est vraiment pas le moment de faire le ménage.

Toute la nuit, je me couche, me déshabille, me relève, me rhabille, monte sur le pont pour modifier mes réglages à cause des sautes d'humeur du vent. Aux doux rêveurs qui s'imaginent trouver la liberté sur mer, je leur suggère de chercher ailleurs.

Les rafales se sont espacées dans la nuit comme si le vent s'était essoufflé, et la mer s'aplatit. Le bateau avance lentement mais il avance, et le soleil est chaud comme une bouillotte. Après m'être fait doucher et bringuebaler, je savoure ces moments idylliques, tout en rangeant mes voiles jetées en vrac dans la cabine, faire sécher mes vêtements et aérer l'intérieur suintant d'humidité.

Désespérant, le calme s'est installé de nouveau sur ce coin d'océan. Une fois de plus, je me livre à mes divertissements habituels par temps calme, c'est-à-dire que j'amène le foc, puis le renvoie dès que la brise paraît se réveiller, j'essaie de hisser le spinnaker mais il pendouille lamentablement, je l'affale et le remplace par une voile d'étai, dont l'efficacité agit sporadiquement.

Je suis éreinté. Pis encore, écœuré. Tous mes efforts ne m'ont fait parcourir que 6 milles, une misère. Dans la soirée, quand le vent se lève enfin, je sais qu'il me sera impossible de veiller toute la nuit à la barre. Mes yeux, rougis par le sel et le soleil, me font souffrir mais malgré mon état je ne peux me permettre de perdre davantage de temps. Ne parvenant pas à établir une liaison radio avec Plymouth, j'ignore tout des positions des autres. J'ai l'impression d'être l'unique habitant de ce monde.

Le vent est passé à l'arrière, une allure à laquelle le bateau ne peut gouverner avec la barre amarrée. Je me creuse les méninges pour trouver un système capable de remplacer la défaillance de mon pilote automatique. Sur mon journal de bord, je note : « Le seul moyen est de faire manœuvrer la barre par la trinquette. » En effet, lorsque le bateau lofe, le vent relatif force et la tension sur l'écoute de trinquette augmente. C'est l'inverse qui se passe si le bateau abat. Je note encore : « Faire arriver l'écoute de trinquette par un renvoi de poulie sur la barre du côté du vent et équilibrer la tension de l'écoute par un ou deux sandows sous le vent, afin de mettre la barre soit d'un bord soit de l'autre, selon que la traction de l'écoute devient plus ou moins forte que ne l'est la tension des sandows. »

Je m'attelle à cette opération et je constate que *Pen Duick II* progresse sans faire d'embardées. Mon système fonctionne de façon satisfaisante mais exige de fréquents réglages des sandows selon que le vent mollit ou forcit. Cela veut dire que toute la nuit je ne cesse de tendre l'oreille à écouter les bruits du bateau, ces bruits qui me signalent les facéties de la brise. Je ne dors pas bien du tout, à cause de mes allers et retours de ma couchette au pont, mais dans la matinée du jeudi 4 juin, je me rends compte que ma forme n'est pas trop mauvaise. Tant mieux, d'ailleurs, car à peine ai-je terminé mon petit déjeuner que le baromètre amorce une chute régulière et, sous un ciel lugubre et froid, le vent monte vite et atteint force 6. Le temps d'amener le grand yankee et la trinquette génoise et de les remplacer par le foc n° 1 et la petite trinquette, la mer grossit, se gonfle, mugit et nous secoue violemment. Une navigation éreintante. *Pen Duick II* escalade souplement la houle mais la descente est souvent brutale. Le bateau plonge dans les creux à une vitesse vertigineuse et cogne durement. Je vis sur un toboggan, ballotté par une mer hachée qui surgit de partout.

Le ciel ardoise où s'enchevêtrent des nuages a vraiment une sale gueule, comme la mer, guère plus

avenante avec ses creux, ses crêtes blanchâtres qui se
dressent de partout et viennent frapper *Pen Duick II*.
Le baromètre poursuit sa dégringolade et je me
demande ce que le temps mijote, ne parvenant pas à
comprendre quelle sera l'évolution de la météo.

Les heures à la barre me semblent durer une éternité et mes bras commencent à être endoloris. Et
puis j'ai froid. Et puis je suis rincé. Et puis, peu avant
minuit, je me décide à prendre un ris afin d'être plus
tranquille quand j'irai me coucher. C'était juste ! À
peine ai-je terminé mon transfilage, ce laçage qui
permet de serrer la voile sur la bôme, *Pen Duick II*
gîte brutalement. Alors que le bateau accélère soudainement, je regagne le cockpit en me cramponnant
pour ne pas être emporté par les paquets de mer qui
se déversent sur le tout. Mes bottes sont pleines d'eau
et mon jersey de la Marine, pourtant protégé par le
ciré, est bon à tordre.

Le vent, maintenant, a atteint force 8. Il est passé
à l'est et me pousse dans la bonne direction, ce qui
me réjouit, mais en revanche la perspective de passer
une nouvelle nuit à la barre me met d'humeur
morose parce que je suis fourbu. Les quelques forces
que j'avais récupérées la nuit précédente ont fondu
au cours de cette journée sinistre. Pourtant, sur cet
océan chamboulé, il n'est pas question d'envisager
d'amarrer la barre et de fermer un œil.

Je ne suis pas frais et la somnolence me gagne.
Alors, comme je tiens à rester à mon bord, pour ne
pas me faire enlever par un paquet de mer, je
m'amarre avec un bout autour de la taille, que je
tourne sur un taquet d'écoute. Les harnais de sécurité ne m'inspirent guère confiance. Lorsque l'on doit
manœuvrer, surtout en solitaire, ils sont gênants. On
doit aller de l'avant à l'arrière et dans ce cas, le filin
de sécurité qui glisse dans la filière doit être suffisamment long pour permettre au marin de faire ses
navettes avec une certaine liberté de mouvement.
Inutile de préciser qu'entre le filin et la filière, cela

crée d'innombrables occasions de s'emmêler les
pieds et de trébucher. De plus, un homme qui tombe
à la mer alors que son bateau file à 7 nœuds ou plus
sera dans la plupart des cas traîné dans le sillage et
incapable de remonter à bord. Il faudrait, pour qu'il
s'en sorte, qu'il ait basculé du côté sous le vent, à un
endroit où il aurait le plat-bord à sa portée. Autant
croire au miracle. Le marin éjecté est un marin qui a
manqué de concentration. Un vieux dicton dit : « Une
main pour l'homme, une main pour le bateau. » Il dit
juste. Au cours d'une manœuvre ou d'un déplacement sur le pont, on doit toujours veiller à avoir une
prise à sa portée, parce qu'il est presque impossible
qu'un paquet de mer puisse la faire lâcher.

À la barre, en revanche, on est vulnérable. Quand
le bateau gîte, le navigateur se retrouve à la verticale
et la barre n'est pas un point d'appui. Même un violent coup de roulis peut catapulter un homme à l'eau.
Or, quand on est à la baille dans l'Atlantique Nord,
on n'a même pas le temps de réciter une prière : on
meurt de froid presque instantanément. J'aime bien
la vie et je n'ai aucune envie de périr bêtement. C'est
pourquoi le cordage que j'ai capelé autour de ma
taille est solide.

Je reste dans le cockpit jusqu'à 3 heures du matin,
quand le vent, décidément capricieux, est passé au
nord et a molli, alors que des étoiles apparaissent
dans le ciel. Bien qu'ensommeillé, je quitte la barre,
que j'amarre, puis remonte sur le pont pour envoyer
la grand-voile avec un ris. Tandis que *Pen Duick II*
fonce vent de travers, je n'ai plus qu'une hâte : aller
me coucher et dormir.

Les jours se suivent et ne se ressemblent pas. Le
vendredi 5 juin, sur une mer redevenue agréable,
après avoir fait le point, j'ai la satisfaction de découvrir que *Pen Duick II* a parcouru la moitié de sa
route, ce qui me réconforte. Maintenant, j'ai la certitude d'atteindre Newport sans pilote automatique.
Depuis un certain temps, le doute s'était insinué en

moi. Je sais que je franchirai la ligne d'arrivée avec l'espoir de terminer à une place honorable car les positions des autres concurrents me sont toujours inconnues.

Les jours se suivent et ne se ressemblent pas. Le samedi 6 juin, débute mal. Abruti de sommeil, je n'ai pas entendu la sonnerie de mon réveil et je n'ai ouvert les yeux qu'à 0 heure 30, en sursaut. J'ai vérifié le cap et la voilure, constaté que tout allait bien. Puis la sonnerie m'a réveillé à 3 heures, et encore à 4 heures 30. C'est à cet instant précis que j'ai eu un geste malheureux. En enfilant mon chandail, une manche heurte le précieux réveil qui tombe, et s'arrête. J'ai beau le secouer, essayer de remonter le mécanisme, un cliquetis de ferraille sort de son ventre : mon réveil est mort. Après le pilote automatique et le speedomètre, c'est le troisième instrument qui me lâche. Il est dit que je perdrai tout ce qui m'est indispensable. Le trépas de mon réveil est un désastre. En effet, si sa sonnerie ne parvenait pas toujours à me réveiller, je me demande comment je vais faire sans elle, me maudissant à cause de l'affolement des ultimes préparatifs, d'avoir oublié d'en acquérir un deuxième.

La sanction est immédiate. Ce matin-là, au lieu de me lever à 6 heures, je n'émerge qu'à 9 heures, pour découvrir que *Pen Duick II* a viré de bord et se dandine, en panne, les focs masqués, c'est-à-dire prenant le vent à contre. Ainsi s'achève ma deuxième semaine de course, alors que je déguste un bol de céréales.

Dans une course en solitaire, quand on ne manœuvre pas, quand on ne se nourrit pas, quand on ne se repose pas, quand on ne scrute pas le ciel et qu'on n'écoute pas les bruits du bateau, eh bien, on gamberge.

Les vents dominants de ces derniers jours ont incurvé ma route vers le sud, et si l'on se fie à la Pilot

Chart, *Pen Duick II* devrait aborder une zone dominée par les vents de suroît, ce qui serait idéal. D'une part, je serais bien positionné pour rallier Newport et d'autre part en traversant le Grand Banc de Terre-Neuve dans le sud, je limiterais le risque de me trouver nez à nez avec des icebergs.

Il fait très gris et très froid. Sous spinnaker, il m'est impossible de quitter la barre pour avaler un plat chaud, aussi dois-je me contenter d'une tablette de chocolat. Sur la crête des vagues, le bateau s'abandonne à des glissades lentes et ses mouvements me procureraient des sensations agréables si le ciel ne déversait pas un véritable déluge. C'est une pluie glacée et malgré mon ciré et la serviette éponge nouée autour du cou, les gouttes se faufilent perfidement et c'est tout juste si je ne claque pas des dents.

En fin de journée, la faim et le froid ont raison de ma résistance. J'amène le spinnaker, je hisse la trinquette, puis les grands yankees que je tangonne. La barre équilibrée avec un sandow, je vais m'installer sur ma selle de moto devant mon réchaud. Bien installé devant une solide ration de poulet et de riz à l'indochinoise, j'ai à peine avalé quelques bouchées quand *Pen Duick II* se couche brutalement, après que la bôme a changé de bord sous l'effet d'un empannage imprévu. Mon riz gicle partout. Le temps de défaire la sangle qui me maintient bien solidaire de la selle, je me rue dehors pour reprendre la barre. Il est 23 heures. Et l'orage qui gronde au-dessus de ma tête est impressionnant. Des éclairs strient la nuit alors que le tonnerre se répercute lugubrement sur ce paysage sinistre. Le bateau fonce à une allure folle, dévalant dans les creux tandis que la cantilène du vent dans le gréement joue en crescendo. L'écume des vagues vole avec le vent qui a atteint un bon force 7. Il serait judicieux d'amener le foc tangonné qui m'oblige à naviguer vent arrière mais à cette allure, impossible d'amarrer la barre si je ne veux pas que le bateau fasse des embardées. Oui, je suis soucieux. J'espérais que l'orage s'éloignerait aussi vite qu'il était venu mais en regardant derrière moi je décou-

vre un ciel plombé et des nuages noirs qui s'emmê-
lent, menaçants. Le vent passe de 30 à 40 nœuds et
dans l'état de fatigue où je me trouve, il est évident
que je ne tiendrai pas une nuit de plus à la barre à
maîtriser les surfs de *Pen Duick II* et l'empêcher de
faire des embardées. Je ne vais pas où je veux. Je vais
là où la brise veut. Et je n'aime pas ça.

Le vent augmente encore, et la mer n'est plus qu'un
bouillonnement à perte de vue. Impossible de continuer dans ces conditions. Je lofe brusquement après
une crête pour masquer le yankee afin de freiner le
bateau et le stabiliser vent de travers, un peu comme
si j'étais à la cape. Je profite de ce que *Pen Duick II*
est presque stoppé pour foncer à l'avant, après avoir
donné du mou à la balancine. Un peu trop de mou,
d'ailleurs. En effet, après m'être débattu avec le yankee gonflé par le vent qui refusait de descendre, il
s'est affalé subitement, le tangon est tombé brutalement, arrachant l'embase d'un chandelier, brisant un
morceau de pavois, près de moi. Aurais-je été dessous, mon crâne explosait !

La tempête se déchaîne. Le vent augmente encore
en puissance et sonorité, mais « quand il faut, il
faut ». Et il faut rentrer la grand-voile et l'artimon
pour repartir grand largue et sous trinquette, désan-
drailler le yankee, ferler les voiles, raidir les écoutes,
ranger le tangon et mettre un peu d'ordre.

Il est 1 heure du matin quand je quitte le pont pour
me restaurer.

Le dimanche 7 juin est glacial. L'intérieur du
bateau est tellement humide que je me résigne à allumer mon poêle à charbon, préféré à ceux à butane
ou à pétrole qui chauffent bien, certes, mais créent
davantage de condensation. Ils possèdent cependant
un avantage : leur allumage est simple et facile alors
que mon modèle exige de la patience. Malgré mon
respect du mode d'emploi, c'est-à-dire imbiber un
tampon d'alcool pour enflammer le charbon de bois,
je dois m'y essayer à plusieurs fois avant que mon

feu ne prenne. En quelques minutes, la température de la cabine devient agréable malgré le capot de descente laissé ouvert pour ne pas risquer l'asphyxie. Pendant que des vêtements mouillés sèchent, assis près de mon poêle dont je savoure la chaleur, je réfléchis.

Depuis trois jours, je n'ai pu faire aucune observation astronomique et ma position me préoccupe. Le Gulf Stream m'inquiète. Je ne voudrais pas entrer dedans, car il serait contraire alors que le courant du Labrador coule dans la bonne direction.

Le vent se calme. Dans la soirée, je peux renvoyer la grand-voile, cap à l'ouest. Le vent a molli mais il arrive du Labrador et il est glacial. Vivre dans le cockpit est pénible : quand, dans la nuit, j'envoie le yankee et l'artimon, le froid est si intense que j'ai très vite l'onglée. En ce dimanche de frimas, grâce au vent, le brouillard s'est volatilisé et, à cause de ma descente involontaire dans le sud de ma route, je ne suis pas sur les lieux de pêche des terre-neuvas. La mer est libre, je ne risque pas de collision. Le ronronnement de mon poêle me réchauffe le corps et le cœur.

Lundi 8 juin. Depuis la ligne de départ, je n'ai pas connu deux journées consécutives dans les mêmes conditions. Hier, je frissonnais. Ce matin, le ciel est superbe. Pas un nuage, un soleil généreux et une brise tiède. Tout dessus, y compris la voile d'étai, *Pen Duick II*, par vent de travers, poursuit son chemin à 5 nœuds.

Ce soleil qui me réchauffe et transforme le paysage en un sublime camaïeu bleu, non seulement me dope mais me permet enfin de me livrer à des observations astronomiques qui vont me donner avec exactitude ma position. Le sextant rangé dans sa boîte, installé à la table à cartes, je « sors » un point plus sud que mes estimations les plus pessimistes. Cette clémence du temps, je la dois à mon entrée dans le Gulf Stream qui court à 0,9 nœud vers l'est alors que moi je vais

vers l'ouest. *Pen Duick II* se trouve très au sud de
sa route, à 800 nautiques de l'île de Nantucket qui
commande l'entrée de Newport. Je réfléchis : si je
reste sur cette route, je vais perdre 20 milles par jour
et il me faudra environ une dizaine de journées avant
d'atteindre le bateau-phare de Nantucket. Si j'oblique
vers le nord, vers l'île de Sable, afin de retrouver le
courant favorable du Labrador, je pourrai rallier le
bateau-phare en six jours. Continuer sur ma route
actuelle qui rallongerait mon parcours de 180 milles
au moins, équivaudrait à la situation d'un individu
s'efforçant de remonter un tapis roulant. Des efforts
démesurés pour un résultat minable. Mon choix est
évident : *Pen Duick II* doit remonter en latitude. Les
Pilot Charts indiquent que nous serons dans une
zone où les vents de suroît dominants pourront me
dégager de ce satané courant. Pour l'instant, il est
nord, ce qui ne m'aide pas beaucoup, mais au milieu
de l'après-midi le vent saute de 180 degrés et il arrive
du sud, délicieusement chaud. La veille, je grelottais
dans un froid polaire. Maintenant, il fait bon et les
embruns qui me douchent sont tièdes comme ceux
des alizés.

  La journée du 9 juin est morose et sans intérêt.
Vent mou, toute toile dehors, ciel nuageux à grains,
impossibilité de faire le point, pas de quoi pavoiser.
Et toujours la même question : où sont les autres ?
Ma conviction est que j'ai perdu un temps considérable depuis que je suis privé de mon pilote automatique. À cela s'ajoute l'inconstance du vent qui
m'oblige sans arrêt à remonter sur le pont à cause
des voiles qui claquent en ralingue, des mouvements
chaotiques du bateau, des empannages intempestifs.
C'est désagréable. Un désagrément rendu supportable, cependant, par la température clémente qui
me permet de grimper sur le pont pieds nus et en
pantalon de pyjama.

En course, on oublie la terre ferme et les soucis du monde. On s'installe dans une vie hors planète, avec des préoccupations qui échappent à la plupart des mortels. On est enfermé dans un décor liquide et circulaire, on est cloîtré dans sa tête avec le cerveau qui ne fonctionne qu'à travers le bateau. Je vis coupé de l'humanité, uniquement préoccupé par l'incertitude de la distance parcourue, l'imprécision de mon cap, les embardées de *Pen Duick II*, ma lutte contre la fatigue. Je séjourne dans l'approximatif. Le soir la brise s'endort et je suis maussade même si la température de l'eau, bien plus froide que dans la matinée, m'autorise à croire que je suis sorti du courant du Gulf Stream et, qu'enfin, j'ai trouvé celui du Labrador. Un peu rasséréné, je vais me coucher, bien décidé à me requinquer.

Un fracas épouvantable me fait bondir comme un ressort. Dans mon sommeil, je n'ai pu l'identifier mais j'ai bien cru que tout s'effondrait. Paniqué, je déboule pieds nus sur le pont mais dans la nuit noire je ne remarque rien d'anormal, d'autant plus que *Pen Duick II* continue gentiment sa route, poussé par une petite brise régulière. Dès que mes yeux se sont habitués à l'obscurité, je me dirige vers l'avant et là je découvre le yankee à moitié affalé, dont le bas traîne dans l'eau. Ce n'est qu'une fois toute la toile ramenée sur le pont que je comprends la raison du vacarme. La poulie de la drisse s'est décrochée de la tête de mât. Cette poulie est fixée là-haut, à 13 mètres, par une manille en inox, et son manillon s'étant dévissé la poulie s'est esbignée.

Dans l'obscurité, il n'est pas question de réparer. Rassuré sur l'origine du bruit et l'absence de dégâts, je désendraille le yankee et retourne me coucher. La perspective de me hisser en tête de mât à l'aube pour remplacer la poulie est loin de me réjouir. Je vais en baver.

Dès mon réveil, le 11 juin, le bateau navigue dans un brouillard épais et glacé, charrié par une légère brise de sud-est. Il y a de la houle qui vient de l'arrière et *Pen Duick II* ondule tranquillement.

L'humoriste Pierre Dac disait : « Rien ne sert de penser, il faut réfléchir avant. » Je réfléchis. Les mouvements du bateau ne devraient pas rendre l'ascension du mât trop périlleuse. Mais pour bricoler, il faut que j'envoie d'abord la chaise de calfat en tête de mât avec une poulie, une manille, la drisse de yankee, les outils et un filin solide qui me servira de corde à grimper. J'envoie le tout avec la drisse du spinnaker. Je regarde tout ce matériel qui ballotte, tout en haut du mât, et me laisse présager de mon inconfort une fois là-haut.

Mon ascension commence. D'une main, je cramponne le filin envoyé en double, de l'autre un hauban, un étai ou une barre de flèche afin de ne pas me balancer de droite à gauche selon le roulis. Mes pieds, également, sont actifs : ils prennent appui sur le mât ou sur un hauban et contribuent à me stabiliser.

Même si le roulis s'amplifie à mesure que je me hisse, tout va relativement bien jusqu'à la barre de flèche supérieure, mais parvenu à dix mètres au-dessus du pont, les balancements du bateau s'amplifient à tel point que je redoute, à tout moment, d'être catapulté à la mer. Perché là-haut sur cette angoissante balançoire, je comprends que jamais je ne pourrai m'installer sur la planchette de la chaise à calfat. Je comprends, surtout, que le bateau va me chahuter de plus en plus violemment parce qu'il s'est mis vent de travers. Cramponné à la barre de flèche, j'espère naïvement qu'il reviendra au vent arrière mais, bien sûr, cabochard, *Pen Duick II* n'exauce pas mon souhait.

Je redescends. Je remets le bateau sur son cap. Je souffle. Je repars pour une deuxième ascension, qui se déroule sans encombre. Mes jambes passent sur la chaise. Je m'installe. Drisse de spi, drisse de pavillon, poulie et filin qui ont été secoués pendant une heure se sont emmêlés et un long moment s'écoule avant que je ne parvienne à démêler ce sac de nœuds. En effet, les balancements du bateau sont si violents et soudains qu'ils me contraignent à me maintenir de toutes mes forces pour ne pas être éjecté hors de ma chaise ou m'écraser contre le mât. Enfin, je réussis à installer la poulie correctement. Satisfait, je redescends et ramène la chaise, le cordage en double, tout le toutim. Je lève la tête pour contempler mon œuvre. Patatras ! Consterné et furieux, je constate que la drisse du foc et celle du spi ont fait un tour au-dessus de la barre de flèche supérieure. « Quand on n'a pas de tête, il faut des jambes », dit le proverbe. Moi, il faut que j'aie des bras car me voilà reparti pour une troisième ascension éreintante. Quand je retrouve, de nouveau, le pont du bateau, il n'est pas loin de midi. Mes numéros de funambule ont duré plus de quatre heures et j'en ai plein les bras.

Le soleil étant chaud derrière la brume, je récupère en déjeunant torse nu sur le pont. *Pen Duick II* se déplace à 2 nœuds de moyenne : mon bateau de course progresse avec la lenteur d'une péniche.

Il bruine. Le temps est d'un gris cafardeux. Le vent m'agace car il refuse, puis il adonne, refuse de nouveau et adonne encore, m'obligeant chaque fois à modifier mes réglages des écoutes. Moment heureux de la journée : à midi, le soleil se fraie une deuxième fois un passage dans les nuages alors que je désespérais de le revoir. J'ai juste le temps de me précipiter dans la cabine pour prendre le sextant, regrimper sur le pont, et obtenir une latitude astronomique précise ; ma méridienne confirme mon point du matin. Manœuvres, réglages, barre se succèdent, et puis la nuit plonge rapidement et la température devient glaciale. *Pen Duick II* fait cap au noroît vers l'île de Sable.

À quelques dizaines de nautiques dans le sud de l'île, même en juin le climat n'est pas vraiment celui de la Côte d'Azur, le froid est piquant. Après avoir ramené le yankee qui s'est déchiré à force de frotter contre le hauban, je ne sens plus mes doigts, complètement gelés. Près de mon poêle à charbon, je les sèche et réchauffe avant d'enfiler des gants de laine sur lesquels je passe des gants cirés, unique solution trouvée pour garder mes mains au chaud. De nouveau en état de travailler, j'envoie le foc n° 1, je remplace la trinquette génoise par la normale, je vire de bord, route au suroît.

Me voici donc à la hauteur de l'île de Sable, l'esprit tranquille car *Pen Duick II* se situe à une soixantaine de milles dans le sud de ce redoutable « cimetière de navires ». Connaissant ma position, le bateau ne risque plus d'être la deux cent cinquième épave engloutie dans ces parages inquiétants, et moi l'hôte involontaire des gardiens de phare du coin.

Finalement, je suis plutôt content. Être parvenu où je suis après vingt et un jours de course, malgré mes empannages intempestifs, mes voiles en ralingue, des caps souvent fantaisistes, ce n'est pas si mal. Il me reste encore 500 milles à parcourir, ce qui correspond, compte tenu de ma moyenne actuelle, à quatre jours de navigation.

J'aimerais bien savoir où se trouvent Chichester et les multicoques capables d'atteindre des vitesses vertigineuses. Je me pose la question. Je ne possède pas la réponse. Ma couchette m'attend. La troisième semaine de course est terminée.

11

PREMIER SANS LE SAVOIR

Cette quatrième et dernière semaine de navigation solitaire débute comme le poème de Jacques Prévert, « Un raton laveur », c'est-à-dire par une énumération de manœuvres, une succession d'espiègleries de la brise, une accumulation de brumes, calmes, précipitations... et moi.

Cela commence avec un vent mollissant et toute la toile dessus, puis un virement de bord cap au suroît pour éviter de retrouver le courant contraire du Gulf Stream. Et moi à la barre.

Cela se poursuit sous un soleil pâlichon qui s'infiltre à travers la grisaille. Et moi avec mon sextant, pour une hauteur approximative.

Cela continue avec le vent adonnant. L'étrave de *Pen Duick II* orientée vers le bateau-phare de Nantucket, à l'aube du 14 juin, début de dépression avec grains nourris, vent à la hausse, baromètre à la baisse. Plus tard, le vent adonne de nouveau pour refuser peu après. Et moi, aux manœuvres et à la barre.

Cela ne s'arrête pas après mon déjeuner quand, de retour sur le pont, je constate qu'une couture de la grand-voile a cédé sur cinquante centimètres, en plein milieu, à cause des ragages dans les calmes, ce qui m'oblige à l'affaler. Et moi, avec ma « trousse à couture » de voilier en train de jouer les cousettes.

Cela se finit par un brouillard qui m'empêche de voir à cinquante mètres, par un clapot creux et court sur lequel le bateau se démène, cogne, vibre, se cabre dans des jaillissements d'écume, sur une mer bouillonnante à cause du vent soufflant contre le courant du Labrador.

Et moi, toute la nuit, je ne peux fermer l'œil car, à cause des mouvements chaotiques de *Pen Duick II*, les secousses me font riper dans ma couchette et mon crâne joue du tambour en butant contre la cloison.

L'aube du 15 juin est superbe. L'air est toujours frisquet mais le soleil brille dans un ciel limpide et le baromètre remonte. Sur mon petit poste à transistor je capte une station du Canada ou des États-Unis qui diffuse des airs de jazz et des chansons des Beatles. Cette musique sent bon l'approche de la terre.

Du coup, mon impatience de passer la ligne d'arrivée croît et j'aimerais bien cravacher le bateau mais le vent mollit, il rampe sur l'eau, puis il s'immobilise. Comme je le fais toujours dans ce cas, j'amène les focs, borde plat la grand-voile et l'artimon en attendant que le vent daigne faire son boulot. Je m'occupe à ranger la cuisine, à changer mon container d'eau douce, j'aère l'intérieur qui pue et suinte d'humidité. Le panneau de plexiglas ne laisse filtrer qu'une vague lueur triste.

Toujours le calme. Pour m'occuper, je m'installe à la table à cartes et j'examine ma route. Les changements de cap sur le tracé de mon itinéraire forment de curieux zigzags irréguliers depuis Plymouth, en passant par le Cap Lizard, Land's End, les Sorlingues, le phare Longship, le Grand Banc de Terre-Neuve, l'île de Sable, avant d'arriver dans le nord-est au banc George d'après mon point de la matinée. *Pen Duick II* ne se trouve plus qu'à une centaine de milles au nord-nord-est de Nantucket.

Pas question de naviguer tranquille. Le fond de la mer dans ces parages est truffé de dénivellations brusques, surtout à la lisière du plateau sous-marin qui s'étire du large des côtes canadiennes jusqu'au Cap Cod, un plateau en forme d'hameçon, qui barre le large au sud de Boston.

Le banc George constitue la partie méridionale de ce plateau dont le bord domine une fosse de 2 000 à 4 000 mètres. J'ai déjà dépassé les hauts-fonds de Terre-Neuve et de l'île de Sable. Je me trouve sur le banc George, qui précède celui de Nantucket. Des zones maritimes dangereuses car ces plateaux souvent sablonneux affleurent la surface à quelques mètres à peine, de mauvaise réputation.

Si l'approche de la terre me réjouit, elle m'incite en revanche à redoubler de vigilance pour ne pas me planter. Je n'imagine toujours pas où se trouvent les autres concurrents et notamment Chichester qui, d'après la presse britannique, faisait figure de favori, mais je crois terminer à un classement honorable. De toute façon, j'ai atteint mon objectif : terminer en moins de trente jours alors que Chichester, en 1960, avait effectué le parcours en trente-trois journées. Je me creuse les méninges pour imaginer où sont les multicoques car s'ils ont connu les mêmes conditions météorologiques que moi, ils devraient être près du but.

Mes réflexions ne servent à rien puisque je ne sais rien des autres mais je ne tarderai pas à être fixé car Newport n'est plus loin.

16 juin. En voulant prendre une méridienne, profitant d'une éclaircie, j'ai été aspergé par une avalanche d'embruns lors de mon opération, et mon sextant, par la même occasion, s'est fait copieusement rincer, ce qui m'ennuie. Je suis en train de le sécher avec minutie quand j'aperçois des bateaux de pêche autour de moi. Dans la matinée, un quadrimoteur Argus, puis un bimoteur Gruman, m'ont survolé à plusieurs reprises, à basse altitude. Il m'est permis

de croire que ces appareils qui ronronnent au-dessus de ma tête ont pour mission de contrôler la course : si mon hypothèse est fondée, cela devrait signifier que je figure dans le lot des premiers. Un fait est certain : mes parents vont savoir que je vais bien et que j'approche du but.

Pen Duick II marche au plus près par grosse brise sur une mer moutonnante et bleue comme la Méditerranée. Moi, je m'inquiète. Je n'aperçois pas la Tour Texas n° 2 qui devrait surgir sur le banc George. Mes points astronomiques ou « gonio » m'indiquent qu'elle devrait se trouver à 5 milles par tribord. J'ai beau scruter, Texas n° 2 est toujours invisible.

Cette tour a été placée là à cause de la guerre froide et appartient à une série d'installations militaires destinées à déceler au plus tôt d'éventuels assaillants. Chaque tour, grande plate-forme triangulaire sur pilotis, plantée sur les hauts-fonds, porte un numéro. La n° 2, posée sur le point le plus élevé du banc George, est à 100 milles environ du bateau-phare de Nantucket et je ne comprends pas pourquoi, malgré une visibilité excellente, elle demeure invisible.

Sur une mer parcourue par de jolis moutons blancs d'écume, le bateau fonce poussé par un vent de force 7, à près de 7 nœuds. *Pen Duick II* pique dans les creux, soulevant des gerbes d'écume, remonte à la lame, s'ébroue, crachant de l'eau, replonge vaillamment avec des bruits sourds, puis les paquets de mer déferlent sur le pont tandis que moi, les yeux brûlés par le sel, je barre la plupart du temps pour éviter que la coque ne souffre trop. Je suis douché autant que le bateau mais l'eau me paraît moins froide et je me sens comme enivré par cette navigation démentielle qui ressemble à un long et exténuant sprint final. Si au vent arrière et dans le petit temps *Pen Duick II* s'est comporté avec une relative lenteur, par grosse mer et aux allures de près, il s'est révélé digne de la confiance que j'avais en lui.

Je ne l'ai pas ménagé. Je l'ai poussé au maximum. Il n'a pas bronché.

Comme c'était prévisible, le vent s'essouffle dans la soirée et cette brise légère m'oblige à rester à la barre. Il fait froid. Je capelle un gros pull, une vareuse et mon ciré. Je caille. J'ai du mal à croire qu'à Newport, distant d'une centaine de milles, c'est la canicule.

Le vent est variable, tourne, se lève, tombe, forcit, mollit, m'obligeant à modifier mes réglages d'écoute, me contraignant à rester à la barre pour une deuxième nuit blanche consécutive. Et pourtant, je ne me sens pas fatigué. La proximité de la terre, l'impatience de connaître enfin mon classement et l'attente de découvrir le feu de Nantucket, proche de l'arrivée, me maintiennent éveillé. Ma condition physique m'étonne car depuis la défaillance du pilote automatique je n'ai guère dormi plus de quatre à cinq heures par jour et encore, par petites tranches.

La lune, en se levant, a éclairé le ciel et je vis toujours dans un désert liquide, avec l'impression énervante de me traîner bien que je tire des petits bords pour profiter du moindre changement de direction de la brise.

Ouf ! à 1 heure du matin pile, je vois enfin le feu à éclats qui par intermittence disparaît, dissimulé par les vagues. *Pen Duick II* se trouve à environ 3 milles à l'ouest, et je suis sur la bonne route. Un fait demeure inexplicable : l'absence de la Tour Texas nº 2 sur le banc George. J'ignore, à ce moment-là, qu'elle a été détruite récemment, l'US Air Force ne la considérant plus nécessaire. Cette démolition ne figure pas dans mon livre des feux. Je cherchais avec inquiétude quelque chose qui n'existait plus en me faisant du mauvais sang pour rien.

Le 18 juin, à 4 heures du matin, quand le jour se lève, les feux de Nantucket s'éteignent. Le bateau glisse lentement, poussé par un souffle de vent. À la barre, j'attends maintenant de distinguer la silhouette du bateau-phare sur l'horizon.

Si je ne sais rien des autres, les autres ne savent rien de moi. Mon unique tentative d'établir une liaison remonte au 28 mai, mais n'ayant pu l'obtenir, j'ai renoncé à perdre mon temps en m'énervant sur mon poste. Ma dernière position a été donnée au crépuscule du 4 juin, quand un cargo m'a croisé.

Tout ce que je sais, c'est qu'à Newport une armada d'environ 150 voiliers s'apprête à prendre le départ de la course des Bermudes, et que la ville est en cette période la capitale du yachting international. Un bateau français, *Brigantine*, participe à cette régate aussi légendaire que Sydney-Hobart, et presque aussi prestigieuse que le Fastnet. Je regrette que son départ soit si proche de mon jour d'arrivée, car j'aurais volontiers mis mon sac à son bord.

Le 18 juin, à 10 heures 45, avec six heures de retard sur mes calculs, je double le bateau-feu de Nantucket. Son équipage, me voyant approcher, met une vedette à la coque rouge à la mer et vient tourner autour de moi. Un matelot note le nom et le numéro de mon voilier.

— Combien de bateaux sont déjà arrivés ?

Pas de réponse. La vedette est maintenant presque bord à bord de *Pen Duick II*. Je répète ma question, dans un anglais approximatif :

— You're the first ! me crie le matelot au bloc-notes.

Il me lance ces mots avec une totale indifférence, n'imaginant pas l'importance que cette phrase a pour moi. Méfiant, incrédule, ne voulant pas savourer une fausse joie, je m'accroche à un hauban, pieds calés sur le plat-bord, et je lui demande de me confirmer sa réponse.

— You're the first ! s'égosille-t-il, visiblement agacé par mon insistance.

Il ouvre de nouveau son bloc-notes et, un stylo

entre les doigts, l'Américain me pose alors des questions qui me sidèrent :

— D'où venez-vous ?
— Comment ?
— D'où venez-vous ?
— De Plymouth !

Il note avec application.

— Où allez-vous ?
— Pardon ?
— Où allez-vous ?
— À Newport !
— Vous êtes seul à bord ?
— Ben... Oui.

Il note encore, puis range son stylo et son bloc-notes. La vedette vire de bord et fonce vers le bateau-phare.

Son attitude me fait bougrement douter de ses informations. Je me dis aussi que d'autres concurrents de la Transat en solitaire ont pu passer de nuit sans être repérés.

Le temps est splendide. La mer est à peine frisée. Le vent est mollasson mais *Pen Duick II* trace son sillage à 4 ou 5 nœuds. Au plus près, je me dirige vers la ligne d'arrivée avec un soleil bien chaud, qui me change des frimas de la nuit.

Midi. Un petit avion de tourisme effectue des passages presque au ras du grand mât, et à travers les vitres du poste de pilotage j'entrevois quelqu'un avec un appareil photo.

15 heures. Le vent fraîchit un peu et adonne. Alors que je choque les écoutes, deux bimoteurs surgissent qui font des ronds autour du bateau, puis s'éloignent, lorsqu'un quatrième avion tourbillonne à son tour. Toutes ces attentions à mon égard m'autorisent à croire que *Pen Duick II* est parmi les mieux placés : si j'étais dernier, il est peu probable qu'on me manifesterait tant d'intérêt.

Le temps superbe et la petite brise de travers sur une mer lisse permettent au bateau de tailler allègrement sa route, barre amarrée. Moi, je fais le ménage. D'abord j'étale sur le pont mes vêtements, mes sacs à voiles, des voiles pour les faire sécher. Je sors également les planchers de la cabine, piqués par l'humidité. Je les brosse, les lave à l'eau de mer et les pose au soleil, sur le pont avant. Je dégage le panneau de plexiglas de la cabine centrale pour que la lumière balaye l'humidité. Ensuite, je balance par-dessus bord le pain qui me reste et qui moisissait. Les derniers jours, j'étais obligé de gratter la croûte verdâtre avant de le manger.

Le ménage me paraît plus éreintant que les manœuvres.

La nuit est tombée. La brise se maintient et soudain, le phare du Cap Gay clignote au-dessus de l'île Martha's Vineyard. Sa lumière va m'escorter jusqu'au lever du jour. La peur de m'endormir me maintient éveillé toute la nuit, sur le pont. Il y a trente-six heures que je n'ai pas fermé l'œil et je sais que si je m'assoupissais maintenant, Dieu seul sait quand je me réveillerais. Me reposer, dans ces parages, serait dangereux car je risquerais d'aller m'échouer sur l'une des îles que je longe à ce moment s'il prenait au vent la fantaisie de changer de direction.

Par moments, je me secoue parce qu'il m'arrive de m'enliser dans un état de torpeur ou de somnolence malgré mes yeux grands ouverts. Des yeux qui me piquent à cause du sel et des longues veilles. Je laisse à tribord les falaises de l'îlot No Man's Land, puis Vineyard Sound : l'arrivée n'est plus qu'à 15 milles.

Il fait chaud subitement, et je barre en jersey. C'est alors qu'une vedette m'apparaît devant l'étrave. Elle vire avec élégance et vient se poster sous le vent de *Pen Duick II*.

— Tu es le premier ! me crie une voix féminine joyeuse.

C'est ma tante Mony, venue de France, qui a embarqué sur la vedette louée par mon ami de *France-Soir*, Jean-Paul Aymon. D'autres vedettes surgissent à leur tour, convoyant des reporters de l'Agence France Presse et des journalistes français et américains.

Barre amarrée, calé entre les haubans du mât d'artimon, j'accorde, en pleine mer, les premières interviews de ma vie. Ces gens-là ne connaissent visiblement pas grand-chose à la voile et les questions qu'ils me posent m'atterrent. Pas un qui ne demande : « À quoi pensiez-vous au milieu des éléments déchaînés ? » Moi, pris de court, je ne peux que bredouiller : « Ben... euh... rien de spécial... » Je les vois déçus. Moi, j'aurais aimé parler des qualités de *Pen Duick II*, de ses performances, de sa bravoure, de ce *Pen Duick* qui, tout le long de ces semaines de course, s'est révélé un bateau exceptionnel. À quoi je pensais ? À le faire avancer, à lui faire donner le maximum.

Ces premières retrouvailles avec mes congénères renforcent mon naturel peu loquace.

La ligne d'arrivée approche. Dans la cabine, je porte sur le petit imprimé qui m'a été remis à Plymouth, concernant les succinctes instructions de la course, que je les ai respectées pendant l'épreuve : je n'ai avancé que grâce à la force du vent, personne n'est venu m'assister en pleine mer, j'ai bien été tout seul à mon bord.

De retour sur le pont, le vent étant passé à l'arrière, j'envoie le spinnaker. Des vedettes foncent à ma rencontre, tournent autour de moi, provoquant des remous qui nous secouent, le bateau et moi. Sur l'une de ces embarcations à moteur ont pris place le consul de France à Boston et le capitaine de vaisseau Chatel, attaché naval adjoint à Washington. Au porte-voix, ce dernier me crie :

— Le Président de la République vous fait chevalier de la Légion d'honneur !

Cette distinction, pourquoi le nier ? me flatte et m'émeut, et je m'égosille pour exprimer mes remerciements mais ma voix est couverte par un concert de klaxons et cornes de brume que la flottille de bateaux divers venus à ma rencontre fait retentir. Dignement, le bateau défile entre la bouée et la Tour de Brenton qui marquent la ligne d'arrivée. Ça y est. C'est fini. On a gagné. Je vais amener le spinnaker.

Pen Duick II s'engage dans le long goulet qui conduit à Newport, bordé par des rives verdoyantes et escarpées, où se dressent de somptueuses propriétés. Devant moi, à l'approche du port apparaissent les 150 voiliers qui s'apprêtent à prendre le départ de la course des Bermudes. Leurs équipages actionnent leurs sirènes et poussent des « hourra » puissants. Ces marques d'estime de la part de ceux qui représentent l'élite des marins me touchent mais le moment n'est pas à l'émotion. Je dois préparer mon accostage.

Je veux réussir cette manœuvre comme à la parade. D'abord, la grand-voile puis le yankee sont amenés. Peu après, j'affale l'artimon et la trinquette. *Pen Duick II* court sur son erre et lentement se range le long de son quai. Impeccable. J'aurais été vexé de rater mon arrivée à l'appontement devant tant de spectateurs.

Ce qui s'ensuit dès que j'ai passé mes amarres est quasi indescriptible. D'abord, il y a la ruée des personnalités officielles, puis l'assaut des reporters et des photographes. Le bateau est tellement surchargé que l'arrière s'enfonce dans l'eau jusqu'au tableau. Charles A. Hambly, le maire de Newport, précédé de deux solides policemen qui lui fraient le passage, parvient jusqu'à moi le premier. Avec une certaine solennité qui contraste avec la confusion et la bousculade qui règnent sur mon bateau, il me dit en un français laborieux une phrase qu'il a dû apprendre par cœur, sans doute :

— J'ai le plaisir de vous nommer citoyen d'honneur de ma ville et je vous en remets les sceaux.

Le temps de nous donner un viril « shake hand », et je me retrouve englouti par la marée des journalistes. Un nombre incalculable de fois, ces inconnus veulent tout savoir de moi, de ma famille, de ma vie, de ma course. Les questions courent toujours autour d'une même trilogie : les icebergs, les tempêtes, la solitude. Je suis décevant. Les icebergs :

— Je n'en ai pas rencontré un seul.

Déception des reporters. Les tempêtes :

— Elles n'ont provoqué aucune dommage au bateau.

Dépit des mêmes. La solitude :

— Depuis mon enfance, j'ai l'habitude de naviguer sans voir la côte et le fait d'être seul en mer ne m'a jamais angoissé. Même quand, juste après le départ, la flottille des concurrents s'est dispersée et a disparu comme absorbée par l'océan, je n'ai pas été impressionné.

Comment expliquer que pour un marin, l'étendue de la mer est un paysage aussi familier que le vide s'ouvrant sous les jambes d'un alpiniste ? Pour moi, être en mer, c'est être sur un bateau, et si je suis sur un bateau, je suis chez moi.

Ma véritable préoccupation a été l'inquiétude de ma mère qui a tremblé pour moi toutes ces semaines de navigation et dont le souvenir de la silhouette diminuant sur le quai m'émouvait. Ma seule crainte a été de décevoir tous ceux qui m'avaient soutenu et aidé à construire et à équiper *Pen Duick II* en un temps record. Pour le reste, l'esprit tout entier était tendu vers un seul but : faire avancer le bateau. Si l'on veut gagner une course, on est toujours en action sur le pont et on n'a pas le temps de s'attarder sur ses propres états d'âme. Ce comportement est sans doute dénué de poésie et de romantisme, mais si on n'est pas attentif, si on n'anticipe pas sur les humeurs du vent et de l'océan, on est vite débordé par les événements.

Avant le déjeuner, on m'offre une réception au Ida Lewis Yacht Club, un endroit ravissant, édifié sur un rocher et relié à la terre par une passerelle, où le président me remet un magnifique plat d'argent. Ensuite, le consul de France réussit à m'amener dans le meilleur club de Newport pour que j'y déguste un steak mahousse, que mon estomac accueille avec bonheur, mon petit déjeuner remontant au lever du jour.

J'ai eu juste le temps d'enfiler un sweat-shirt et un pantalon propres avant d'être enlevé par les officiels. Je n'ai pas eu le temps de me raser ni de ranger mes voiles. On me demande si la course n'a pas été trop exténuante. Sincèrement, je réponds « non », et vraiment je dispose encore d'une bonne dose d'énergie, qui me permet d'affirmer que j'aurais pu tenir encore longtemps en mer. La course que je viens de gagner correspond exactement à la vie que je souhaitais mener. Faire ce que l'on aime décuple la résistance.

12

DANS LES EAUX GLAUQUES DE NEW YORK

En arrivant à Newport, mes amarres assurées, l'officier d'immigration avait failli s'étrangler d'indignation lorsque je lui avouai que je ne possédais aucune pièce d'identité. Il avait fallu l'intervention du consul de France à Boston pour que le vétilleux fonctionnaire consentît à me laisser débarquer sur le sol américain. Dans la bourre de mes derniers préparatifs, j'avais sciemment fait l'impasse sur mon passeport et sur ma demande de visa. Lorsque je m'étais souvenu de mon oubli, c'était en plein Atlantique et je m'étais dit : « Tant pis, s'ils m'empêchent de mettre pied à terre, une fois la ligne d'arrivée franchie, je vire de bord et je rentre à La Trinité. »

J'avais presque tout prévu pour mon retour en France. À bord, je possédais suffisamment de provisions de pâtes, conserves, vin, café et charbon pour retraverser l'Atlantique, peinardement, en sens inverse. Il m'aurait suffi de m'approvisionner en eau potable, œufs et légumes frais, faire ma modeste lessive car ma garde-robe assez succincte, se composait de deux blue-jeans, quelques T-shirts et pulls marins.

J'avais tout prévu sauf les conséquences d'être arrivé premier. Je croyais qu'après une brève escale à Newport je repartirais dare-dare pour le Vieux Continent. Or mon séjour dans cette jolie ville aux maisons basses, en bois, aux couleurs pastel, va s'étirer du 19 juin au 2 juillet. C'est ce qu'on nomme la rançon de la gloire. Ma barbe, qui avait bien poussé pendant ces vingt-trois jours de navigation, va d'abord me protéger : rasé, j'ai un autre aspect, qui me rend méconnaissable le temps que les journaux locaux publient de nouveau des photos de moi, me rendant de nouveau repérable. Je réponds à chacun dans mon anglais scolaire, je signe des autographes en souriant à ces inconnus qui, comme moi, aiment la mer et les bateaux.

On m'emmène à Washington. La limousine parcourt de larges avenues bordées de villas luxueuses, de grands espaces verts, et me dépose à l'ambassade de France. Son Excellence M. Hervé Alphand me reçoit au cours d'une réception et me remet les insignes de la Légion d'honneur que le chef de l'État m'a décernée à titre exceptionnel.

On me conduit à New York. Là, je suis présenté au président du New York Yacht Club, à l'amiral commandant les Coast Guards. Le yacht-club new-yorkais est sans doute l'un des lieux les plus mythiques de la voile. Dans un décor de boiseries anciennes, meublé avec un raffinement austère, trônent toutes les coupes, les trophées, les pavillons qui évoquent le passé et le rôle de ce sanctuaire des bateaux. C'est bien plus qu'un simple yacht-club, c'est un véritable musée. Les murs sont tapissés avec toutes les demi-coques des membres du club et je me souviens notamment de la salle où sont exposés, dans chaque vitrine, le « defender » et le challenger de toutes les coupes de l'America, des maquettes d'une qualité et d'une taille impressionnantes.

On me reconduit à Newport. De ma fenêtre du Shamrock Clift Hotel, où je suis logé, j'aperçois les fameux 12 mètres JI américains à l'entraînement, qui régateront entre eux pour désigner le « defender », représentant les États-Unis lors de l'America's Cup qui aura lieu en septembre. Je vois *Columbia*, le vainqueur de l'édition 1958, *Easterner*, *Nefertiti*, *American Eagle*, *Constellation* et *Nereus*, qui, lui, ne courra pas mais sert de sparring-partner.

La beauté de ces bateaux, leurs mâts immenses, souples et supportant des voilures impressionnantes, capables d'accélérations à toutes les allures, me fascinent.

Je n'imaginais pas, en quittant Plymouth, que ma victoire me permettrait à moi, enseigne de vaisseau de la Royale, connu dans le milieu des navigateurs bretons mais inconnu pour le reste du monde, de vivre ces journées enthousiasmantes. Cet émerveillement atteint son apothéose un matin, alors que je contemple ces bêtes de course à leur poste d'amarrage. Mon rêve de naviguer sur l'une de ces beautés se réalise : il manque un équipier à bord de *Nereus*. Je suis là et on sait qui je suis. Le barreur principal, Bob Bavier, me propose de remplacer l'absent. Ému comme un débutant, je monte à bord et on m'enseigne les termes marins, en américain, indispensables pour comprendre les ordres donnés. Ma place est à l'écoute de la grand-voile.

Dans les régates à deux, comme c'est le cas dans la Coupe de l'America, le départ peut s'avérer déterminant pour la suite de l'épreuve. Bob Bavier, qui allait devenir le barreur principal de *Constellation*, est à la barre de *Nereus*. Lui et son rival s'exercent à prendre des départs l'un contre l'autre : un jeu subtil qui requiert de l'adresse, du coup d'œil, une parfaite connaissance des règles et une bonne dose d'agressivité. Bien que concentré sur mon écoute que je choque et borde aussitôt après au winch, je suis impressionné par le flegme du barreur. La pipe à la bouche, tout en surveillant son chronomètre et sa position par rapport à l'adversaire et à la ligne du départ, il ne paraît jamais soucieux, tendu ni surpris. Les ordres donnés pour le réglage de la voilure, ses manœuvres à la barre, tout est, chaque fois, décidé avec tranquillité et sans précipitation. J'aime et j'apprécie dans la vie ce genre de comportement. Les grandes manifestations, les débordements caractériels, les imprécations, bref, toute manifestation exubérante ou bruyante, me paraissent des dépenses d'énergie inutiles.

Le 22 juin, c'est un lundi, le hasard me réveille vers 6 heures. Le soleil se lève et je me penche à ma fenêtre. À la barre de *Gipsy Moth III*, Chichester passe devant moi. Il a franchi la ligne d'arrivée à 5 heures 37 minutes, soit trois minutes avant la date fatidique du trentième jour. Chichester doit être content d'avoir réussi sa traversée dans le délai qu'il s'était fixé à Plymouth. Avant de couper la ligne, il s'est rasé, coiffé et a revêtu son blazer bleu. Quand je l'accueille à son débarquement, il est aussi alerte et de bonne humeur qu'au moment du départ. Il sait que j'ai gagné. Il me serre la main chaleureusement et me dit : « C'est un honneur que d'avoir été battu par un marin comme vous. » Puis il me présente son épouse, venue l'attendre à l'accostage. L'un et l'autre, tendrement réunis, vont guetter l'arrivée de leur fils pour partir, à bord de *Gipsy Moth III*, en croisière vers les Bahamas.

L'homme m'impressionne. Il y a dans le regard de Francis Chichester une sorte de sérénité proche du détachement qui incite à la réflexion. Il aime la mer et les bateaux, qui sont chez lui la manifestation de l'amour de la vie. Je plains beaucoup ceux qui s'ennuient sur notre planète, car ils ne savent pas profiter des richesses de la nature. Chichester semble avoir acquis cette philosophie qui consiste à savourer chaque précieuse seconde de l'existence. Il y a ceux qui se complaisent dans les rêveries inaccessibles et ceux qui se réalisent. Francis Chichester appartient à cette dernière catégorie de gens, qui connaissent la différence ou la frontière qui sépare l'ambition de la vanité.

Le 25 juin, on m'annonce que Valentine Howells a terminé à la troisième place, quelques minutes avant minuit. Collision à Plymouth, ennuis de poulies et toute sorte de pépins qui lui ont coûté du temps n'ont pas altéré sa pugnacité ni sa bonne humeur. Une chope de bière mousseuse qui disparaît presque dans sa pogne gigantesque, il me raconte avec drôlerie son accostage nocturne à Baltimore, en Irlande, sa quête, à travers la ville, d'un mécanicien pour faire réparer une ferrure de tête de mât, les gens réveillés, en pyjama ou chemise sur le pas de leur porte, le refus du mécanicien d'effectuer une soudure à 2 heures du matin :

— À 8 heures, quand j'ouvrirai l'atelier, comme pour tous les clients !

— Mais je suis en course ! s'exclame Howells, en s'efforçant de convaincre l'artisan récalcitrant.

Peine perdue.

— À 8 heures, comme tout le monde.

J'apprécie la compagnie de Valentine. C'est un type dont la gentillesse n'a d'égale que l'exceptionnelle force et résistance physique. Howells est puissant comme un char d'assaut mais d'une rare rigueur morale.

À Newport, l'armada de voiliers et gros engins à moteur témoigne de l'énergie et de la puissance des États-Unis. Chantiers navals, ship chandlers, pontons, marinas, grues, bassins avec leur modernisme représentent pour l'Européen que je suis le rêve américain, où tout paraît facile et rien ne semble impossible. Je compare ce déploiement de moyens aux petits ports bretons où il faut remédier à l'absence de structures et de finances par des trésors d'ingéniosité.

La victoire est jolie et elle offre des avantages. Sept concurrents sur quatorze se sont amarrés à Newport. Il y a moi, Chichester, Howells, Howell, Rose, Hasler et Lewis, arrivé le 30 juin. Je n'attendrai pas l'arrivée des autres. Alors que je m'apprête à rembarquer pour revenir en France à la barre de mon bateau, la Compagnie Générale Transatlantique me propose de ramener *Pen Duick II* à bord de son cargo, le *Carbé*. Le rendez-vous est fixé à New York, Pier 14, où le chargement aura lieu le 8 juillet. Quant à moi, elle m'offre un passage sur le *France*.

Mon appareillage a lieu l'après-midi du 2 juillet pour une balade de 140 milles. Pendant un long moment, Valentine Howells, Bill Howell et Alec Rose, embarqués sur une vedette, m'accompagnent dans la rade avant de faire demi-tour après un dernier « bye-bye ». Un peu après, dans le goulet, *Constellation* et *Nereus*, sous spinnaker, me croisent et l'équipage du 12 mètres où j'ai manœuvré lance un triple « hourra » à mon intention. Ce n'est pas mon genre d'avoir la larme à l'œil mais ce témoignage d'amitié, pourquoi le nier, me touche infiniment.

La brise est nonchalante et *Pen Duick II* se traîne au point qu'à la tombée de la nuit nous n'avons parcouru que 9 milles puisque nous sommes à peine à la pointe Judith, qui marque la frontière de la baie de Newport. Au-delà de cette limite, se trouvent les détroits séparant les deux îles de Block Island et de Long Island. Des parages marqués par de forts courants de marée, des vents irréguliers causés par le voisinage des côtes et un trafic maritime dense.

Ma nuit s'écoule à la barre. À l'aube, je sors du détroit de Block Island pour m'engager dans celui de Long Island. La côte est surélevée, boisée, au charme monotone. Je passe devant Jefferson, North Port Bay, puis Oyster Bay où se trouve une impressionnante concentration de voiliers. *Pen Duick II* a engrangé 75 milles ce deuxième jour, et je décide de mouiller dans ce grand centre du yachting, d'y dîner et d'y dormir, pour repartir très tôt le matin du 4 juillet.

À 7 heures, j'envoie les voiles mais la brise est si faible que j'ai bien du mal à m'extraire de la baie. C'est sous une canicule saharienne qu'ayant atteint Little Neck Bay, j'embouque l'East River et j'entre dans New York. Au nord, se trouve le Bronx, au sud, c'est le Queens.

Ma navigation fluviale est laborieuse. Peu de vent et beaucoup de courant. J'avance de cent mètres, puis je recule de cinquante, mais à force de tirer des bords, je franchis les ponts et me trouve dans des eaux peu ragoûtantes, fréquentées par des remorqueurs, des péniches, des chalands, des cargos et des bateaux de promenade bourrés de passagers qui déversent des flots d'une musique criarde. On me regarde comme un spectacle incongru. Dans ce paysage mécanisé et bruyant, mon bateau à voiles qui progresse comme un crabe en tirant des bords serrés pour passer sous le pont de White Stone est un événement qui intrigue les New-Yorkais. J'avance avec une lenteur exaspérante, longeant l'aéroport de La Guardia, puis laissant derrière moi les ponts de Welfare et de Hell Gate. Vent de travers mais déventé, je campe longuement à la perpendiculaire d'une rue dont les habitants s'arrêtent, statufiés par l'apparition incongrue d'un voilier.

Une risée providentielle m'extrait de cette situation embarrassante et, enfin, la reverse du courant me permet de repartir et de longer l'est de Manhattan. Les heures s'égouttent. Il fait nuit et l'obscurité est criblée par les lumières des milliers de fenêtres des gratte-ciel. Sous le pont de Brooklyn, septième et ultime pont surplombant l'East River, le boucan du trafic routier circulant sur ma tête est cauchemardesque.

Maintenant, le courant m'entraîne comme une flèche vers Upper Bay. Sur ma carte, je déniche un bassin entouré de digues qui me paraît un abri inespéré pour passer le restant de la nuit à l'écart des remous des remorqueurs et des courants. *Pen Duick II* s'engage dans l'entrée lorsqu'un type, au bout du môle, s'égosille pour m'expliquer que ce mouillage m'est interdit. En passant devant lui, je lui lance dans un sabir d'anglais :

— Peux pas aller ailleurs : beaucoup courant, pas vent...

Le long du quai, un chaland me semble l'endroit parfait pour me ranger. J'accoste. J'amarre. J'affale mes voiles. Il est 23 heures. Alors que je prépare mon dîner, une vedette des Coast Guards, alertée par le gardien du dock, vient se mettre à couple de *Pen Duick II*. On me demande mon identité. Je la décline. On me demande pourquoi je suis là. J'explique que je compte me rendre au Pier 14 dès l'aube mais que, de nuit, sans vent et avec le fort courant il m'est difficile de naviguer à la voile. Par radio, le fonctionnaire demande des instructions.

— OK. Good night.

Au réveil, je reprends ma lutte contre les courants, sous le regard impassible de la statue de la Liberté. Je passe sur mes nouveaux démêlés avec les courants de l'East River et de l'Hudson lorsque j'atteins leur confluent. Péniblement, je m'approche des Piers construits sur la rive opposée. J'aperçois le mien, un peu plus loin, de l'autre côté et, après une brève estimation, je me dis qu'il faut le dépasser, aller plus loin, afin que, poussé par le courant, *Pen Duick II* soit déporté au niveau du Pier 14. Je fais ce que je me dis. Et je me trompe. En traversant le fleuve, après le virement de bord, ma dérive est si forte que je me retrouve au Pier 13. Loupé ! Plutôt grognon, je m'amarre et j'affale tout. Les gens de la Transat que j'avais prévenus par radio avant de quitter le bassin où j'ai passé la nuit viennent à mon secours et m'aident à me déhaler. Ouf ! Je ne suis pas près de recommencer une croisière à la voile dans les eaux glauques new-yorkaises ; je préfère de loin la haute mer.

Le lendemain, 6 juillet, je démâte le bateau avec l'aide des mâts de charge du *Carbé*. Deux jours plus tard, *Pen Duick II* fait le lézard sur le pont du cargo.

13

JE NE COURS PAS POUR LA GLOIRE

L'Homme est ingrat. Mon vieux *Pen Duick* qui
m'attend au sec dans un coin du chantier Costantini — l'hiverner sous un hangar n'est pas dans mes
possibilités financières —, je ne pense presque plus à
lui. Il est dans mes intentions futures de naviguer
encore avec lui mais ce sera pour plus tard, bien
plus tard.

Pour l'heure, à mon retour des États-Unis, après
m'être soumis poliment aux exigences de cette notoriété engendrée par ma victoire en solitaire,
une seule pensée m'accapare : courir les grandes
courses au large comme le Fastnet, la Channel Race,
la Morgan Cup, Plymouth-La Rochelle, Plymouth-
Santander et, sur d'autres océans, les courses des
Bermudes et Sydney-Hobart.

Mon retour rapide en France, grâce à la Compagnie Générale Transatlantique, est une aubaine pour
moi. On se retrouve, *Pen Duick II* et moi, au Havre,
juste à temps pour participer aux deux dernières
grandes courses de la saison 1964 : Yarmouth-
Lequeitio et Lequeitio-La Trinité. Insatiable dès qu'il
s'agit de naviguer, je considère ces deux épreuves
comme des tests particulièrement intéressants pour
comparer mon *Pen Duick II* aux autres bateaux de
course-croisière. Je sais que le point faible de mon
ketch réside dans son sous-toilage, conçu pour un

solitaire, et qu'à moins de trouver des conditions de mer et de vent idéales, mes chances de gagner sont infimes.

Après qu'un jaugeur agréé par le Royal Ocean Racing Club (RORC), organisateur de ces courses, a jaugé *Pen Duick II*, nous sommes dans la flottille des classe II. Cette jauge a pour but de calculer le coefficient de handicap du bateau grâce à des mesures que l'on multiplie ou que l'on divise selon une formule unique pour tous les concurrents, avec le but louable de faire courir des voiliers différents à chances égales. Ce qui est loin d'être prouvé.

J'avais téléphoné à ma mère dès mon arrivée à Newport et son bonheur, après toutes ces journées d'angoisse vécues à cause de mes silences radio, m'avait bouleversé. C'était une mère merveilleuse. J'appelle de nouveau mes parents, puis Gilles Costantini ; lui et mon père vont faire partie de mon équipage.

Je ne m'attarderai pas sur cette course. Conduit en Angleterre, *Pen Duick II* est sur la ligne de départ le 8 août. Au début, par vent debout de force 6, alors que tous les concurrents ont pris des ris, mon bateau garde tout dessus et s'installe en tête de notre classe II, talonnant même le classe I *Outlaw*, pourtant réputé pour ses performances dans la brise. Dans la nuit, le vent tombe, et dans le calme *Pen Duick II*, insuffisamment toilé, est rattrapé, dépassé et termine dans le milieu de sa catégorie.

Le retour, Lequeitio-La Trinité, débute avec une brise moyenne qui forcit et monte à force 7. Du coup, *Pen Duick II* se réveille, galope sur les vagues, prend la tête et alors que nous allions gagner, à cause des grains et de la mer formée, je confonds les phares de Belle-Île et de l'île d'Yeu. Résultat : nous faisons un crochet inutile et je perds la course. Nous aurions dû arriver en vainqueurs à La Trinité, vers 6 heures. Nous franchissons la ligne en vaincus, à midi. Le vent strident ne parvient pas à couvrir les acclamations de la foule venue m'accueillir. J'avais quitté la rade trinitaine presque dans l'indifférence, accompagné par quelques saluts. Je reviens beaucoup moins discrètement. Mais ce n'est pas pour la gloire que je cours.

On doit toujours analyser les causes et les effets ; c'est mon caractère ou ma manie. Pendant ces deux courses, j'ai étudié le comportement du bateau et mes observations ont confirmé mes impressions : *Pen Duick II* s'est révélé étincelant à toutes les allures dans la brise, il est par contre consternant dans le petit temps. La solution qui s'impose est évidente : il faut augmenter la surface de la voilure.

Je me suis donné un mal de chien et privé de tout pour sauver *Pen Duick*. Je me suis tracassé davantage encore pour faire construire *Pen Duick II*. Je mijote un nouveau tourment : avoir un bateau plus grand, gréé en goélette, pour me frotter aux meilleurs bateaux de course — un nouveau bateau et qui s'appellerait *Pen Duick III*.

Pour l'instant ce n'est qu'un projet. En attendant de le réaliser, afin de savoir si mon idée est bonne, je décide de transformer mon bateau actuel en goélette. Cette modification, de plus, présente l'avantage de ne pas être trop coûteuse : le grand mât restera à sa place et deviendra mât de misaine, il suffira de remplacer l'artimon par un mât plus haut, placé plus en avant.

Alors qu'à l'automne, de retour à la base de Lorient, la Marine me fait suivre un cours de spécialisé comme fusilier-commando, prévu pour un an, le chantier Costantini bricole le changement de gréement de *Pen Duick II*.

Sans doute mon existence est sous la protection d'une bonne étoile qui me permet, aux moments importants de ma carrière, de bénéficier de rencontres ou de décisions heureuses.

Mon stage de fusilier-commando approche de son terme, vers juillet 1965, quand je suis convoqué à l'état-major de la Marine de Lorient. L'officier qui me reçoit me fait part d'une proposition à laquelle je ne m'attendais pas :

— Le ministre de la Jeunesse et des Sports, M. Maurice Herzog, a demandé à la Marine nationale de vous détacher auprès de son ministère. Naturellement, il faut que vous soyez volontaire pour ce détachement. Quelle est votre réponse ?

— Je suis volontaire.

Maurice Herzog était venu m'accueillir à mon retour au Havre pour me congratuler au nom du gouvernement. Je l'avais revu au cours de réceptions officielles. Je ne me doutais pas qu'il m'offrirait un statut me permettant de poursuivre mes rêves de marin.

C'est une fin d'année faste pour moi, où les concours de circonstances jouent en ma faveur. J'ai plus que jamais en tête l'idée de ce troisième bateau que je veux plus grand. Je le veux plus grand parce que je pense à la prochaine Transatlantique en 1968. J'ai vu que je n'avais connu aucune difficulté de manœuvre avec *Pen Duick II*, et acquis la certitude de pouvoir manœuvrer un bateau beaucoup plus grand. Mais sa réalisation est coûteuse. Avec les droits d'auteur de mon premier livre, *Victoire en solitaire*, publié par Arthaud, je possède une coquette somme à ma banque mais je suis encore bien loin du compte.

La Providence, une fois de plus, se penche sur moi, secourable. Un matin je croise Maurice Herzog dans un couloir de son ministère, et le vainqueur de l'Annapurna me dit :

— Tabarly, si vous êtes vendeur de votre bateau, je vous l'achète pour l'école.

L'école, c'est l'École Nationale de Voile, en construction à Beg-Rohu, dans la presqu'île de Quiberon. Je n'avais pas encore mis en vente *Pen*

Duick II mais je savais qu'il me faudrait m'en séparer si je voulais armer un autre bateau.

— Justement, je l'envisageais, Monsieur le ministre.

— Dans ce cas, voyez M. Chartois, le futur directeur de l'école, et mettez-vous d'accord avec lui.

Rendez-vous est pris et me voici rue de Châteaudun, au ministère des Sports, où Chartois me reçoit. L'homme est de petite taille, aimable, souriant, presque patelin. Sa question est :

— Quelle somme désirez-vous pour votre bateau ?

— Il me semble que dix millions (je parle en anciens francs) seraient un prix raisonnable.

Chartois ne marchande pas, au contraire, il approuve d'un hochement de la tête avant de me répondre :

— C'est d'accord. Mais, comme vous le savez, l'école n'a pas encore de vie administrative, aussi je ne dispose d'aucun budget pour le moment. Toutefois, considérons que le bateau appartient à l'ENV et nous régulariserons la situation dès que je le pourrai. Pour l'instant, vous prenez à votre charge les frais d'entretien du bateau et on les rajoutera au prix de vente.

Aucun papier n'est signé. La parole donnée de Chartois me suffit.

À partir de cet entretien, je continue à utiliser le bateau après en avoir référé au directeur, qui a placé *Pen Duick II* dans le patrimoine de l'école.

Devenu goélette, le bateau est mis à l'eau pour disputer les petites courses d'avant-printemps, utiles pour fignoler les réglages, à La Rochelle et en Bretagne. Guy, mon père, Patrick, mon frère, Gilles Costantini font partie de mes équipiers. Nous raflons toutes les premières places mais en juillet, après un bon classement dans Cowes-Dinard, les résultats dans les autres régates sont décevants. Par petite brise et vent arrière, je constate que le triangle avant est trop petit avec comme conséquence un spinnaker pas assez grand. Ces analyses me sont utiles car elles m'aident à gamberger la façon dont il faudra gréer le bateau en gestation : *Pen Duick III*.

En attendant, avec l'accord de Chartois bien entendu, je prépare *Pen Duick II* pour la grande course américaine des Bermudes. Pour la seconde fois, *Pen Duick II* est remanié afin de satisfaire la règle de handicap des Américains, différente des « rules » britanniques. Le gréement est modifié et le bateau redevient un ketch, avec le grand mât allongé à l'avant et non plus à l'arrière, où l'artimon devient très grand. Plus un bout-dehors permettant d'augmenter la base des focs et porter un spinnaker non plus de 70 mètres carrés mais de 110 mètres carrés. En ce qui concerne la coque, je fais couper le grand élancement à l'arrière. Esthétiquement le bateau est moins beau mais il a gagné en puissance.

Mon nouveau statut de marin détaché au ministère des Sports n'est pas avantageux du point de vue de la solde car elle demeure à son niveau initial sans aucun des réajustements dus au coût de la vie dont bénéficieront mes camarades. Mais cet inconvénient est compensé par le fait que, libre de mes mouvements, je peux vivre où bon me semble et en particulier chez mes parents qui ont une maison à Saint-Pierre-Quiberon, donc près de La Trinité où les Costantini ont effectué les transformations de *Pen Duick II*. Une course au printemps 1966 me confirme que le nouveau gréement est nettement plus efficace.

Fin mars, je quitte mon mouillage trinitain, pour les États-Unis. J'ai décidé de le convoyer tout seul pour m'entraîner en vue de la prochaine Transatlantique en solitaire à laquelle je compte participer une fois de plus ; j'aime avoir des projets en réserve. Pendant cette traversée, j'ai du mauvais temps et une avarie avec un aérateur me contraint à relâcher à Horta, l'une des îles des Açores. Je répare. Je repars.

Le soleil m'escorte presque jusqu'à l'arrivée, en vue de la terre, quand le brouillard m'engloutit. Sur cette route sillonnée par cargos et paquebots dans les parages de New York, avec un vent mou et une houle longue, j'évite de justesse un chalutier qui venait juste de stopper pour ne pas m'aborder, qui se dresse subitement devant moi. Enfin, j'accoste à Oyster Bay en fin d'après-midi, abruti de sommeil. J'ai passé trois nuits blanches, l'une à écouter les sirènes et les cornes de brume, l'autre à me débattre dans un orage comme je n'en avais jamais vu, la dernière enfin à tirer des bords dans Long Island Sound.

Ce coup-ci, j'ai mon passeport et mon visa. J'ai donc l'âme tranquille du type qui se sent en règle. Je téléphone à la douane de New York, de qui Oyster Bay dépend administrativement, pour annoncer mon arrivée. Poliment, le fonctionnaire me demande de passer à son bureau pour les formalités d'usage. N'ayant pas de voiture, il va me falloir toute une journée pour faire l'aller-retour avec les transports en commun. Le lendemain matin, je monte dans un bus et j'arrive dans le bureau de l'officier d'immigration, qui examine mes papiers. Tout se déroule à merveille jusqu'au moment où il me demande :

— Quand quitterez-vous Oyster Bay ?

— D'abord, je fais la course Oyster Bay-Newport dont le départ est fixé au 12 juin. J'appareillerai ce jour-là.

— Bien, me dit-il, placide. Je garde les papiers du bateau. Vous viendrez les retirer la veille du départ pour obtenir le laissez-passer pour Newport.

Le laissez-passer lors de chaque déplacement est obligatoire à cette époque, aux États-Unis. Ce qui me contrarie, c'est d'avoir à effectuer, une fois encore, le trajet Oyster Bay-New York, une perte de temps que j'aimerais m'éviter pour la seconde fois.

— Je n'ai pas de voiture, dis-je, espérant le convaincre. Il me faut une journée pour venir ici et regagner mon bateau. Puisque mes papiers sont en règle et que vous connaissez le jour de mon départ, vous pourriez me remettre dès maintenant le laissez-passer...

Il hoche la tête négativement.

— Je garde les papiers du bateau, répète-t-il, inflexible.

Ce qui devait arriver arrive. Mon équipage composé de Gérard Petipas, Michel Vanek, Alain Glicksman, Philippe Lavat et Jurgen Romer m'a rejoint. On a préparé méticuleusement *Pen Duick II* jusqu'à la dernière minute et, fatalement, j'oublie complètement d'aller chercher les papiers du bateau et le laissez-passer à New York.

Le 12 juin 1966, donc, le départ est donné à Oyster Bay. En dépit de la présence du champion de la Côte Est, le redoutable Ted Turner, grâce à un vent debout de 35 nœuds, uniquement sous foc et artimon, nous arrivons à Newport bons premiers, avec une avance considérable. Et là, perfidie du destin, je tombe sur le même officier d'immigration qui m'avait réceptionné sans passeport ni visa à l'arrivée de la Transat en solitaire. Naturellement, physionomiste, il me reconnaît aussitôt, se souvient de ma situation irrégulière deux ans auparavant, et je sens qu'il m'a à l'œil.

— J'espère que cette fois-ci tout est OK, me dit-il, sévère.

— Presque !

Et je lui explique mon oubli. Le type en a presque une attaque d'apoplexie.

On pourrait croire que dans un pays moderne comme les États-Unis, on peut faire venir des papiers de bateau de New York à Newport en quelques heures. Pas du tout ! Le départ de la course des Bermudes doit avoir lieu dix jours plus tard. Notre escale à Newport a donc duré dix jours. Eh bien, pendant toutes ces longues journées, j'attends en vain le courrier m'apportant les précieux documents. Les relations se dégradent de jour en jour entre l'officier à l'immigration et moi. Le matin du départ, sur ma table à cartes, je trouve un petit mot du fonctionnaire, me disant, en gros, ceci : « Si vous appareillez sans être venu à mon bureau, je vous fais arraisonner par une canonnière. » Je vais le voir, l'amadoue et il nous laisse partir.

La victoire nous a, cette fois, frôlés avant de nous faire un pied de nez. La veille de l'arrivée, nous sommes en effet largement en tête de notre classe et dans le sillage des voiliers plus grands que nous. Je me sens confiant depuis que nous avons déjoué le piège du Gulf Stream, ce courant capricieux dont les méandres se déplacent de façon imprévisible. Selon la zone où l'on se trouve, le courant peut se révéler favorable ou contraire, et atteindre au centre de la veine une vitesse de 4 nœuds. L'unique moyen pour déterminer la direction de ce courant vicieux consiste à relever la température de l'eau en sachant que c'est dans la veine principale, c'est-à-dire au centre, qu'il est le plus chaud. Nous trouverons le bon courant et au près serré nous avançons vaillamment malgré des orages violents et une mer mauvaise qui sont les conditions habituelles dans cette zone. Vingt-quatre heures avant l'arrivée, nous sommes donnés comme vainqueurs. Notre avance était considérable. Mais une saute de vent de 45º nous fait perdre. Du coup, nous ne terminons qu'à la cinquième place de notre classe.

Pour la petite histoire, c'est à Hamilton que les papiers du bateau m'attendaient.

La vie est faite d'espérance. Avec mes équipiers, nous pensons nous distinguer dans la Transatlantique Bermudes-Copenhague. Cette course paraît conçue pour mettre en valeur les qualités de *Pen Duick II*, parce qu'elle se déroule généralement avec du vent fort et portant. Et effectivement, le quatrième jour, par belle brise et grand largue, nous cavalcadons optimistes sur une mer d'un bleu argenté. Je suis à la barre. Les spinnakers sont bien gonflés sur chaque mât, sans même regarder le speedomètre, rien qu'au bruissement de l'eau contre la coque, on sait qu'on avance joliment vite. Soudain, la barre devient toute molle et *Pen Duick II* lofe sans que je puisse l'en empêcher : la mèche du gouvernail a lâché — sans doute à cause de la fatigue du métal. En assemblant un tangon de spinnaker et des planches de la cabine, que déposent et m'apportent mes équipiers, je bricole un gouvernail de fortune mais à partir de 5 nœuds, il est difficile à tenir et il faut la musculature de garçons comme Philippe Lavat et Michel Vanek, et leurs efforts conjugués, pour gouverner.

La course est terminée pour *Pen Duick II*. Nous abandonnons, et ce n'est qu'après cinq journées de navigation dans un brouillard épais que nous atteignons Saint-Pierre-et-Miquelon, à vitesse réduite, nous dirigeant dans cet univers ouaté grâce à la corne de brume du phare, les brisants sur les rochers et au sondeur vers le port invisible. Cinq jours de réparation. Cinq jours, après notre appareillage, vécus encore dans une brume poisseuse. Puis, le beau temps revient et, sous spinnaker, nous rentrons à Granville. Le bilan de cette saison 1966 est décevant. Mais *Pen Duick II*, troisième version, a montré de belles qualités.

L'état de mes finances est à sec. Tous mes droits d'auteur sont passés dans les modifications du bateau mais je ne me préoccupe pas de ma « dèche ». J'attends d'un jour à l'autre d'officialiser la vente de *Pen Duick II* à l'École Nationale de Voile, et de toucher son règlement.

Dès que je serai libéré de ces soucis financiers avec ce bateau, mon deuxième, je pourrai m'en créer d'autres pour construire *Pen Duick III*.

C'est avec son père, Guy Tabarly, qu'Éric a commencé à naviguer
dès son enfance. Chaque été, avec sa famille,
il partait en croisière le long du littoral breton. Sur la photo,
Éric à 3 ans tient la barre du voilier paternel *Annie*.

Enfant, Éric voulait devenir amiral. Dès qu'il a compris que les études seraient ardues pour parvenir à ce grade, lui, qui se complaisait dans son statut de «cancre» scolaire, renonça à cette ambition. Mais la passion du bateau était néammoins ancrée en lui.

Pilote de l'Aéronavale : Tabarly choisit l'armée pour pouvoir, grâce à sa solde, financer la restauration du vieux *Pen Duick* que lui a donné son père.
Le bateau ressemble à une épave. Lui seul croit en sa résurrection.

Il a 33 ans. Et son nom devient célèbre : en 1964, Tabarly remporte la Transatlantique en solitaire à bord de son ketch, *Pen Duick II*, conçu pour cette course. La France, cette année-là, se découvre l'âme maritime.

Avec Michel Barré, son équipier, Tabarly surveille les réglages
de sa voilure. La grosse mer et les coups de vent ne l'inquiètent pas.
Il dit : « Naviguer c'est savoir anticiper
pour ne pas se laisser dépasser par les éléments. »

Saigon. Tabarly est «lâché» aux commandes d'un Cessna.

Tabarly avec un groupe d'élèves lors des entraînements
sur *Lancaster* à la base d'Agadir.

En tenue de brousse
à Tann Son Nhut, pendant son
séjour en Indochine.

Avec les officiers
élèves de son poste
à bord de la
Jeanne d'Arc. Reçu à
l'École Navale, Éric
termine dernier
de sa promotion.
Mais il est enseigne
de vaisseau.

Son premier
et unique
commandement à
la mer sur
l'EDIC 9092
(Engin de
Débarquement
d'Infanterie et de
Chars) à bord
duquel il repère les
plages où un EDIC
peut « beacher ».

Éric a gagné sa Transatlantique en solitaire. Son père et sa mère,
inquiétés par ses silences radio (un appareil qu'il n'affectionne pas),
rassurés, viennent le congratuler.

Avec Jacqueline, son épouse, qu'il a connue peu après
son retour en France, vainqueur de sa deuxième Transat, en 1976.
Tabarly professait : « Je ne me marierai jamais.
Je n'aurai jamais d'enfants. Je ne veux pas de chiens. »

À bord du *Paul Ricard*, trimaran à foils.

Pen Duick III à La Rochelle. Avant de remporter la Sydney-Hobart
au terme d'une saison 1967 qui a vu le bateau rafler toutes les victoires,
Tabarly pose avec son équipage.

En uniforme d'officier de marine
(qu'on lui a prêté, le sien
étant resté en Bretagne), Tabarly
reçoit la Légion d'honneur
des mains de l'ambassadeur
de France, à Washington, après
sa victoire en 1964.

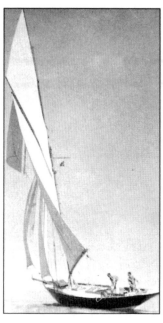

Le bateau mythique :
Pen Duick, le «centenaire».

Après sa plastification, le vieux
Pen Duick, carène en l'air, est
remis à l'eau et pourra bientôt
naviguer de nouveau.

Pour ce bateau,
dont il aime
les lignes, Tabarly
a consenti des
années de sacrifices
et de privations.

Pour Tabarly, *Pen Duick*, avec son élégante ligne ancienne
et son gréement, a la noblesse d'un vieux gentleman.

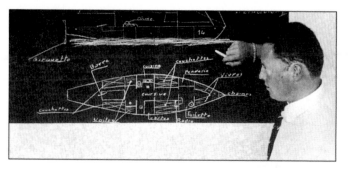

Gilles Costantini, l'architecte et ami de Tabarly,
devant un croquis de *Pen Duick II*.

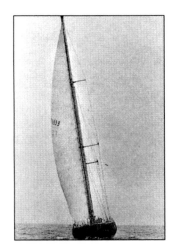

Pen Duick VI fut, incontestablement,
le voilier de course le plus rapide,
à toutes les allures, de son temps.
Conçu pour 14 hommes d'équipage,
c'est avec lui que Tabarly gagne
la Transat en solitaire de 1976.

La mise à l'eau de *Pen Duick V*, premier voilier à ballasts.

◄ *Page de gauche.* Le voilier au déplacement léger qui gagnera
confortablement la Transat en 1964.

Essais de vitesse. Sur son *Pen Duick IV*, Tabarly régate avec
Pen Duick III manœuvré par un équipage : le trimaran s'avère plus
performant. Racheté par Alain Colas, rebaptisé *Manureva*, le multicoque
disparaîtra, corps et biens, en 1978 dans la Route du Rhum.

Page de droite, en haut ▶
C'est dans cette superbe longère de 47 mètres de façade que Tabarly a
mis sac à terre. La maison se trouve près de la rivière de l'Odet où, en été,
le vieux *Pen Duick* a son mouillage.

Page de droite, en bas ▶
Le bureau lambrissé d'Éric qui évoque l'intérieur d'un bateau,
où se trouvent ses maquettes et ses trophées.

Marie Tabarly. Comme Éric, elle a commencé à naviguer
dès son enfance, pendant ses vacances d'été. En dehors du voilier,
elle se passionne pour l'équitation.
Élève dissipé, Tabarly est un père attentif aux études de sa fille.

14

QUI PAIE SES DETTES PEUT
EN FAIRE D'AUTRES

Je ne pense pas au mariage ni à créer une famille, ni à posséder un bon gros chien, parce que j'ai trop peur, à trente-cinq ans, de perdre ma liberté. La politique et l'économie m'intéressent ainsi que les tableaux de marine, le cinéma ou le théâtre, quand j'en ai le temps, la montagne et les beaux paysages, les beaux bâtiments, les vieux châteaux, les cathédrales gothiques, les maisons moyenâgeuses, et je ne suis pas indifférents aux convulsions du monde, aux crises sociales, à la misère et à la faim qui torturent certains continents. Tout ceci pour faire comprendre que je ne suis ni misanthrope, ni misogyne, ni marginal et que je m'intéresse à la vie de notre planète. Mais le bateau est vraiment le seul domaine qui me captive, qui alimente mes idées novatrices et donc mes projets. Tout ce qui peut accélérer la vitesse et améliorer les performances d'un voilier dans n'importe quelle mer et avec toute sorte de vents me passionne.

Avant de partir pour Oyster Bay, j'avais terminé et donné le plan de forme de mon futur bateau au chantier de La Perrière, à Lorient, pour qu'il établisse le plan de structure. J'avais choisi ce chantier parce que les Costantini ne construisaient qu'en bois, et moi je voulais que mon *Pen Duick III* fût en aluminium, plus précisément en duralinox, un métal léger que le chantier de La Perrière savait traiter.

À mon retour en France, après de légères retouches, les lignes définitives du bateau sont définies. À Nantes, ensuite, au bassin d'essais de carène de l'ENSM, avec le professeur Ravilly, nous effectuons des tests de la coque et de la quille. Les résultats correspondent à mes souhaits : *Pen Duick III*, toutes proportions gardées, sera meilleur que son prédécesseur, et comme il est plus grand — 13 mètres de flottaison contre 10 mètres — il ira nettement plus vite. Le chantier commence la construction. Il ne me reste plus qu'à aller chercher mes sous chez M. Chartois.

Me revoilà rue de Châteaudun, au ministère de la Jeunesse et des Sports. Je pense que mon affaire va être rondement menée. Chartois me reçoit avec affabilité, et lorsque je lui exprime mon souhait de régulariser la situation, puisque son école de Beg-Rohu dispose désormais d'un statut administratif et que cette somme m'est nécessaire pour mon nouveau bateau en voie de construction, il me répond :

— Pas de problème. L'argent est de côté. Vous l'aurez bientôt : ce n'est qu'une question de jours.

Naïvement, je retourne chez mes parents, à Saint-Pierre-Quiberon. Et j'attends. Des jours. Des semaines. Des mois. Toujours rien. Je repars pour Paris. Je retrouve Chartois. Dès qu'il m'aperçoit, il lève les bras dans un geste pathétique d'impuissance :

— Mon pauvre ami, geint-il. Je suis désolé mais l'intendant de l'Institut National des Sports, l'INS, ne veut pas entendre parler de l'achat de votre bateau !

Je la trouve saumâtre. *Pen Duick II* me reste sur les bras car, le croyant vendu, je n'ai pas prospecté d'autres acheteurs. J'ai effectué des transformations pour qu'il soit plus compétitif, mais elles ne lui donnent aucune valeur marchande supplémentaire.

C'est une des rares fois de mon existence où je me mets à hurler. Mes hurlements parviennent jusqu'au colonel Crespin, militaire à la retraite, crâne dégarni et charpente trapue, responsable des Sports au ministère, qui me demande de passer à son bureau. L'homme possède l'autorité des vieux soldats. Il me demande les raisons de mon emportement et je lui explique ma situation. Indigné, il décroche aussitôt le combiné de son téléphone et appelle l'intendant de l'INS.

— On m'annonce que vous ne voulez plus acheter le bateau de Tabarly ?

La réponse est nette :

— Moi, je veux bien l'acheter, mais c'est Chartois qui est opposé à l'achat.

Le colonel tranche :

— On a dit à Tabarly qu'on achetait son bateau et on ne peut revenir là-dessus. Je vous ordonne de l'acheter !

Rassuré, je quitte Crespin. Naïvement, je me dis : dans quinze jours, c'est réglé, j'ai mon chèque. Des semaines passent encore, et je ne vois rien arriver. Sinon que le chantier de La Perrière a commencé à travailler et que Chartois fait toujours de l'obstruction, malgré les directives reçues. Je suis furieux. Crespin, lui, est furibond. En janvier 1967, le colonel, excédé, prend le mors aux dents et convoque tous les intéressés dans son bureau.

— Mon colonel, geint Chartois, le budget de l'École de Voile ne permet pas l'entretien d'un bateau de la taille de *Pen Duick II*...

— Monsieur, lui rétorque, glacial, Crespin, il fallait vous en apercevoir avant.

Ne s'avouant pas vaincu, Chartois tente une dernière filouterie. Il dit :

— Mon colonel, les élèves ne peuvent se passer de matériel électronique. Le bateau ne peut venir à Quiberon sans ces appareils.

Les organisateurs du Salon nautique m'avaient offert une girouette électronique — indicateur de vent précieux — que j'avais montée sur le bateau, de même que j'avais acquis un speedomètre. Ce matériel m'appartenait et j'en avais besoin pour *Pen*

Duick III. Je trouvais que Chartois était culotté de prétendre s'approprier ce qui m'appartenait. Heureusement, Crespin est là pour veiller au grain. Sur un ton qui n'admet pas de réplique, il conclut l'entretien en disant :

— D'accord, vos élèves ont besoin d'électronique mais il n'y a aucune raison que Tabarly vous en fasse cadeau.

Ce qui fut fait. Je gardais donc mes instruments.

Pen Duick III est mis à l'eau début mai. Après une semaine d'essais en mer, satisfaisants, le bateau court des régates pour la sélection de l'équipe française de l'Admiral Cup, cette course internationale disputée tous les deux ans. Chaque nation présente trois voiliers mesurant entre 25 et 70 pieds. Le classement est établi par pays : on totalise les points glanés par les bateaux au cours de quatre courses : la Channel Race, le Fastnet, plus deux régates de la semaine de Cowes.

Mon équipage se compose de Philippe Lavat, Pierre English — que je connaissais bien car il était un ami d'adolescence de mon frère Patrick —, Yves Guégan, Michel Vanek, Jean-Jacques Sévi, Patrick Tabarly, Daniel Gilles, mon père — surnommé « Babar » —, Olivier de Kersauson, Gérard Petipas. Tous sont de bons marins mais sur un bateau d'une telle taille, il faut du temps pour se familiariser et pour que le travail de l'équipage soit harmonieux. Inévitablement, il y a des cafouillages, notamment dans l'envoi des spinnakers, et nous remportons la première manche de justesse et avec de la chance. La deuxième est gagnée plus nettement, parce que de bons équipiers apprennent vite. Kersauson et Guégan, qui effectuent leur service militaire dans la Marine nationale, ont été détachés à mon bord. Tous deux sont des garçons gentils, et Kersauson m'étonne par sa force physique, son sens de la mer et une grande timidité. Il a vingt ans tout juste. Il est toujours inquiet de savoir si j'apprécie son travail à bord.

Avec impatience, j'attends le mois de juin pour participer à la première course importante de la saison, la Morgan Cup, une épreuve triangulaire en Manche, avec départ à Portsmouth, virage de la bouée de Cherbourg et du bateau-feu du Royal Sovereign, près de la côte anglaise, et arrivée à Portsmouth.

C'est une belle course que va conduire *Pen Duick III*. Nous étions arrivés quelques minutes avant le départ, juste à temps pour prendre les instructions de course et inscrire le bateau dans sa première grande compétition. Avant le coup de canon, profitant du vent arrière, je fais envoyer le spinnaker et *Pen Duick III* s'élance dans cette armada de plus de cent bateaux. Au virement de Cherbourg, la bouée nous apparaît dans la brume. Je donne mes ordres. À l'avant, mes équipiers se battent avec la toile, amènent le spinnaker et la grande misaine, envoient le foc, la trinquette et la petite misaine lattée. Leurs manœuvres sont parfaites. Je sais, maintenant, qu'ils ont le bateau en main.

Après la bouée de Cherbourg, nous sommes vent debout pour aller vers le Royal Sovereign. On peut, soit tirer des petits bords sur la route directe, soit tirer un premier long bord le long de la côte française. Pour des raisons de courant je choisis cette seconde option qui s'avère très payante en nous faisant éviter un calme que nos concurrents vont subir au milieu de la Manche. Grâce à ce coup de chance nous virons très largement en tête le Royal Sovereign. Il y a longtemps que nous descendons sous spinnaker la côte anglaise quand nous croisons des bateaux plus grands que nous comme *Bloudhound* et *Striana*. Lorsque nous passons devant le bateau du jury, à Portsmouth, on nous fait signe de la main que nous sommes premiers. Les seconds n'arrivent que six heures après nous.

Après cette victoire, mon équipage a simulé non pas une mutinerie mais une bouderie. Il faut impérativement que je rentre en France et mes matelots, qui comptaient bien aller tirer une bordée à terre pour fêter comme il se doit ce succès, sont déçus. J'ignore comment Olivier de Kersauson a manigancé son coup. À naviguer à mon bord, le gentil garçon timide a pris de l'assurance et ses gags, son humour, ses reparties même dans les moments délicats, font rire tout le monde. Ce dimanche-là, alors que nous avons appareillé, direction la France, mes équipiers quittent silencieusement le pont et regagnent leurs couchettes pour manifester leur mécontentement. Du cockpit, j'entends la voix gouailleuse de Kersauson qui me lance :

— Il paraît que tu as traversé seul l'Atlantique, c'est du moins ce qu'on a prétendu. Montre-nous comment tu fais !

J'entends les autres pouffer comme des gamins et même mon père est complice de leur gag. Je ne bronche pas. Je barre.

C'est Gérard Petipas qui veille sur la navigation. Le fait d'être délesté de ce travail me permet de me concentrer davantage sur la tactique, d'être présent sur le pont, de diriger les réglages et les manœuvres, d'intervenir si un équipier s'embrouille et de le remplacer aussitôt à son poste. Je suis un skipper qui gueule rarement. Je fais confiance à ces jeunes gens qui partagent le même amour des bateaux et de la compétition que moi. Si l'un d'eux ne s'avère pas à la hauteur de sa tâche, je ne lui en veux pas : le responsable c'est moi puisque c'est moi qui l'ai embarqué. Gérard, je l'ai connu à Cherbourg, du temps où je courais avec le « *II* ». Il assurait la navigation sur un voilier accosté près du mien, avant le départ d'une course du RORC. Il était lieutenant au long cours et s'apprêtait à devenir capitaine dans la Marine marchande. Il régatait pendant ses vacances. Quand il a quitté la Compagnie Générale Transatlantique, Gérard s'est installé comme expert maritime à Paris et a embarqué régulièrement sur *Pen Duick II* et *Pen Duick III*. Sur sa table à cartes, il fait le point et me prépare des éléments pour que je puisse décider la route à suivre.

Et la route est longue pour se rendre au prochain départ près de Stockholm. La terre ferme, nous l'arpentons à peine. Avec l'équipage, on s'affaire à préparer le bateau, vérifier le gréement, procéder à l'avitaillement sans perdre de temps. Le 4 juillet a lieu le départ de la course autour du Gotland, qui démarre de Sandham.

Pendant ces préparatifs, j'observe mes équipiers. J'ai la trentaine bien entamée et la plupart d'entre eux une vingtaine d'années à peine. Ce sont des jeunes gens bien dans leur peau et dans leur tête, des caractères forts et non des caractériels sujets aux états d'âme. Comme moi, ils sont envoûtés par la passion des bateaux et de la compétition et se moquent éperdument d'avoir les poches vides. Ils ne naviguent pas pour faire carrière mais pour assouvir une faim insatiable d'horizons, véritables boulimiques de milles marins. Je les regarde. Certains, un jour, seront skippers à leur tour, deviendront mes concurrents et je serai satisfait et fier de leur avoir enseigné ce que moi j'ai appris. Dans les manœuvres qui mettent les muscles à rude épreuve, le calme d'English, incomparable régleur d'écoutes, contraste avec la fougue animale de Kersauson ; le sérieux de Vanek — formidable barreur — et de Guégan le pince-sans-rire avec la méticulosité de Sévi et de Gilles. Mon père — cuisinier de bord — qui s'y connaît en gens de mer et les traite un peu comme ses propres fils, me chuchote souvent, en parlant d'eux :

— C'est du premier choix.

Il a raison. À l'exception de rares coups de gueule inhérents aux difficultés de certaines manœuvres, à l'espace exigu du bord, à la rivalité traditionnelle des « quarts » (le « quart » des autres est toujours le moins bon, celui qui cafouille, etc., etc.), sur *Pen Duick III* les relations sont bonnes. Certes, des querelles internes peuvent toujours surgir pendant la

trépidation d'une course. Mais je ne supporterais pas
de naviguer avec des gens qui passeraient leur temps
à s'engueuler ou à se faire la gueule ; je ne tolérerais
pas de mesquineries.

Comme cela se produit souvent en Baltique, la
course se déroule par petite brise, mais elle fraîchira
à l'approche de l'arrivée. Nous battons en temps réel
des bateaux plus grands que nous comme *Britt-
Marie*, 20 mètres, *Rendez-vous*, 21 mètres ; seul *Ger-
mania*, 22 mètres, nous dépasse juste avant l'arrivée
et nous gagnons donc en temps compensé. Deux
courses : deux victoires.

Nous avons du temps devant nous avant de disputer la Channel Race qui démarre de Portsmouth le
2 août. Nous flânons comme des touristes dans le
romantique archipel situé entre le lac Maelar et la
mer libre, face à Stockholm, puis nous relâchons à
l'île finlandaise d'Öland, patrie du célèbre armateur
Ericsson qui a fait naviguer jusqu'à la dernière
guerre une importante flotte de grands voiliers cap-
horniens puis nous visitons le quatre-mâts *Pomern*,
conservé en musée en souvenir des derniers arma-
teurs de voiliers.

Après deux escales à Helsinki et à Kiel, nous quit-
tons, assez mélancoliques la Baltique, pour rallier
Portsmouth. Comme la Morgan Cup, la Channel
Race se dispute sur un parcours triangulaire en Manche : Portsmouth, bateau-feu du Royal Sovereign,
bateau-feu du Havre, Portsmouth. Avec une brise
généralement faible, nos concurrents restent derrière
nous : troisième course, troisième victoire.

Gérard Petipas se révèle, une fois de plus, un navigateur redoutable. L'équipage manœuvre sans que
j'aie à intervenir tellement ses manœuvres sont parfaites.

Reste le Fastnet, l'épreuve reine. Route au plus
près jusqu'à Land's End, sur une mer plate qui ne
permet pas à *Pen Duick III* de manifester son brio,
puis, avec le changement de vent, au sud, sprint sous

spinnaker jusqu'au phare du Fastnet, dans le sud-ouest de l'Irlande. Le puissant *Gitana* d'Edmond de Rothschild nous précède, l'américain *Figaro* et l'allemand *Rubin* nous talonnent, mais sur le parcours du retour, jusqu'aux îles Scilly, nous naviguons au plus près avec un vent irrégulier en force et direction, sous un ciel d'orage. Sur cette mer désordonnée, virant de bord à chaque saute de vent, avec un équipage survolté, nous gagnons avec une avance confortable. En passant le Cap Lizard, peu avant l'arrivée, les sémaphoristes nous apprenaient en « scott » que nous sommes les premiers. Je ne voulais pas le croire car pour moi, avec ses 27 mètres de long, *Gitana* devait toujours être devant nous. C'est pourtant vrai : des ennuis de drisse l'ont retardé. Quatre courses, quatre victoires.

Il nous reste deux courses : Plymouth-La Rochelle et La Rochelle-Bénodet. Dans la première, nous prenons l'avantage sur l'italien *Levantades* après le virage d'Ouessant, dans du très mauvais temps. Dans la seconde, placée sous le signe de la brise moyenne et au plus près, nous engrangeons notre sixième succès sur six courses. *Pen Duick II* et son équipage sont invincibles en cet été 1967.

Cette succession de victoires m'incite à me mesurer aux Australiens, Américains, Britanniques et Néo-Zélandais qui, jusqu'alors, se sont partagé la première place dans la mythique Sydney-Hobart, qui part le 26 décembre.

Le général de Gaulle, Président de la République, m'avait invité à déjeuner à l'Élysée. C'était un grand honneur pour moi, mais j'avais dû décliner l'invitation. En effet, la date prévue pour ce déjeuner était celle-là même de la mise à l'eau de *Pen Duick III* et, pour des questions de marées, le bateau ne pouvait être mis à l'eau ni avant ni après cette date. La date fixée par le Général ne tombait pas bien !

Mon refus avait provoqué du ramdam dans la

Marine. On s'indignait qu'un simple lieutenant de vaisseau pût se permettre une telle désinvolture.

À mon retour en France, je trouve une lettre émanant de l'Élysée et écrite par le général de Gaulle :

« Monsieur, j'espère que cette fois-ci, la marée le permettant, vous pourrez participer au déjeuner prévu pour le 20 octobre. »

J'ai failli arriver en retard. Des photos ont immortalisé mon arrivée, grimpant quatre à quatre les marches du perron de l'Élysée.

15

JE GAGNE AVEC UNE BOSSE

Décembre, en Australie, c'est l'été austral. Et Sydney, la capitale du New South Wales, embaume le barbecue. Dans les jardins et parcs des villas et cottages qui bordent ou surplombent la faramineuse baie, les riverains, au crépuscule, s'affairent à préparer leurs grillades de mouton et de poissons, dont le succulent baramundy.

La démesure australienne est impressionnante. Même les mouettes et les goélands maraudant ou stationnant sur les pontons et les quais paraissent plus baraqués que leurs homologues de nos parages. Le soir, avant que la Croix du Sud ne s'élève sur un océan Pacifique phosphorescent, les wharfs en bois, peints en blanc, exhibent, pendus par la queue, les « white sharks », les féroces requins blancs, longs comme des torpilles, que les chasseurs professionnels ont abattus à l'entrée de la baie : même morts, ces squales donnent la chair de poule.

L'Australien, enfin, est généralement un colosse athlétique et sportif. On peut le voir, dès le lever du jour et avant d'aller à son travail, s'adonner au jogging, courant au ras des vagues sur la longue plage de Bondy. À l'heure du lunch, vite expédié, il envahit les parcs et les pelouses et s'adonne avec vigueur au base-ball et au football australien, l'un des jeux les plus brutaux de la planète, où presque tous les coups sont permis. L'Australien n'est pas une mauviette : il a une charpente de bûcheron. Le soir, après une journée laborieuse, il couve son barbecue et ses grillades tout en sirotant de la bière ou des vins dont les cépages français, allemands ou italiens ont été transplantés aux antipodes : des nectars aux 15° massacreurs.

Avec Yves Guégan et Olivier de Kersauson, nous sommes à Sydney pour attendre l'arrivée de *Pen Duick III*, embarqué le mois précédent sur *La Vanoise*. Le déchargement du voilier a été retardé par une grève des dockers australiens. Ce contretemps a permis au reste de l'équipage — Lavat, Vanek, English, Petipas, mon frère Patrick et mon père, retenus en France par leurs obligations professionnelles — de nous rejoindre et de participer à la remise en place du gréement.

Quelques jours nous séparent du départ et, comme d'habitude, on s'active dans les derniers préparatifs, interrompus parfois par les commissaires de la course qui effectuent leurs contrôles : le Cruising Club of Australia exige en outre dans ses règles de sécurité que chaque concurrent possède à son bord un moteur en état de marche. *Pen Duick III* a été doté d'un Renault-marine.

En attendant de m'élancer vers Hobart, je pense toujours à mon nouveau projet. En décembre de l'année précédente, un an presque jour pour jour, j'ai navigué sur un trimaran anglais, *Toria*, 12 ou 13 mètres de longueur, dessiné et construit par Derk Kersall. Cette balade m'a convaincu que les multicoques, jusque-là lourds et décevants aux allures de près, ont effectué un progrès décisif. Moi qui avais construit *Pen Duick III* pour participer aux épreuves du RORC et me lancer dans la troisième édition de la Transatlantique en solitaire de 1968, je sais que mon *Pen Duick III*, malgré ses grandes possibilités, ne pourra pas rivaliser avec les multicoques de la nouvelle génération. Avec *Toria*, j'avais fait le trajet de la côte nord des Cornouailles jusqu'à Londres, où il devait être exposé. Ce convoyage d'hiver, avec du vent et de la mer formée, m'avait démontré que le bateau était bon à toutes les allures, efficace et rapide. La prochaine Transat, c'était ma conviction, serait gagnée par un multicoque. J'en aurai un : il est en construction au chantier de La Perrière.

La baie de Sydney est un immense plan d'eau. Pour en sortir, il faut passer entre les Heads, deux gigantesques falaises verdoyantes, sorte de cariatides gardiennes de l'accès à l'océan Pacifique.

Mardi 26 décembre. Dès le départ, à 11 heures, la difficulté consiste à se faufiler entre les bateaux des 56 autres concurrents, plus ceux des accompagnateurs et des spectateurs. Pour les Australiens, cette course correspond à une grande fête de la mer qui succède aux festivités de Noël. Le thermomètre a franchi la barre des 30° à l'ombre, la végétation est asséchée par la chaleur, la population assoiffée par la canicule, mais Sydney, comme toutes les grandes villes australiennes, s'est grimée en hiver avec des sapins importés, recouverts de neige synthétique, et des Père Noël transpirant et déshydratés sous leur fausse barbe, leurs lourds vêtements et leur hotte. Tout le long des falaises qui ceinturent la baie et dominent le grand large, des milliers de gens piqueniquent et s'intéressent au spectacle des bateaux défilant à leurs pieds.

Vent arrière. *Pen Duick III* est coincé dans un peloton de bateaux qui le déventent, dont il ne parvient pas à se dégager. Les concurrents ayant opté pour une route près de la terre trouvent un vent plus fort et s'assurent une petite avance.

Avant de franchir les Heads, les bateaux doivent virer une bouée. Mes équipiers viennent d'amener la grande misaine et se démènent pour descendre le spinnaker lorsque, à la barre, je constate qu'en tête de la course il y a un certain flottement, une réelle perplexité, une grande hésitation. La bouée à virer ne se trouve pas à l'endroit indiqué et personne ne sait quelle direction choisir. La confusion et la pagaille s'emparent des skippers. Il y a le bruit de l'eau, du vent dans les gréements et les jurons anglo-saxons qui fusent de partout.

Il y a un cognement contre la coque et puis des cris et des insultes. Un bateau à moteur nous a heurtés et son barreur, affolé, en virant brutalement de bord, percute un dériveur qui coule comme un caillou, laissant ses trois passagers barboter dans l'eau. Le sauvetage des naufragés nous échappe car au même moment on débusque la satanée bouée, loin sous le vent, là où elle ne devait pas être et pour cause : comme on le saura plus tard, ayant cassé son amarre, elle dérive dans le vent. Aussitôt c'est la ruée, et tous les bateaux convergent vers elle. Il faut contourner ce point fixe devenu mobile, cette cible mouvante qui se dandine et nous nargue. J'ai l'impression d'être à une fête foraine, au manège des auto-tamponneuses ! Les voiliers de tête, déventés par les poursuivants, sont rattrapés et c'est en rangs serrés, à huit ou dix de front, que l'on fonce. C'est la pagaille : ceux qui sont à l'intérieur du peloton s'efforcent de faire respecter leur droit de virer la bouée tandis que les autres se démènent pour faire s'écarter le bateau le plus proche qui, lui-même, se bat pour éloigner son voisin. On entend hurler de partout : « water... water... » — de l'eau... de l'eau... — c'est-à-dire : faites place !

La coque solide métallique de *Pen Duick III* est un argument dissuasif même si notre voisin, *Noria*, se trouve pris en sandwich entre nous et le suivant. On entend quelques craquements de-ci, de-là, des bordées de jurons et d'imprécations, car dans cette mêlée aquatique les règles de priorité et le « fair play » sont remplacés par le « chacun pour soi » et « après moi le déluge »... Dans ce jeu d'intimidation, je parviens à virer la bouée en quatrième position et au plus près serré, une allure que le bateau affectionne, nous défilons entre les Heads, cap à l'est vers le large.

Le lendemain la presse australienne parlera de cet incident avec abondance. Je me souviens, en particulier, d'une caricature, représentant *Pen Duick III* avec un grand canon sur l'avant, l'équipage en corsaire, sabre d'abordage au poing, et la légende me faisant dire : « Ils auraient dû me prévenir qu'ici on doit faire son passage de force ! »

La météo prévoit que le vent sud-est ne durera pas longtemps et qu'on aura du vent nord-est, qui est dominant en cette saison, m'a annoncé Gérard Petipas.

— Oui mais j'ai entendu des Australiens, familiers des lieux, dire que ce vent de nordet tombe pendant la nuit, alors qu'au large on trouve toujours une forte brise, dis-je.

— Alors ?

— Alors, je pense que le mieux est de se dégager de la côte pour essayer d'échapper au calme.

Je regarde autour de nous. De nombreux bateaux virent au sud. Mais nos principaux rivaux ont choisi la même option que nous et tirent vers le large.

Après que nous avons été un moment en tête, le néo-zélandais *Kahurangui*, un superbe 20 mètres, nous dépasse alors que *Fidelis*, autre néo-zélandais également de 20 mètres, perd du terrain sur nous. Après 6 milles dans l'est, je vire vers le sud. Avec un vent faible nous avançons quand même mais dans la nuit du mardi au mercredi, la brise tombe comme prévu et c'est le calme plat. Mea culpa. Ce n'est qu'au petit matin que, soufflant du nord-est, le vent revient. Paresseusement, comme s'il sortait d'un profond sommeil, *Pen Duick III* se remet en route, entraîné par son spinnaker léger. Toute la journée, nous courons après ceux qui nous devancent et qui sont partis directement vers le sud sans faire de finasseries tactiques. Parmi eux se trouvent des petits voiliers et, pour les battre en temps compensé, il nous faudra une copieuse avance sur eux. Je ne crois pas si bien réfléchir.

Le long *Fidelis* qui nous a devancés dans la faible brise, depuis que le vent a pris du tonus, avance à la même vitesse que *Pen Duick III*, alors que *Kahurangui* peine loin derrière notre sillage.

Dans la nuit du mercredi au jeudi, le vent bascule au noroît. Soudain, une voix provenant du cockpit crie dans la descente :

— Le wishbone a cassé !

Cet espar, employé naguère et que j'utilise pour la course moderne, encercle le haut de la voile afin de la maintenir bien écartée. Il se trouve juste au-dessus de la deuxième barre de flèche. Pour réparer, il faut grimper. Guégan et Kersauson se portent aussitôt volontaires pour l'escalade mais c'est moi qui y vais, car je veux me rendre compte exactement de l'avarie.

On me hisse avec la chaise. Une fois la deuxième barre de flèche atteinte je prends appui sur elle et je commence mon rafistolage, lent et laborieux parce que je ne peux utiliser que la main droite, la gauche assurant ma prise. Parfois, je regarde en bas et je vois sur le pont mes équipiers qui m'observent, inquiets. Je me souviens de la plaisanterie typique de Kersauson : « Quand un type travaille dans la mâture, il ne faut jamais le quitter des yeux, comme ça, s'il tombe, on est le premier près de lui pour lui faire les poches ! » Cette réflexion d'Olivier me fait sourire malgré ma position inconfortable : mes poches sont vides.

Il me faut plus d'une heure pour réparer. Quand je redescends, je suis quand même un peu crevé.

— J'espère que ça va tenir... dis-je.

La nuit n'est pas encore finie. Alors qu'on manœuvre à l'avant, je me trouve près du mât de misaine quand un tangon tombe, à cause d'une maladresse de mes équipiers. Je suis dessous et il m'envoie valdinguer, à demi assommé. Je saigne du crâne, du nez, du menton mais je m'en rends à peine compte, trop occupé à engueuler copieusement les coupables — dont je tairai ici charitablement les noms. Encore estourbi, je ne veux pas quitter le cockpit tant que la manœuvre n'est pas terminée, mais c'est presque de force que Patrick, mon frère, et d'autres équipiers m'obligent à réintégrer la cabine. Cela me fait mal mais c'est supportable et, de toute façon, tant que nous n'aurons pas franchi les 600 milles du parcours je m'accorderai peu de repos. Assis devant l'évier de la cuisine, English et Lavat, étudiants en médecine, désinfectent mes plaies. La chance a été avec moi. Ce n'est que de la peau arrachée. L'accident aurait pu être pire. Mon père, avec sa casquette bleue à longue visière, a quitté ses fourneaux. Au début, il a été inquiet, mais mes blessures superficielles l'ont rassuré.

— Ça ira ?

— Ça ira.

Je regarde tous ces garçons qui m'observent. Et je lâche une esquisse de sourire qui me fait grimacer car mon menton est douloureux. Je commande l'équipage le plus jeune de la course : moyenne d'âge vingt-deux ans. Un excellent équipage, manœuvrant parfaitement. Bien qu'il ait failli expédier son skipper dans l'autre monde !

13 nœuds au speedomètre : la vitesse maximum de *Pen Duick III*. En dépit des milles parcourus en course cette saison, le bateau, loin d'être fatigué, se révèle toujours fringant. Au vent arrière, il surfe sur les vagues pendant que l'équipage, en maillot de bain, s'accorde une sieste sur le pont. Personne ne parle mais tous sont heureux. À 23 heures, le bulletin de Radio Sydney a annoncé que nous sommes largement en tête. Le règlement australien impose à chaque concurrent d'avoir un poste émetteur à bord, pour communiquer deux fois par jour les positions. Nous savons ainsi où se trouvent les autres. À cette allure, nous serons premier en temps réel et en temps compensé.

— Qu'est-ce qu'on leur met ! jubile Gérard.

Je jubile aussi. Avec les hommes de quart, English, Lavat, Guégan, on écoute Kersauson déconner comme il le fait à longueur de journée, ne s'interrompant que pour dormir.

L'avance de *Pen Duick III* ne cesse de croître. En franchissant le détroit de Bass, le vent de noroît forcit et je suggère d'envoyer le petit spi et d'amener la grand-voile. Les hommes de quart et ceux hors-quart, qui dégustaient une salade de riz et du porc salé aux petits pois, abandonnent leurs gamelles et exécutent les manœuvres avec cette ardeur que suscite l'approche de la victoire. Poussés par cette bonne brise, toute la journée du vendredi 29 nous cinglons toujours vent arrière, en longeant la Tasmanie dont la côte nous apparaît dans la brume sur tribord.

Mon père a mis le champagne au frais. Le bulletin radio du samedi matin, à 6 heures, annonce que le principal journal de Tasmanie a titré : « Des étrangers mènent dans la nuit. » *Pen Duick III* est pour ainsi dire irrattrapable. Et, effectivement, l'étrave du bateau semble avaler les vagues jusqu'à l'île Tasman, qui se trouve à l'entrée de la majestueuse baie où se déverse la rivière Hobart. Il est midi. Et en cette fin de matinée du samedi 30 décembre, il ne nous reste plus que 40 milles avant de franchir la ligne d'arrivée. C'est alors que le vent s'éclipse sournoisement. Pendant un certain temps nous tirons des bords en virant pour profiter du moindre changement de direction de vent, mais quand il n'y a plus un brin d'air, alors là, je commence à me faire du souci :

— On mouille !

Cet ordre m'est dicté par le fait que non seulement nous n'avançons plus mais encore parce que le courant, assez fort, nous fait reculer. Alors commence une période d'angoisse car les bateaux qui nous suivaient, même de loin, se rapprochent dangereusement ayant, eux, toujours de la brise, pendant que nous sommes immobilisés.

Personne ne dit rien. Par moments, énervé, je

donne des coups de pied dans le cockpit. « C'est trop con », lâche Kersauson. Même lui n'a plus le cœur à faire le clown. Oui, c'est trop con de perdre cette course comme ça. Petipas, au caractère inquiet, se réfugie au fond de la cabine et s'allonge sur une couchette pour ne pas risquer de voir nos poursuivants surgir dans la fine brume de chaleur qui flotte comme de l'ouate sur le lit de la mer. Des embarcations à moteur, bourrées de spectateurs, tournent autour de nous pour nous encourager. Moi, je trouve que ça ressemble à une danse du scalp ! Soudain, Gérard monte dans le cockpit, au moment même où la mer semble parcourue par un long frémissement.

— Le vent, Éric ! me crie-t-il.

— Je sais.

Sans même que j'aie à donner l'ordre, des équipiers ramènent l'ancre. Il est 12 heures 45. *Pen Duick III*, avec lenteur, se remet en route, avec toujours des virements de bord qui nous permettent de progresser à 3 nœuds de moyenne, une vitesse crispante. À 15 heures 10, nous passons la ligne. Des milliers de personnes garnissent les quais et nous acclament. Sur le pont de *Pen Duick III*, quelques-uns commencent à chanter.

— Vos gueules !

Ces démonstrations bruyantes ne sont pas mon genre.

Les amarres passées au quai d'Hobart, avant d'être envahis par les officiels, les journalistes, les amis et les badauds, mon père offre le champagne. En attendant le classement final, nous sablons la victoire dans notre classe. Guégan lance, repris en chœur par les autres :

— Éric, un discours... un discours... un discours...

Je ne veux pas. Ils insistent et je cède. En levant mon verre, je leur dis, content, et ironique :

— Je bois au meilleur équipage du monde.

Le deuxième est *Fidelis*, qui était donné grand favori. Le troisième est *Kahurangui*. Nous gagnons.

Mais nous sommes deuxième dans le classement toutes classes. En effet *Rainbow,* un classe III, nous devance d'une poignée de minutes en temps compensé. Le classement toutes classes ne représente pas grand-chose à mes yeux : il aurait une signification réelle si le vent était constant et le même pour tous, alors que ce n'est pas le cas, et de loin. Dans une grande régate, l'écart entre les petits et les grands bateaux est tellement important que tous ne naviguent pas dans les mêmes conditions de vent. Je peux critiquer d'autant plus librement ce classement toutes catégories qu'au cours des six courses que *Pen Duick III* a gagnées, trois l'ont été toutes classes — dont la Channel Race et le Fastnet, les plus importantes — parce que le vent avait avantagé les gros bateaux et les trois autres furent favorables aux petits, comme cette fois : lorsque nous avons débordé l'île Tasman, *Rainbow* se trouvait à 70 milles derrière, ce qui était beaucoup plus qu'il n'en fallait pour le battre en temps compensé. Si nous avions franchi les derniers 40 milles avec la même brise, nous aurions encore augmenté notre avance.

Au lieu de cela nous avons été stoppés dans la baie par le calme et *Rainbow,* au large, continuait à marcher vite et diminuait l'écart entre nous. Quand il arrivera dans la baie, le vent revenu, il n'y sera pas ralenti. Pour la petite histoire, j'ai su, quelques années plus tard, que lors d'un rejaugeage, on découvrira que le handicap de *Rainbow* était faux. Sans cette erreur, il n'aurait pas gagné.

Dans nos polos blancs et nos pulls bleu marine, offerts par Lacoste, bien rasés et proprets, nous obtenons le « Prix de l'Élégance ». Et la saison 1967 s'achève. La plupart de mes équipiers regagnent la France par avion. Seuls Kersauson, English et Guégan gardent leur sac à bord. Le rendez-vous avec le cargo devant charger *Pen Duick III* à Sydney pour le ramener en France nous laissant un large délai, j'ai décidé que nous irions nous balader et faire du tourisme dans le Pacifique, en Nouvelle-Calédonie. Un professeur de français de l'Université de Sydney, qui était venu nous saluer avant le départ de la course, nous demande la permission d'embarquer avec nous. Il était cuisinier à bord de *Kahurangui*. On n'a plus de cuisinier et ça nous changera de notre popote habituelle. J'accepte qu'il se joigne à nous.

— Comment s'appelle-t-il ? me demande Kersauson.

— Alain Colas.

16

KERSAUSON, COLAS, GUÉGAN,
ENGLISH ET LE CYCLONE

Le rapatriement de *Pen Duick III* par cargo est prévu dans un mois. Les héros de Sydney-Hobart sont au repos. C'est l'été, il fait chaud et la mer est belle : tout est réuni pour que l'on s'offre des vacances aux antipodes. Avec mes quatre équipiers nous naviguons comme des plaisanciers et flânons sur la pittoresque côte calédonienne. On pêche à la traîne, on chante et on est heureux d'être ensemble. C'est la juste récompense d'une saison de courses riches en fatigues physiques, en tensions nerveuses et en concentration.

Olivier de Kersauson a bien changé. Il n'est plus le jeune homme hésitant de ses débuts à mon bord. Il a pris de l'assurance et ses qualités de marin se sont rapidement dévoilées. Dans les manœuvres, sa puissance musculaire semble recevoir le renfort d'une fureur intérieure qui en exalte la vitalité. Dans la vie à bord, il révèle une nature de « déconneur » génial et inépuisable, inventant des gags, mimant des sketches de son cru qui nous font tordre de rire. Intelligent et cultivé, il est, à ma connaissance, le seul individu capable de s'exprimer en alexandrins sur n'importe quel sujet. C'est un pitre-poète, un provocateur toujours en quête d'une tête de Turc pour défouler son ironie, ses rognes, ses insatisfactions.

Sur le pont, rien ne lui échappe, il voit venir l'erreur, le geste maladroit et dangereux. Alors que moi, j'interviens sans bruit, Olivier, lui, éprouve le besoin de vitupérer — sans doute pour se libérer d'un excédent d'adrénaline. Si j'ai été un cancre, Kersauson, lui, à cause de son caractère bouillant, a été viré de plusieurs établissements scolaires avant de se retrouver dans une école d'agriculture. Il sait tout sur les semences et connaît toutes les races de vaches. Il m'a confié un jour : « Que ce soit sur un bateau ou aux champs, je ne veux vivre qu'au grand air. »

La balade en Nouvelle-Calédonie, avec sa brise tiède, sa mer bleue, ses palmiers, est digne d'un dépliant touristique.

Alain Colas, à première vue, n'a pas une allure de marin. C'est un garçon aimable et poli, qui déguste sa gamelle sans la voracité habituelle de mes équipiers, qui s'empiffrent comme des chiens affamés. English, qui l'a observé avec un regard de praticien, confie, non sans humour, à Kersauson : « Tu devrais l'imiter et mastiquer lentement. C'est excellent pour le transit... »

Colas, à ses débuts, est pour moi une énigme. Lors des bavardages dans le cockpit, en maillot de bain, il développe déjà ses théories sur la voile qui le distingueront des navigateurs de ma génération. Il a connu les États-Unis et il a été impressionné par les méthodes anglo-saxonnes, dont il s'est imprégné. Il est convaincu que tôt ou tard l'avenir des courses en mer devra passer sous les fourches caudines des « sponsors », un terme qui, à l'époque, est inconnu dans notre vieille Europe. Il nous explique qu'en Amérique, bien des sports — basket et football américain — n'ont pu progresser que grâce aux apports financiers considérables des grandes marques commerciales. Nous l'écoutons. Il nous observe. Il est encore un marin débutant qui n'a pas l'habitude des grands bateaux et commet des imprudences. Par exemple, si sur un petit voilier on se trouve près d'une écoute qui bat soudainement, on va recevoir comme un coup de fouet qui laissera une marque mais rien de plus, car il s'agit d'un cordage. Sur un grand voilier, l'écoute est autrement plus dangereuse car avec sa force elle peut vous blesser ou même vous balancer à la mer.

Kersauson, toujours bonne âme, vocifère après lui : « Alain, reste pas là, tu finiras décapité ou émasculé ! »

Colas nous regarde et apprend vite. On devine chez lui l'ambition de quelqu'un qui veut s'extraire de l'anonymat.

Pen Duick III a quitté Ouvéa, la petite île dans le nord de l'archipel des Loyautés. Nous faisons route au sud-ouest pour aller mouiller à Nouméa, avec un bon vent de sud-est, de force 6 de travers, progressant sous nos focs.

Ayant fait trop d'ouest, on se retrouve près de la barrière de corail alors que nous aurions dû la contourner par le sud. La barrière se trouve à 5 milles en mer mais à cause d'une visibilité pas fameuse et de la mer moutonneuse nous ne la découvrons que lorsque ses brisants sont tout près de nous. Trop près, même.

— On vire de bord !

À peine ai-je donné l'ordre, mes équipiers s'activent sur les écoutes, aident les voiles à passer rapidement et on déguerpit de ce coin comme des voleurs, cap à l'est. Pour naviguer au plus près, je demande qu'on renvoie la grand-voile avec deux ris mais on vient à peine de terminer la manœuvre que le vent bascule inopinément du suet au suroît, en forçant.

— On amène le foc !

Kersauson et Guégan se précipitent à l'avant, et alors qu'ils crochent dans la voilure comme des diables, une pluie diluvienne se déverse sur nous. Le vent monte toujours en puissance, dépassant les 70 nœuds (près de 130 km/heure), si bien que sous voilure réduite, *Pen Duick III* file à 8 nœuds.

Le vent ne cesse de forcir. La pluie démentielle et les embruns charriés par le vent à la surface de l'eau ou projetés par l'étrave rendent l'atmosphère irrespirable. On doit tourner le dos pour reprendre son souffle car on asphyxie sous ces cataractes liquides qui, de plus, torturent les yeux.

Le paysage est impressionnant. Sur l'océan blanc et boursouflé, des nuages d'embruns montent en tourbillonnant comme si le ciel, aidé par le vent, voulait aspirer la mer.

Le vent est fou furieux et augmente toujours. *Pen Duick III* résiste vaillamment aux assauts brutaux des lames qui l'assaillent de toutes parts. À bord, personne ne souffle mot et chacun se demande si les éléments peuvent encore se déchaîner davantage. À demi étouffés par l'air et les paquets d'eau qui, depuis l'étrave, roulent en grondant jusqu'au cockpit, je suis à la barre quand je découvre que deux coulisseaux de la grand-voile ont lâché.

— Amenez la grand-voile !

Les fortunes de mer se déroulent vite. Le temps que mes équipiers libèrent le cliquet de l'enrouleur de drisse, d'autres coulisseaux cassent et la voile se déchire horizontalement, juste au-dessus de la bôme. Dès lors, tout s'arrache et la grand-voile, qui n'est plus maintenue le long du mât, se met à flotter à l'horizontale, retenue en tête de mât par la drisse qu'il faudra couper pour s'en débarrasser.

Nous naviguons au près serré sous la petite trinquette. *Pen Duick III* avance bien et avec un angle de remontée au vent tout à fait correct. Mais malgré le peu de voilure, il gîte comme on ne l'a jamais fait gîter. On pourrait continuer mais à quoi bon : par ce temps et cette visibilité nulle, il n'est pas question de prendre la passe dans le récif, et de chenaler dans le lagon encombré de pâtés de coraux pour rentrer à Nouméa. On amène la trinquette.

Plus facile à dire qu'à faire. Pour aller sur l'avant, c'est le parcours du combattant : on doit s'agripper à tout ce qui est fixe sur le pont, gagner du terrain pied à pied. On progresse en s'aidant le long de la filière, peinant contre la puissance du vent, recevant des paquets d'eau qui balaient furieusement le pont.

Je cède la barre à Colas. Mètre après mètre, avec mes équipiers je progresse, mais sur l'étrave qui danse sauvagement, se tenir debout avec ce vent qui tourbillonne est un exercice d'acrobate. Chacun sait ce qu'il doit faire et nous maîtrisons la petite voile. Mon équipage a du cran et du métier, et même Colas, pourtant presque un néophyte, s'en tire bien.

Aussitôt, dès que *Pen Duick III* est à sec de toile, le mauvais temps n'a plus de prise sur lui. Alors qu'il gîtait fortement, était secoué et vibrait pour lutter contre la mer, tout à coup il paraît apaisé : on n'entend plus le moindre cognement, l'eau ne court plus sur le pont, le bateau s'est mis de lui-même travers au vent et, grâce à son plan de carène très court, il dérive à toute allure. Sous la pression du vent dans le gréement, il gîte légèrement, ce qui allié à ses formes l'empêche de rouler bord sur bord.

De retour dans le cockpit, mes équipiers m'interrogent du regard. L'océan autour de nous n'est plus qu'une étendue mouvante et blanchâtre, fouettée par le vent comme de la crème Chantilly. Il n'y a rien à entreprendre, sinon attendre que ça se passe.

— On va dormir, dis-je.

On descend dans la cabine. On se débarrasse de nos cirés dégoulinants, on se sèche. J'observe mes compagnons de balade dans le cyclone, fourbus, vannés comme moi, sous le choc après cette navigation apocalyptique. Chacun de nous a encore en mémoire ces immenses colonnes d'embruns qui montaient comme des serpentins à l'assaut du ciel. Un spectacle impressionnant et merveilleux. « Magique », dit Kersauson, qui affectionne ce vocable. Quant à moi, je n'ai éprouvé aucune inquiétude : le comportement de *Pen Duick III* était tout à fait rassurant et je sais que s'il avait fallu, par ce temps, s'élever au vent d'une côte, il aurait été capable de le faire.

English, Guégan, Kersauson, Colas bavardent et échangent leurs impressions. J'ignore ce qu'ils se disent. À peine allongé, je sombre dans un sommeil profond et béat.

Vers minuit, le vent se calme, son vacarme tombe et ce quasi-silence me réveille après six heures de tumulte. Je me lève.

— Du monde sur le pont.

J'entends des bâillements, des protestations, des gémissements : à vingt ans, l'âge de mes équipiers, on a le sommeil puissant et le réveil délicat.

— Tous dehors !

Les uns après les autres, ils se mettent paresseusement debout et grimpent dans le cockpit. Les étoiles du Pacifique Sud occupent de nouveau le ciel bleu ardoise. Sur l'océan qui ondule sous la longue houle, on envoie la voilure d'avant et nous reprenons au près serré notre chemin pour Nouméa. Quand le jour se lève, nous découvrons à perte de vue des débris végétaux que le cyclone a arrachés à la terre et qui jonchent la mer, donnant au décor un aspect lugubre.

17

MON RÊVE : UN BATEAU QUI VOLE

Une fois de plus, c'est à bord de *La Vanoise* que *Pen Duick III* quitte Sydney pour retrouver sa mer natale.

Quant à moi, à peine ai-je débarqué en Bretagne, je me précipite au chantier lorientais de La Perrière qui a démarré la construction de mon trimaran. À ce point de mon récit, je dois une explication. En septembre, j'avais consulté l'architecte sétois André Allègre, unique architecte français spécialisé dans les multicoques. Des informations circulaient parmi les navigateurs, laissant entendre que de bons multicoques seraient au départ de la Transat. Depuis mon expérience à bord de *Toria*, je suis de plus en plus convaincu que la prochaine compétition en solitaire serait gagnée par un de ces engins que l'on comparait à des araignées des mers. Selon mon habitude, j'avais longtemps réfléchi sur cette question et mon choix s'était porté sur les trimarans plutôt que sur les catamarans, engins rapides certes mais ayant de fâcheuses prédispositions au chavirage. Allègre, comme moi, était partisan des trois coques. Tous deux avions dessiné les plans d'un grand trimaran de 20 mètres, un monstre pour l'époque, conçu pour affronter les courses hauturières. Nous avions étudié les diverses formes de flotteurs et préféré la symétrique à la dissymétrique après des essais en bassin de carène. Le bureau d'études de Joseph Rouillard, un Nantais, avait mis au point le plan de structure, un point capital d'où dépendent les qualités du bateau, et notamment les bras de liaison des flotteurs qui doivent être solides mais légers.

Je ne m'attarderai pas sur mes nouvelles tribulations pour trouver l'argent, ni les jours passés à attendre les réponses. Mais je l'ai trouvé. La notoriété des victoires de *Pen Duick II* et *Pen Duick III* a contribué à m'aider à trouver auprès de *France-Soir*, RTL et *Paris-Match* la somme nécessaire au financement de mon nouveau bateau, chacun de ces organes de presse ayant droit à des exclusivités, bien entendu. J'ai passé ma vie à chercher des financements pour mes bateaux sans jamais, ou rarement, perdre confiance. La confiance est un élément majeur : sans elle, aucun projet n'aboutit. Le doute est un ennemi mortel.

Le 11 mai 1968, *Pen Duick IV* est enfin mis à l'eau et trois jours plus tard a lieu sa première sortie. Mes nerfs sont légèrement en pelote et je me fais du souci à l'approche du départ de la troisième édition de la Transatlantique en solitaire. Le bateau n'est pas du tout au point. Dès le premier essai on vient de hisser la voilure à peine sortis de la rade de Lorient, le vent fraîchit et je constate que les mâts se courbent d'une façon inquiétante. Avant qu'ils ne cassent, j'ordonne de tout affaler et on regagne le mouillage en remorque. Ces débuts ne sont guère encourageants. Les mâts sont des mâts-ailes tournants que je suis le premier à expérimenter sur un bateau océanique. Pour qu'ils puissent s'orienter, les haubans et étais sont pris en tête de mât sur un fort roulement. Il n'est pas possible, sans refaire les mâts entièrement, de placer des haubans intermédiaires. Nous essayons de les rigidifier en leur adjoignant des losanges. À la sortie suivante, de nouveau, ça se passe mal : le mât se plie toujours, de nouveau on affale tout, et c'est encore un retour en remorque. On rajoute alors des bastaques, ou haubans que l'on raidit ou mollit à l'aide des leviers selon qu'ils sont au vent ou sous le vent, ce chargement s'effectuant lors de chaque virement de bord. Tout ça prend du temps mais enfin *Pen Duick IV* peut naviguer. Il va très vite. À La Trinité, où je me rends, je me mesure, seul à mon bord, avec *Pen Duick III* naviguant en équipage, et le trimaran est nettement plus rapide. Je peux tourner autour de *Pen Duick III* naviguant au plus près. Ce qui se passe de commentaires ! Plus rapide, oui, mais tellement peu au point que ce jour-là, si je pouvais encore choisir, c'est mon *Pen Duick III* que je choisirais pour la course. Malheureusement, je n'ai plus le choix car l'atelier qui fabriquait les pilotes automatiques de mes deux bateaux m'a fait savoir, alors que *Pen Duick IV* ne naviguait pas encore, qu'il ne pourrait terminer les deux appareils : je lui ai demandé de terminer celui du « *IV* ».

Je ne suis donc pas satisfait. Une fois de plus, il m'a été impossible de faire les essais nécessaires, indispensables au réglage de mon multicoque. Quand je m'élance de Plymouth, je me dis que si je termine cette course, j'aurai bien de la chance. La chance, précisément, doit avoir la tête ailleurs car dès la première nuit de course, c'est l'accident.

Le trafic dans les parages de la côte sud de l'Angleterre est dense, très dense même, avec des cargos et des caboteurs allant en tous sens. Vers minuit, je surveille un bateau qui fait avec moi une route de collision. Peu après, il change légèrement de cap, ce qui le fera passer derrière moi. Là, je commets une faute. Ne voyant plus un bateau dans les parages, je me dis que j'ai le temps de me préparer un café après toutes ces heures de veille à la barre, et je descends à la cuisine. À peine ai-je avalé une gorgée qu'un bruit terrible résonne dans le bateau. Je grimpe en vitesse et j'aperçois l'étrave d'un cargo qui me surplombe. Ça fait une sale impression, comme d'être nez à nez avec un mastodonte, sorte de dinosaure d'acier.

Je naviguais peut-être à 15-16 nœuds ; le cargo

devait avancer à 12 ou 13 nœuds : nous étions donc à presque 30 nœuds de vitesse de rapprochement. Ce qui explique qu'il ait pu surgir de l'horizon jusqu'à moi. Heureusement le cargo est stoppé. Au dernier moment, il a dû battre en arrière pour éviter la collision. Mon flotteur tribord frotte sur toute sa longueur contre l'étrave qui le râpe avant de pouvoir me dégager et reprendre ma route. Avec ma lampe-torche, je me rends sur la partie blessée du bateau afin de connaître l'ampleur de la casse. C'est une longue déchirure qui, heureusement, affecte seulement le premier compartiment, bourré de mousse, dans lequel l'eau ne peut pas s'engouffrer. Le reste paraît intact et je pense que je pourrai poursuivre la course même avec cette avarie. Illusion, à midi, je dois faire demi-tour : une barre de flèche du losange du mât d'artimon, probablement ébranlé par le choc, a cédé. Pour éviter qu'il ne tombe, il me faut rentrer réparer.

À Plymouth, sportivement, les services de la Royal Navy s'affairent sur mon flotteur pour exécuter une réparation de fortune tandis que le chantier britannique Mashford s'active sur mon gréement. Mon escale forcée dure quatre jours, je repars. Pas pour longtemps : une avarie du pilote automatique rend mon gouvernail inutilisable, me contraignant à relâcher à Newlyne, en Cornouailles. Je répare. Je repars avec deux nouvelles journées de retard mais je n'ai parcouru que quelques milles à peine quand la même avarie m'oblige à rebrousser chemin pour la troisième fois et à abandonner. Deux amis, Pierre Fouquin, ingénieur au chantier de La Perrière, et Victor Tonnerre, voilier, viennent à Newlyne pour m'aider à ramener tant bien que mal mon bateau à Lorient. Là, on découvre que la collision avec le cargo a sérieusement ébranlé les structures des bras de liaison.

— Ils n'auraient pas tenu longtemps, commente Tonnerre.

Victor a raison. En continuant la course, j'aurais risqué de tout casser et de perdre le bateau. Ce qui adoucit un peu mes regrets.

Une consolation est encore possible : le Crystal

Trophy, une course triangulaire réservée aux multi-coques, qui se déroule en Manche. Dès que le chantier de La Perrière a terminé les réparations, j'appareille de Lorient avec une bonne brise d'ouest. Au plus près, sous foc et artimon, *Pen Duick IV* me confirme ses qualités de bête de course tellement il paraît avaler la mer avec aisance. Je suis content. Mais mon bonheur, là encore, sera de courte durée. Dans la nuit, près des Glénans, le levier de bastaque au vent cède soudainement, provoquant la rupture du mât d'artimon. Les bastaques des deux mâts arrivant au même levier, le grand mât reste debout mais avec un cintre impressionnant. Je ne courrai pas le Crystal Trophy. Je me retrouve, encore, au chantier de Lorient. Ces tribulations ont leur logique. Même si un bateau est bien conçu et capable de grandes performances, il n'y a pas de résultats possibles si la préparation et les essais n'ont pas bénéficié du temps indispensable à la mise au point.

Pour que cette saison 1968 ne s'achève pas sur un échec, je reprends *Pen Duick III* et son équipage pour courir les deux dernières épreuves : Yarmouth-Lequeitio et Lequeitio-La Trinité — que je gagne. Deux victoires qui mettent un peu de baume sur un amour-propre meurtri.

Depuis mon adolescence, j'ai toujours été un lecteur fervent, assidu, passionné de revues nautiques. C'est dans l'une d'elles, vers septembre 1968, que j'apprends l'organisation, par la Slocum Society, d'une course transpacifique en solitaire. Le départ aura lieu le 15 mars 1969 de la baie de San Francisco et l'arrivée sera jugée dans la baie de Tokyo. Une balade d'environ 5 000 milles, à laquelle, me dit-on, participeraient une quinzaine de concurrents dont quatre Français, vétérans de la Transatlantique.

Cette course est réservée aux monocoques dont la longueur hors-tout est comprise entre 22 et 35 pieds. J'ai très envie de m'engager et d'aller naviguer et courir dans le Pacifique mais je ne possède pas le bateau approprié. Bien que cela soit parfaitement déraisonnable, si je veux me lancer dans cette nouvelle « solitaire », il faut que j'envisage un cinquième bateau, spécialement étudié pour les conditions météorologiques de ces parages. Comme d'habitude, les difficultés sont identiques : étudier les plans de ce voilier de 10,67 mètres, trouver l'argent pour sa construction, le transporter à temps à San Francisco après une période d'essais. Ma vie de marin bute toujours sur ce triptyque satanique.

Nous sommes en 1968 et bien des matériaux légers et résistants n'ont pas encore vu le jour. Dans cette décennie, le duralinox est le métal léger et malléable le plus adapté à la construction des voiliers. Et dans ce domaine, le chantier de La Perrière demeure parmi les meilleurs, aussi est-ce à lui que je m'adresse encore pour savoir s'il est possible de me réaliser un *Pen Duick V* de 35 pieds hors-tout, prêt pour Noël.

— Oui, à condition que le plan de construction nous parvienne dans la première quinzaine d'octobre.

Le délai est court. Je ne dispose que de quelques semaines à peine pour trouver l'architecte qui, à son tour, n'aura que quelques jours pour préparer le projet. Il n'est pas question d'essais de carène en bassin, ce qui laisse prévoir une part d'imprévu et de risques à courir.

J'ai mentionné, déjà, ces rencontres heureuses qui m'ont aidé tout au long de ma carrière de navigateur. Celle avec Michel Bigoin, que Pierre Fouquin me présente, s'ajoute aux précédentes. Michel Bigoin a à son actif, entre autres, deux superbes voiliers, *Samouraï*, un classe IV, et *Flying Forty*, une coque rapide planant aux allures portantes. C'est donc à lui que je confie l'exécution du plan de forme de mon cinquième bateau.

— Avec mon associé, Daniel Duvergie, on va se mettre au travail sans tarder, me dit-il. D'ici une quinzaine de jours, vous aurez le plan de forme qui tiendra compte, bien sûr, de vos exigences.

Mes exigences sont simples : je veux un bateau qui soit rapide tout le temps, à n'importe quelle allure et particulièrement aux portants.

Ce choix m'est dicté par l'étude des Pilot Charts. La Transpacifique pose la même question que la Transatlantique : dois-je opter pour la route la plus courte ou pour celle qui bénéficie des vents les plus favorables ? Sur les deux océans, les conditions de vent sont relativement semblables. À latitudes égales et à saisons égales, on trouve les mêmes brises. Si les vents dominants dans l'Atlantique Nord et le Pacifique Nord sont de secteur ouest, l'Atlantique et le Pacifique tropicaux sont parcourus par l'alizé, et tous deux présentent entre ces deux zones une bande de vents variables.

Après les avoir étudiées attentivement, entre la route de l'arc de grand cercle, qui fait quitter San Francisco, cap au nord-ouest, et la route de l'alizé, c'est cette dernière qui a ma préférence. Bien que plus longue d'environ 1 000 milles, elle peut me faire gagner, paradoxalement, une dizaine de jours sur la plus courte. La première partie se déroule cap au sud-ouest pour aller débusquer l'alizé : 900 milles avec des vents dominants de nord-ouest de force 4. Une fois dans l'alizé de nord-est, route à l'ouest en passant entre Midway et Hawaii, pendant 3 600 milles. Enfin, les derniers 1 200 milles, lors de la remontée vers Tokyo, se déroulent avec des vents variables. D'après mes calculs, les 900 premiers milles devraient être parcourus en sept jours, les 3 600 milles dans les alizés en vingt-cinq jours, les 1 200 derniers milles en profitant d'un courant favorable, en dix jours. Total : le parcours peut être bouclé en quarante-deux jours. C'est donc le choix de cette route qui exige que *Pen Duick V* soit rapide aux allures portantes.

Chaque type de course, si on veut gagner, demande un bateau réalisé pour lui. L'originalité de *Pen Duick II* était sa légèreté et son gréement prévu pour un solitaire ; celle de *Pen Duick III* sa carène en aluminium jouant encore davantage la carte de la

légèreté ; celle de *Pen Duick IV,* même si la réalisation
fut décevante, résidait dans ses mâts tournants et sa
taille imposante pour un multicoque. Celle de *Pen
Duick V* consistera à adapter des ballasts au bateau :
c'est-à-dire mettre sur chaque flanc de la coque des
réservoirs à eau de mer, que je pourrai remplir ou
vider grâce à une pompe pour augmenter la stabilité
quand cela sera nécessaire. Ce qui offre l'avantage de
supprimer une bonne partie du lest et donc de
gagner un poids considérable.

Pour ne pas subir de contretemps dans les livrai-
sons, le chantier de La Perrière a commandé les tôles
sans avoir de plans ni même la certitude que le
bateau sera construit.

En effet, je n'ai toujours pas le premier sou pour
en financer la construction. Tout ce que je possédais,
solde et droits d'auteur, a été englouti par *Pen
Duick IV* qui, sans gréement, est invendable. Quant
à *Pen Duick III,* je ne veux pas m'en séparer car je
compte bien m'en servir pour d'autres compétitions.

Cela ne sert à rien de se faire du souci : ça provoque des ulcères et ça n'apporte aucune solution. Je
ne suis pas un optimiste béat. Je suis confiant, tout
simplement. La Société du port privé de Saint-
Raphaël, avec qui j'ai un contrat pour sa promotion,
vient à mon secours en proposant de m'avancer l'argent que je cherche. Grosso modo, notre accord est
le suivant : la Société paie le bateau, qui lui appar-
tiendra, et elle me le cédera le jour où je l'aurai rem-
boursée. L'accord me convient on ne peut mieux. En
effet, dès la Transpacifique terminée, je compte bien
vendre *Pen Duick V* au Japon de façon à me libérer
de ma dette le plus vite possible.

Michel Bigoin et Daniel Duvergie travaillent d'ar-
rache-pied sur leur planche à dessin. Entre le 15 septembre et le 2 octobre 1968, ils me soumettent quatre
études avant de parvenir au croquis final qui se trouve

bien différent du projet initial car entre-temps je leur ai demandé de prévoir des ballasts. Cette innovation influe sur les caractéristiques. Par exemple, le tirant d'eau passe de 2 à 2,30 mètres, le lest s'allège et au lieu des 1 200 kilos initiaux ne pèse plus que 450 kilos, la quille est rétrécie et allongée, chaque ballast peut contenir 500 litres et donne une stabilité étonnante : ainsi pour 15° ou 20° de gîte on a le même couple de rappel avec un réservoir plein qu'avec un lest de 3 tonnes. Enfin, comme le bateau est petit en comparaison de ceux que j'ai barrés en solitaire, je me sens suffisamment capable de manœuvrer un gréement très toilé, d'autant plus que la stabilité de *Pen Duick V* le permet. Pour cette coque de 10,67 mètres gréée en sloop, je fais allonger le mât — dans lequel courent les drisses pour diminuer la prise au vent — à 12,50 mètres au-dessus du pont, ce qui me permettra d'établir une grand-voile de 25 mètres carrés, un génois de 38 mètres carrés et un grand spinnaker léger de 115 mètres carrés. Ballasts vides, le bateau pèsera 3 200 kilos : une plume à voiles !

Comme il s'agit d'une course et non d'une croisière, l'aménagement intérieur conserve toujours son confort spartiate : une couchette sur chaque bord, une grande table à cartes encombrante mais nécessaire, un coin-cuisine avec sa selle de moto à inclinaison réglable comme sur *Pen Duick II* et *III*, car faire sa popote dans le mauvais temps devient une corvée moins pénible si l'on est bien installé.

Pour ne pas connaître les énervements et les fatigues de ma première Transatlantique, je me munis de deux pilotes automatiques qui ont fait leurs preuves : des MNOP 66.

Quand on exerce mon métier et quand on n'est heureux qu'à bord, mieux vaut ne pas être marié et ne pas avoir d'enfants. Toute vie de famille me paraît inconcevable. Inconcevable pour ceux qui partageraient, de temps à autre, mon existence. Où que j'aille, où que je sois, des bateaux occupent mes

pensées. Des amis parisiens m'entraînent parfois
chez Castel, rue Princesse, un club aux boiseries
sombres et sobres où un certain Tout-Paris se
retrouve pour y passer des nuits blanches. J'aime
bien cet endroit où l'on m'accueille avec amitié. Les
habitués sont de joyeux fêtards spirituels, les femmes
sont élégantes, vives et troublantes. Pourtant, au
bout de quelques heures, il m'arrive de me demander
ce que je fiche là : ma vie est en mer et sur un bateau.
Peut-être, aux yeux de certains, suis-je bizarre mais
je suis ainsi fait.

Pendant que le chantier lorientais travaille sur
mon futur sloop, le 26 novembre 1968, à 12 heures
30, en compagnie d'Olivier de Kersauson et d'Alain
Colas, j'appareille de La Trinité, direction Fort-de-
France, en Martinique.

Je veux traverser l'Atlantique avec mon « araignée
des mers » — *Pen Duick IV* — pour prouver que mon
trimaran marche bien et pouvoir le vendre aux États-
Unis. J'ai renoncé aux mâts tournants parce que,
hélas, je n'ai pas les moyens de m'en offrir des
nouveaux.

Pen Duick IV est vraiment une étonnante machine
à laquelle il suffit d'une bonne brise pour cavalcader
sur les vagues. Cette traversée demeure pour moi un
souvenir particulièrement heureux. Nous ne sommes
pas en course et pourtant nous courons. L'esprit
libéré de tout souci de classement et de victoire, avec
Olivier et Alain on s'amuse à faire « avancer la bête ».
L'entente entre nous trois est parfaite. Je devine chez
Kersauson une réelle sympathie à l'égard de son
équipier et je perçois chez Colas une sincère admiration envers Kersauson. Quand le bateau est bien
réglé et file tout seul, on se livre à des tournois de
« morpion » qui a toujours été l'activité chérie des
cancres de France et de Navarre. Colas, qui se révèle
au fil du temps un excellent marin et qui est tombé
amoureux de mon trimaran, nous délecte avec ses
dons de cuisiner, nous mijotant des repas fins avec

les poissons volants qui ont atterri sur la coque centrale.

Après une escale à Ténérife, nous traversons l'Atlantique en un temps record, pour l'époque : 10 jours et 12 heures, à la moyenne de 11 nœuds.

Le temps de boire quelques punchs à Fort-de-France, je quitte mes équipiers et le trimaran pour retourner en France afin d'assister aux ultimes travaux et faire quelques essais avec mon nouveau-né : *Pen Duick V.*

Le 30 décembre, j'apprends que le mât ne peut être livré dans les délais. Qu'à cela ne tienne. J'emprunte la 3 CV de mon père, j'emprunte la remorque de mon frère Patrick et je roule, sur des routes enneigées, jusqu'à Yverdon, en Suisse, où se trouve le fabricant Espars Nirvana. Je prends la route du retour pour Lorient, avec ma 3 CV et mon mât sur la remorque. Sur les routes verglacées, je ne peux dépasser le 70 km/heure sans risquer de voir mât et remorque se mettre en travers ou... me dépasser. J'ai beau être prudent, à un certain moment, la remorque commence à osciller à cause des ornières de neige, le mât en amplifie le mouvement et fait déraper l'arrière. Tout se passe vite, sans que je puisse réagir. Je fais un tête-à-queue, me retrouvant en sens inverse et dans un fossé ! La remorque a perdu une roue. Nous sommes le 1er janvier, journée propice aux « gueules de bois ». Je marche jusqu'au prochain village en quête d'un garage ouvert. J'en trouve un, miraculeusement, et le mécanicien consent à venir avec moi démonter la fixation de la roue, retourner à son atelier, redresser, souder et retourner sur les lieux de l'accident pour remonter le tout. Je repars, fourbu, et arrive à Lorient dans la nuit.

Je vais avoir quelques jours pour tester le bateau avant son départ pour le Salon nautique. Ces essais permettront la mise au point des équipements et, grosso modo, nous naviguerons un jour sur deux, la journée au port servant à remédier aux lacunes constatées en mer. Mais ces essais m'impressionneront favorablement sur les qualités de vitesse de *Pen Duick V,* au largue, bien sûr, mais même au plus près.

18

LES JAPONAIS PARLENT TOUS JAPONAIS

J'ai retrouvé Colas et Kersauson à Fort-de-France, et nous comptons rallier San Francisco avec *Pen Duick IV*, après avoir passé le canal de Panamá et remonté la côte californienne. D'après la vitesse du trimaran j'avais calculé que cette randonnée de 3 500 milles aurait nécessité une trentaine de jours à cause des conditions défavorables régnant sur cette route. Kersauson et Colas étaient persuadés que notre voyage ne durerait qu'une vingtaine de jours à peine. Aussi n'avaient-ils embarqué de vivres que pour une telle durée. Quand il devint évident que la navigation serait aussi longue que je l'avais prévu, et que notre ravitaillement risquait de s'épuiser, je décidai de procéder à un partage de ce qui restait de nos réserves. Comme on peut le deviner, le premier à se trouver au bord de la disette fut Olivier qui avait avalé ses rations sans se rationner.

Nous devions arriver à temps à San Francisco pour réceptionner *Pen Duick V*, chargé à bord du cargo *Maryland* le 2 février 1969, au Havre. Je n'avais pas prévu que deux jours après notre appareillage, on perdrait la dérive, ce qui rendrait notre navigation lente et laborieuse. Comprenant que, dans ces conditions, je risquais d'arriver trop tard, on relâche à San Diego, le premier port américain. En vain, je cherche un emplacement pour y laisser *Pen Duick IV*. À cause de son encombrement dû à sa longueur et surtout sa largeur, pas une marina ne consent à l'accueillir. Je laisse donc Alain et Olivier à bord, chargés de convoyer le trimaran jusqu'à San Francisco, et je loue une voiture pour terminer mon voyage par la route.

À l'aube du 7 mars, je suis à San Francisco, où l'on m'apprend que le *Maryland* est bloqué à Los Angeles à cause d'une grève des dockers et qu'il ne sera déchargé que le lundi matin, à 10 heures, soit cinq jours à peine avant le départ de la Transpacifique. Je ne peux m'empêcher de penser que le destin de mes bateaux est parfois placé sous le signe des conflits sociaux. Les événements de mai 68 ont failli être fatals à *Pen Duick IV* : alors que la construction suivait son déroulement régulier, la paralysie qui avait atteint le pays dans cette période agitée immobilisa le chantier. Mais j'avais eu de la chance : une équipe avait été autorisée par les syndicats à poursuivre les travaux — sans toutefois avoir droit de faire des heures supplémentaires. Le bateau fut finalement terminé « in extremis ». À cause du retard du *Maryland*, je ne vais disposer que de peu de temps pour mettre au point mon dernier bateau. Comme d'habitude !

Par bonheur, je ne vais pas être seul dans mes derniers préparatifs. L'un de mes équipiers, Jean-Michel Carpentier, venu à San Francisco pour gardienner *Pen Duick IV*, m'attend. Désargenté comme nous tous, il a été pris en charge par un Français installé dans cette ville, Claude Reboul, ancien pilote de l'Aéronavale, qui s'avérera pour moi un cadeau du ciel, m'aidera dans mes démarches et mes déplacements.

Dès l'arrivée du *Maryland*, le dimanche, Carpentier et moi nous mettons au boulot. Réparation de la pointe arrière du lest, abîmée lors d'une manutention, avec du papier de verre et de la résine ; fixation de la girouette électronique et du répétiteur de cap avec son alarme, qui se trouvait sur *Pen Duick IV* et que j'ai démonté à San Diego ; finition du montage de la pompe de remplissage des ballasts ; préparation du mât en vue du mâtage.

Le lundi matin, à la première heure, nous montons à bord du *Maryland* armés d'un rouleau pour passer une nouvelle couche de peinture sous-marine sur la coque, la première ayant vieilli depuis Lorient. Cette couche, les navigateurs le savent, est importante si l'on ne veut pas freiner la carène avec les algues qui s'accrochent à elle, surtout dans les eaux chaudes.

Les formalités de douane terminées, vers midi, je me retrouve près du ponton-grue qui débarque du cargo mon *Pen Duick V* ainsi que *Blue Arpege*, le sloop de Jean-Yves Terlain, l'un de mes concurrents. Tous deux nous mâtons nos bateaux et lorsqu'ils sont enfin prêts, Claude Reboul nous prend en remorque avec sa vedette puissante, nous fait traverser la grande baie et nous conduit jusqu'au San Francisco Yacht Club, sur la rive opposée, à Belvedere.

C'est là que je vais rencontrer les autres participants à la course. Terlain est un solide gaillard, aux cheveux châtains longs et bouclés, à la mode de l'époque. C'est un garçon calme et aventureux, souriant et charmeur, au caractère volontaire, qui aime les bateaux et les courses, la vie et les plaisirs qu'elle offre. Nous sommes deux Français engagés dans cette course qui, malgré sa distance et ses difficultés, ne réussit pas à rivaliser en notoriété avec la Transatlantique britannique. Il y a un Allemand, Claus Hehner, avec son *Tina* qu'il a dû raccourcir à l'arrière pour le mettre à la taille réglementaire de 35 pieds. Son *Tina* est un très bon voilier et j'estime qu'il sera mon principal rival. Il y a un Belge, René Haumaert, un habitué des navigations solitaires dans le Pacifique, sur son yawl aurique en acier. Il y a l'Américain Jerry Cartwright, dont le voilier, dit-on, a été étudié spécialement pour cette course avec une surface de voilure importante grâce à un bout-dehors.

Nous sommes donc cinq sur la ligne de départ, le 15 mars 1969. La veille, j'ai enregistré sur un petit magnétophone des airs de jazz que Claude Reboul m'a fait écouter. J'ai rangé mes casseroles et mes couverts achetés dans un supermarché, ainsi que des légumes et des fruits frais, plus une provision considérable de préparations pour pancakes que les Américains dégustent à tous les repas. Il me suffira de délayer le mélange de farine avec de l'eau, de faire revenir à la poêle, pour obtenir de nourrissantes galettes. Avec du sirop d'érable, c'est un mets délicieux. J'ai également esquissé une sorte de rangement provisoire mais ce sera difficile d'avoir de l'ordre avec tout mon fourbi dans un habitacle si exigu.

J'avais essayé une sortie en mer pour me rendre compte si rien ne clochait dans le gréement, si mon pilote automatique se comportait bien et si mes enrouleurs de focs-ballons fonctionnaient efficacement.

C'était le mardi 12 mars, après le déjeuner. Avec Carpentier, on hisse, on largue, on veut déborder. Le bateau ne bouge pas d'un pouce : il y a basse mer et *Pen Duick V* est planté dans la vase. À cause de sa taille modeste, mon voilier a été placé dans une marina réservée aux petites embarcations ayant un faible tirant d'eau. On n'avait pas tenu compte que s'il n'était pas grand, *Pen Duick V* avait le tirant d'eau d'un grand : 2,30 mètres exactement.

Avec Jean-Michel, nous sommes bien embarrassés, lorsque Jean-Yves Terlain, qui rentrait d'une balade avec son *Blue Arpege*, vient à notre secours.

— Je vais vous sortir de là, crie-t-il.

On lui passe une aussière et Terlain nous prend en remorque. Il nous traîne. Ma quille creuse un sillon profond dans la vase. Le moteur de Terlain rugit, mugit, et soudain se tait :

— Merde, hurle Terlain. Je n'ai plus d'essence !

Nous sommes tous les trois dans une situation quelque peu ridicule, digne de marins du dimanche. Terlain largue notre amarre, a un geste désolé d'impuissance, et comme il cale moins d'eau que nous, il gagne son ponton à la voile. Dans ces cas-là, il faut se résigner et attendre que le flot revienne. Une attente de plusieurs heures, que tout navigateur dans la même situation comprend sans besoin d'explications. Il y a parfois un Bon Dieu pour les envasés. Une vedette qui passait dans nos parages vient vers nous, compatissante, et nous remorque en eau profonde.

Donc, à midi pile, ce 15 mars, après que Claude Reboul nous a tirés, Terlain et moi, près de la ligne de départ, située devant le yacht-club, le coup de canon lâche les cinq concurrents.

Égrener le chapelet de ces 39 jours, 15 heures et 44 minutes, à 6 nœuds de moyenne, avec la concision typique des journaux de bord serait monotone. Il y a eu, comme dans chaque navigation hauturière, les innombrables manœuvres, les moments de doute et d'euphorie, le mauvais temps, les calmes, les grains et les brumes, les inévitables voiles déchirées — que j'ai recousues —, les caprices du pilote automatique placé trop près du safran et cabochard dans la grosse mer, les poissons volants qui appontaient maladroitement et agrémentaient mes repas, les rencontres avec les habituels dauphins bavards, les fatigues et les coups de pompe — notamment quand j'ai dû stationner près de vingt heures à la barre vers la fin du parcours —, les sournoiseries des courants, le froid et la chaleur... en somme tout ce qui compose la palette d'une longue course en solitaire.

Je gagne avec dix journées d'avance sur mon concurrent immédiat, Jean-Yves Terlain — auquel j'ai souvent pensé lors de nos repas parce qu'il m'avait donné des conserves de son sponsor qui étaient un vrai régal, dont un lapin-chasseur qu'il n'avait pas voulu embarquer par superstition —, cette longue chevauchée à travers le Pacifique. Les vents ont été davantage défavorables — le nord-ouest prévu pour la première partie du parcours s'est trouvé être du sud-ouest, droit dans le nez ; l'alizé ne s'est manifesté qu'en vue des Hawaii, bref, des débuts de course plus lents que prévu —, mais ils ont prouvé le brio du bateau à toutes les allures et l'efficacité des ballasts — même si leur remplissage était chaque fois un exercice musculaire — qui ont inspiré, bien des années plus tard, la conception des voiliers du Vendée-Globe. Bien meilleur que prévu au plus près, *Pen Duick V* n'a qu'un défaut : à cette allure, il cogne excessivement dans la mer formée, ce qui rend la vie à bord pénible, sans toutefois rien perdre de sa vitesse.

Avec une mise au point plus minutieuse, qui n'a pu avoir lieu faute de temps, *Pen Duick V* aurait pu grignoter deux jours. Mais ce n'est qu'en course que j'ai constaté les défauts de mes tangons télescopiques qui ont déchiré plusieurs focs et spinnakers. Mes focs-ballons étaient trop légers et fragiles car je ne pensais pas leur demander des efforts importants dans la brise. J'ai passé un temps considérable à jouer les cousettes.

Que dire de la course ? Pour moi, la Transpacifique, à cause de ses vents changeants et fantasques contraignant à manœuvrer fréquemment, est une course d'endurance, moins dure cependant que la Transatlantique, dont le trajet nettement plus court est soumis à des vents debout, à des tempêtes et à la grosse mer, éléments contre lesquels le marin doit se défendre et lutter. À bord de *Pen Duick II*, entre Plymouth et Newport, certains jours j'avais souffert. Il y avait le froid et la fureur océane qui sapaient mes énergies, alors qu'entre San Francisco et Tokyo je n'ai jamais dû puiser dans mes réserves.

La réglementation de la Transpacifique limitant la taille des bateaux à 35 pieds ne m'a pas enthousiasmé. Il est probable que les organisateurs ont cru qu'en n'engageant que des petits bateaux ils auraient eu un plus grand nombre d'engagés ; or ce ne fut pas le cas. Nous devions être une bonne quinzaine sur la ligne de départ, nous n'étions que cinq, ce qui est un minimum pour une course qui se voulait spectaculaire sinon rivale de la Transat. Mon arrivée à Tokyo est d'ailleurs symptomatique d'un certain désintéressement du public, en tout cas japonais. Il est probable que la course se déroulant en sens inverse, l'arrivée à San Francisco aurait connu une plus grande résonance.

C'est le 24 avril 1969 dans la soirée que j'ai franchi la ligne d'arrivée indiquée par un petit feu rouge nommé I-Sa, dans l'ouest de la petite île de Zyo-Ga-Sa. Aussitôt, j'affale le génois et me dirige sur le petit port de Misaki, construit entre l'île et la terre. Les instructions nautiques sont précises : les concurrents doivent aller jusqu'au bateau du jury afin de se faire reconnaître. Sous grand-voile, j'entre dans le port. J'en fais le tour : il n'y a pas de bateau-jury. Cette absence ne me tracasse pas. Les instructions nautiques, ayant tout prévu, précisent qu'en cas d'absence du bateau-jury, le navigateur devra se rendre, une fois son bateau amarré, au petit musée édifié près du phare de Zyo-Ga-Sa. Là, le gardien est chargé de le mettre en contact téléphonique avec les organisateurs du Nippon Ocean Racing Club. Tout paraît clair et simple.

Il y a une petite place à un quai, devant un chalutier. J'accoste et m'amarre, puis vais me coucher pour la première fois depuis quarante jours sans l'obligation obsédante de remonter mon réveil pour monter sur le pont. Je m'endors aussitôt, avec la sérénité du vainqueur : c'est-à-dire comme une bûche. Le jour me réveille, le soleil est déjà chaud et je savoure mon petit déjeuner dans le cockpit tout en regardant le quai, toujours désert. Bon, me dis-je, on va aller au petit musée. À ma montre, il est près de 7 heures. Je débarque.

Le village, lui, dort encore. Il est constitué de petites maisons basses, bâties en désordre sur le flanc de la colline, sans aucun souci d'alignement, reliées entre elles par un écheveau de ruelles tournicotantes et étroites où ne peut circuler aucune voiture. Ces maisons m'étonnent et me déçoivent un peu car je m'attendais à découvrir des habitations japonaises

en bois ou en bambou, avec du papier tendu aux
fenêtres. Or, elles n'ont strictement rien à voir avec
les demeures de l'Empire du Soleil levant telles qu'elles sont représentées dans les gravures ; pour la plupart elles sont construites en ciment ou en tôle ondulée. Une grande partie d'entre elles, d'ailleurs, sont
des boutiques, des restaurants, des magasins où l'on
vend du poisson ou des souvenirs, d'où je déduis que
ce coin doit être couru par les touristes.

Un bruit attire mon attention. C'est un commer-
çant qui ouvre son échoppe. J'allonge mon pas et me
dirige vers lui, qui me regarde étonné et ne comprend strictement rien lorsque, avec des gestes, je
m'efforce de lui faire comprendre que je voudrais
connaître l'heure exacte. C'est ce qu'on nomme un
dialogue de sourds. Je parle en français, en anglais,
il me répond en japonais. On ne comprend pas un
mot ni l'un ni l'autre. Finalement, à bout de gesticu-
lations, je lui exhibe ma montre pour connaître
l'heure légale au Japon. Le visage du Nippon s'éclaire
d'un large sourire et il m'indique une grande pendule
que je n'avais pas aperçue : il est 7 heures 16.

Il ne me reste plus qu'à chercher mon petit musée,
proche du phare, où j'attendrai patiemment l'ouverture. Tout en marchant d'un bon pas je commence à
croiser des gens, et les ruelles retrouvent peu à peu
leur animation.

C'est par un petit sentier charmant qui borde la
mer que je parviens au phare, érigé sur une côte
rocheuse et escarpée qui n'est pas sans rappeler la
Bretagne du Nord. Il y a bien le phare mais rien à
proximité qui ressemble à un musée. Il y a bien des
pancartes mais elles ne me renseignent pas parce que
les inscriptions sont en japonais. À ma montre, il est
8 heures.

Des passants passent. Je les aborde mais qu'elles
soient en français ou en mon anglais rudimentaire,
mes questions restent sans réponse : ces Japonais ne
parlent que japonais. Les minutes passent, et je
pense que mon petit musée est sans doute maintenant ouvert mais comment le trouver ? Une sorte de

désespoir commence à me gagner lorsque j'aperçois une petite cohorte de collégiens, garçons et filles, tous en uniforme, qui suivent en jacassant gaiement leurs professeurs. En quelques enjambées je suis près d'eux, qui regardent étonnés ma barbe de quarante jours et mon jean délavé et troué. Je répète mes questions en anglais. Avec l'une des enseignantes, qui baragouine un anglais approximatif comme le mien, nous amorçons un dialogue laborieux qui, finalement, me permet de lui faire comprendre ce que je cherche. Elle a un ravissant sourire et m'indique une petite baraque qui ne ressemble en rien à un musée tel que nous le concevons. Gentiment, me voyant embarrassé, suivie de ses collègues et de sa troupe d'élèves, elle m'y accompagne. Bien entendu le gardien de ce musée — dédié aux phares — ne parle, lui aussi, que japonais. Bien entendu il n'est pas au courant de la course. L'enseignante, patiemment, sert d'interprète. Je lui raconte que j'ai participé à une course de voiliers partie de San Francisco. Notre maîtrise de la langue de Shakespeare étant rudimentaire, il me faut un certain temps pour qu'elle comprenne mon explication. Et puis, eurêka ! Son visage s'illumine et son regard trahit une profonde admiration à mon égard. Du coup, elle raconte aussitôt, avec animation, ma traversée aux élèves qui m'entourent, curieux, mais cette notoriété soudaine dans ce coin perdu du Japon ne règle pas mon cas auprès des organisateurs — toujours ignorants de mon arrivée. En désespoir de cause, j'extrais de ma poche les instructions toutes chiffonnées, et je fais lire à la jeune femme l'article concernant l'arrivée. Là encore, cela prend un certain temps, et ce n'est qu'au terme de la dixième lecture du document — commentée et soulignée par mes gestes — qu'elle finit, enfin, par comprendre. Elle traduit alors le règlement au gardien du phare, qui l'écoute avec cette expression impassible que les Japonais savent si bien arborer. J'avais beau venir de l'autre bout du monde — j'aurais même pu venir d'une autre planète — mon apparition le laissait remarquablement indifférent. Il

désigne le téléphone. L'enseignante compose le
numéro indiqué sur les instructions. Peu après, je
parle avec Ogimi, le secrétaire du Nippon Ocean
Racing Club, lequel m'avoue qu'il ne m'attendait pas
si tôt. Puis il me félicite. Puis il prévient la douane et
le service d'immigration pour que les formalités
soient expédiées rapidement. Je remercie ma jolie
interprète. Je réponds aux saluts des adolescents et
je regagne mon bord où j'accueille, peu après, les
fonctionnaires pour remplir les formulaires d'usage.

Dans une vedette, le directeur de la marina vient
me saluer puis, après avoir fait déplacer *Pen Duick V*
dans une baie proche, à l'abri des typhons, il me
conduit au club. On me prépare un bain bouillant
traditionnel — qui possède la vertu de donner aux
Japonaises une peau très douce. On m'invite à déjeuner et je découvre les « sushis », des boulettes de riz
et de poisson cru que l'on trempe avec des baguettes
dans la sauce « shoyu ». Je me régale. En revanche,
je fais la fine bouche quand on me sert des algues.
L'occasion m'est rarement offerte de me prélasser
aux escales et de visiter le pays. Au Japon, je peux
prendre mon temps. Le quatrième jour qui suit mon
arrivée on m'emmène visiter Tokyo, qui ne m'en-
chante guère, puis, avec un Français résidant dans la
capitale japonaise, j'appareille. À bord de *Pen
Duick V*, mon cicérone me fait connaître une île vol-
canique en activité où le port a été aménagé dans un
ancien cratère après que l'on en a fait sauter une
paroi. Au retour, parmi les innombrables bateaux de
commerce qui évoluent autour de moi, j'aperçois un
foc rouge qui flamboie dans le ciel bleu. Je braque
mes jumelles : c'est Jean-Yves Terlain qui va franchir
la ligne d'arrivée. Le temps de virer de bord, de me
diriger vers son *Blue Arpege*, je lui annonce qu'il est
deuxième et je le complimente, car bien que son
bateau soit moins rapide il a devancé celui de l'Allemand Claus Hehner.
Ensuite, je m'offre une balade de 500 milles parce

que je ne veux pas quitter le Japon sans avoir vu ce qui, à mes yeux, a la beauté d'un rêve : la mer Intérieure, une sorte de Méditerranée située entre les îles de Hondo, de Kiou-Siou et de Sikok. Une promenade en solitaire le long des côtes est forcément fatigante car il faut veiller en permanence à cause du trafic. Je ne le regrette pas. Les paysages de la mer Intérieure sont comme je les imaginais, bien que je sois déçu par le bruit continuel des machines du trafic maritime intense perceptible dans les mouillages les plus éloignés. La visite de Kyoto, de l'ancien palais impérial, du temple de Chiou-In, le Jardin de Mousse et de Kin-Kaku-Ji, celui de pierres où méditent les moines du Dairen-In valaient bien le déplacement. Nulle part ailleurs, de ma vie, je n'ai ressenti autant d'harmonie et de sérénité qu'en ces lieux, hélas souvent troublés par des hordes d'écoliers en uniforme, courant, bousculant, criant.

La pensée zen ne m'écarte pas longtemps des réalités de la vie. Il me faut retourner à San-Francisco où Kersauson, Colas et Carpentier m'attendent à bord de *Pen Duick IV* pour courir la célèbre Los Angeles-Honolulu.

J'espérais bien trouver un acquéreur pour *Pen Duick V* car je n'en vois plus l'utilité pour d'autres courses. Cela m'épargnerait les frais de transport pour le retour et permettrait à la Société du port de Saint-Raphaël de récupérer sa mise. Las ! le Japon, à cette époque, n'est pas le pays idéal pour ce genre de transaction. Un yachting balbutiant et des taxes exorbitantes pénalisant les bateaux de plus de 7,50 mètres rendent la vente du mien aléatoire. Le secrétaire du Nippon Ocean Racing Club me propose de chercher un acheteur mais sans garantie de succès. Je prends l'avion pour les États-Unis. Mes équipiers commencent à trouver le temps long à m'attendre.

19

« À QUELQUE CHOSE MALHEUR EST BON »

D'une certaine manière, je peux dire que c'est la belle vie. Après ma victoire dans la Transpacifique, après la réparation de la dérive de *Pen Duick IV*, nous avons disputé la traversée Los Angeles-Honolulu, battant copieusement le superbe et redoutable *Windward Passage*. Le milieu nautique américain, à l'époque hostile aux multicoques — il avait surnommé *Pen Duick IV* « The French Aluminium Cigar » —, était convaincu que leur favori ne ferait qu'une bouchée de nous : on lui a mis vingt heures dans la vue et battu le record de la traversée. Les quelques amis californiens qui nous ont joués vainqueurs chez les bookmakers se sont rempli les poches tellement notre cote était basse. *Pen Duick IV*, bien que nous ayons déchiré nos spinnakers légers, ce qui nous a coûté quelques heures, a été irrésistible, notamment par vent arrière, quand il surfait à plus de 20 nœuds.

Bluffé, époustouflé par la vitesse du trimaran, le richissime propriétaire de *Windward Passage* a même eu l'intention de l'acheter, mais il s'est ravisé après l'avoir visité à Honolulu. Il est indéniable que *Pen Duick IV*, comme tous mes bateaux, ne correspond pas au confort douillet d'un cinq étoiles, ne disposant pas d'air conditionné, de sauna, de carré luxueux

comme *Windward Passage*. Le luxe, à mon bord, est
rustique.

On gagne donc, on musarde sur mer, on traîne
dans les marinas, on est contents. Et pourtant nous
ne sommes pas riches. L'argent n'est pas notre moti-
vation. Nous sommes pauvres au point que pendant
ma traversée du Pacifique, mes équipiers ont dû se
débrouiller pour vivoter : Carpentier avait trouvé un
boulot de moniteur de voile au yachting-club local ;
Kersauson prenait des photos qu'il revendait à des
revues ; Colas repeignait les pontons du yacht-club.
Nos vêtements étaient loqueteux, nous faisant ressembler davantage à des romanichels aquatiques
qu'à des régatiers.

Nous faisions caisse commune avec nos petits
gains, chacun payait sa part pour la nourriture, pas
chère, roborative, dont la compacité calait lourde-
ment nos estomacs. Nous étions des adeptes forcés
des pâtes et du riz à toutes les sauces.

Notre vie s'écoulait à bord. Nous aimions bien
vivre entre nous, petite bande unie par les mêmes
idées, la même passion pour les courses, le même
bonheur de se faire rincer — de souffrir même —
dans le mauvais temps pendant les manœuvres.
C'était une époque de misère et de gloire. Maintenant
les équipages logent dans des hôtels, et les bateaux,
la course finie, restent seuls la nuit à leur mouillage.
Je regrette cette façon de courir qui correspondait à
un mode d'existence. C'est d'ailleurs à bord de *Pen
Duick IV* que nous prendrons le chemin de retour
vers la France, alors que *Pen Duick V* est rapatrié par
cargo à mes frais. On fait escale à Nouméa. C'est là,
à l'automne 1969, qu'Alain Colas m'achète mon
trimaran.

Le temps passe. Quand je ne suis pas en mer ou à
Saint-Pierre-Quiberon chez mes parents, je vis chez
Gérard Petipas, à Versailles. J'y ai ma chambre et

une table de travail à laquelle il m'arrive de rester arrimé toute une journée à esquisser des croquis de bateaux et à réfléchir.

Chacune de mes innovations m'a été dictée dans le but de concevoir le bateau idéal pour un type de course. Je dois reconnaître que certaines innovations m'ont été inspirées également par mes lectures nautiques. Ainsi, les ballasts de *Pen Duick V* ont été l'adaptation des bateaux américains appelés « sand baggers » parce qu'ils avaient des sacs de sable à bord. Lors de chaque virement, l'équipage déplaçait ces sacs d'un bord à l'autre. Si la course allait se dérouler dans le petit temps, ils embarquaient peu de sacs. S'ils partaient avec de la brise, bien chargés en sable, et que le vent tombait, ils vidaient les sacs. Évidemment, lorsque ce sable était jeté à l'eau, il était perdu et si le vent revenait, c'était fichu. Je m'étais dit qu'il devait être possible de trouver un système avec de l'eau au lieu de sable. Quand on n'avait plus besoin d'eau, on vidait le ballast et s'il en fallait de nouveau, il suffisait de pomper : ce n'est pas l'eau qui manque dans la mer.

Je dessine des coques chez Petipas parce qu'on annonce que les Britanniques organisent une nouvelle course intéressante, la Whithbread, une circumnavigation à la voile, avec départ de Portsmouth, escales au Cap de Bonne-Espérance, Sydney, Rio de Janeiro, et retour à Portsmouth. Une course en équipage. L'envie de naviguer sur un long bateau redoutable à toutes les allures avait germé dans mon esprit pendant la Transpacifique. J'étais dans une course et je pensais à la suivante ! *Pen Duick V* était à peine né et je pensais à *Pen Duick VI* sans savoir avec précision comment il serait.

Si cette nouvelle épopée se réalise, je le dois à une misérable petite écorchure à un pied. Avec mes habituels lascars nous venions de gagner avec *Pen Duick III* la course Los Angeles-Tahiti, une épreuve qui se déroulait essentiellement au grand largue, une allure dans laquelle le bateau était particulièrement brillant.

On se baladait en Polynésie — où Kersauson s'était acheté une dent de requin qu'il appelait « son mobilier », signifiant par là qu'elle était son unique bien — en attendant de revenir en Europe pour participer à cette longue régate de 30 000 milles autour du monde avec *Pen Duick III*, qui commençait à être démodé mais surtout trop petit pour espérer gagner dans cette interminable randonnée.

Construire ce voilier nouveau pour cette nouvelle course exige que je sois en France pour me démener à la recherche d'un financement. Mais il n'est pas dans mes moyens de payer un voyage aller et retour Tahiti-Paris afin de me lancer dans des démarches à l'issue incertaine.

« À quelque chose malheur est bon », dit le proverbe.

Un matin, lors de l'appareillage de Moorea, je m'écorche légèrement le dessus du pied avec la chaîne d'ancre. Un bobo insignifiant, juste une miette de peau arrachée, pas de quoi s'affoler, qui ne nous empêche pas d'aller aux Tuamotu où c'est la vie de cocagne. Chaque jour nous plongeons dans ces eaux coralliennes, et je prête peu d'attention à mon écorchure qui ne cicatrise pas mais ne me fait pas souffrir. Comme elle ne s'infecte pas, je la traite par-dessus la jambe.

Ce n'est que pendant le retour à Tahiti que, subitement, mon pied enfle et, en arrivant à Papeete, son volume a doublé, avec des élancements douloureux. En boitillant, je me rends à l'hôpital militaire où le chirurgien joue du bistouri et tranche la partie infectée, creusant un petit cratère bien propre sur mon cou de pied. Tous les matins, je retourne à l'hôpital pour faire nettoyer la plaie et recevoir un nouveau pansement. Chaque séance me fait un mal de chien parce qu'un nerf se trouve juste au bord de la blessure.

Trois semaines s'écoulent, et la blessure ne s'infecte pas mais ne cicatrise pas non plus. Je suis sacrément ennuyé car le temps presse pour ramener le bateau en France.

— J'ai déjà vu des cas semblables au vôtre, m'explique le chirurgien. La guérison est presque toujours très longue. Je ne vois qu'un remède : vous faire rapatrier sanitaire. Le climat français est plus favorable pour la cicatrisation.

C'est ainsi que je me suis retrouvé à Paris en septembre 1972.

Je profite de ma convalescence pour prendre des contacts sans qu'aucun n'aboutisse mais je ne perds cependant pas espoir. Les semaines passent et mon optimisme naturel commence à s'étioler lorsqu'un jour, au Fouquet's où j'étais invité pour déjeuner, on me présente Michel Le Berre, un publiciste. Naturellement, je lui débite aussitôt mon projet et mes difficultés pour trouver des commanditaires. « J'ai pris des contacts, dis-je, mais je dois avouer que je ne suis pas à l'aise dans ce genre de démarchage... »

Le Berre, lui, se dit capable de pouvoir me débusquer des financiers. Toutefois il préconise une autre solution :

— Mon cher Éric, vous devriez créer une société qui s'occuperait de trouver les fonds nécessaires pour votre futur voilier. Cette société s'occuperait de tout et vous laisserait les mains libres.

Mon caractère m'a toujours poussé à faire confiance aux spécialistes. Je fais donc confiance à Michel Le Berre, qui me téléphone chez Gérard Petipas pour m'annoncer qu'ayant présenté mon projet à un banquier, ce dernier est disposé à avancer les sommes nécessaires pour la construction.

La société est constituée ; Gérard Petipas en est nommé directeur bien qu'il n'ait pas la moindre idée de ce qu'implique cette fonction. Lui et moi, nous nous connaissons depuis belle lurette. Mon cadet de huit ans, c'est un ancien capitaine au long cours qui a quitté la Marine marchande quand s'est amorcé son déclin, pour installer un cabinet d'expertise maritime spécialisé dans la plaisance et qui compte parmi ses clients des gens comme Edmond de Roth-schild. Je l'ai eu sur *Pen Duick II* et *Pen Duick III* comme navigateur. Gérard est le seul en qui j'aie entière confiance dans le rôle de « directeur » de ma société. Il connaît mes idées et mon mode de vie. Nous nous entendons bien. Nous sommes amis. Quand je lui ai demandé s'il acceptait de diriger la société — en tant qu'officier de la Marine nationale en activité il m'était interdit d'assumer ce rôle — il m'a répondu simplement :

— Qu'à cela ne tienne ! Je n'y connais rien en droit commercial, j'ignore ce qu'est une traite mais je serai ton directeur.

Ça s'est passé ainsi, un matin, chez lui, pendant que nous prenions notre petit déjeuner.

Le 15 novembre 1972, je reçois l'avant-projet de l'architecte, André Mauric, qui me convient dans son ensemble. Je lui avais expliqué au cours d'un entretien quel genre de voilier je voulais. Il a toute liberté pour concevoir ce nouveau bateau sachant qu'il est destiné à la Whitbread qui se déroule selon la règle IOR (International Offshore Rules).

— Il faut que la construction démarre en janvier pour que le bateau soit prêt en juillet et puisse commencer à courir en août, dis-je à Mauric.

— Je sais.

Alors commence — une fois encore — la course contre le temps. Les chantiers auxquels je m'adresse pour réaliser cette coque de 22,25 mètres se déclarent incapables d'assumer ce contrat en six mois à peine. Il ne me reste qu'une possibilité : m'adresser à un arsenal, même si le yachting n'est pas vraiment son style, étant par vocation spécialisé dans les gros bâtiments. Mais je sais que le travail des arsenaux est de grande qualité et que de l'ingénieur aux ouvriers, tous sont compétents. Il est bon de signaler que les arsenaux ne produisent pas seulement pour la Marine de guerre — prioritaire — mais aussi pour les civils. L'état-major de la Marine et la Direction technique des constructions auxquels j'ai soumis mon projet me donnent leur accord : ce sera l'Arsenal de Brest qui construira *Pen Duick VI*.

En décembre, je rends plusieurs visites à Mauric, à Marseille, et j'approuve tout ce qu'il me propose. Le pont et les aménagements, en revanche, sont de ma conception. Ainsi le pont comportera quatre cockpits. Tout à l'arrière, celui du barreur, avec les instruments en double. Le deuxième est destiné à la descente et recevra les winches de trinquette, de voile d'étai et d'écoute d'artimon. Sous le roof, j'ai placé deux sièges afin que les équipiers de quart puissent s'abriter du mauvais temps et l'avantage de cette disposition est qu'elle empêche l'eau de s'infiltrer à l'intérieur. Le troisième cockpit contient les winches de hale-bas, de balancines de tangon, et de l'écoute de grand-voile. Enfin, le quatrième est destiné aux enrouleurs des drisses de spinnakers, de trinquette et à l'étarquage des bosses de ris. Dans ces deux derniers cockpits des panneaux, ouvrant de l'intérieur, apportent du jour et de l'aération à l'intérieur du bateau. Enfin, les emménagements intérieurs comprennent couchettes et équipets — sept de chaque côté — prévus pour les quatorze hommes de l'équipage, pour le groupe électrogène et le chauffage, le moteur, un atelier avec son outillage, la soute à voiles, la penderie, les toilettes, la radio, la table à cartes et la cuisine.

Prévue pour le mois de juin, la mise à l'eau du bateau, son baptême, ses premières navigations ont lieu avec un bon mois de retard. Le 28 juillet 1973, *Pen Duick VI* fait sa première sortie.

Plus le bateau est grand et plus le sport y gagne. La course n'est plus l'affaire d'un homme mais devient une alchimie complexe puisqu'elle réunit un équipage et un skipper, chacun avec son caractère et ses qualités complémentaires. La course devient alors un sport d'équipe où chaque marin doit

maîtriser à la perfection son rôle : un équipage
manœuvrant sur un pont est un ballet silencieux et
synchronisé où l'erreur n'est pas admise. En effet, si
sur un petit bateau une fausse manœuvre n'est pas
catastrophique, sur un grand voilier les conséquences peuvent être dramatiques car la puissance des
manœuvres auxquelles sont confrontés les hommes
est disproportionnée par rapport à leurs forces. Un
spinnaker de 350 mètres correspond à la surface d'un
grand immeuble bourgeois : on ne jongle pas avec
une telle voilure gonflée par le vent sans une technique parfaite. Chaque équipier doit être compétent et
savoir travailler en harmonie avec ses camarades.
Sur un grand bateau, un mauvais marin est dangereux pour lui et pour les autres. De plus, les connaissances et l'expérience s'avèrent insuffisantes si elles
ne sont pas soutenues par une solide musculature,
car les efforts physiques sont répétitifs. Il faut être
en parfaite condition pour se lancer dans une longue
course, où les organismes sont soumis à des sollicita-
tions soudaines qui malmènent et martyrisent les
muscles. Dans les mers du Sud, aux alentours des
fameux quarantièmes rugissants, la température est
proche de 0°. Or l'équipier hors-quart qui repose
dans sa couchette, appelé d'urgence pour manœuvrer
sur le pont, doit pouvoir intervenir physiquement et
à tout moment pour manœuvrer sans bavure et sans
se claquer un muscle.

Notre première course avec *Pen Duick VI* sera le
Fastnet. Nous voulions participer à la Channel Race
car pour tester un bateau rien ne vaut la course qui,
de plus, stimule un équipage. Mais le retard pris par
la construction ne me permet pas d'y participer. Il ne
nous reste plus comme épreuve prestigieuse que le
Fastnet. Le temps nous est compté pour rallier
Cowes, le vent est quasiment inexistant, mais personne à bord ne se fait de bile : pour la première fois
nous avons un moteur. Il servira dès le démarrage à
Brest, par calme plat. Nous avançons à 8 nœuds de

moyenne et puis, soudain, le moteur s'arrête. Xavier
Joubert, le jeune ingénieur chargé de la construction
et que j'ai embarqué, se lance dans la mécanique et
on repart. « Ça devrait marcher... » annonce-t-il. Ça
ne marche que quelques heures et, de nouveau, le
moteur se tait. La mer est d'huile. Le moteur dégage
une puanteur d'huile chaude mais Xavier, obstiné,
démonte, remonte, se met plein de cambouis sur les
mains, et son entêtement est récompensé : le moteur
se remet en route. Cependant on entend qu'il renâcle,
son cognement est asthmatique, comme douloureux,
et il s'arrête pour la troisième fois. Les heures filent,
celle du départ approche, et nous, nous nous dandi-
nons sur l'eau. Sans se décourager, Xavier plonge
une fois de plus ses mains délicates dans la mécanique, en se brûlant un peu, dévisse et visse, le front
plissé par la concentration, et obtient gain de cause.
La machine se remet à tourner. « J'espère que cette
fois-ci est la bonne », dit l'ingénieur, perplexe. Ce
n'est pas la bonne, malheureusement, c'est la dernière. Le moteur, en effet, exhale un profond et long
soupir et rend l'âme. Le diagnostic de Xavier est
définitif :

— Le vendeur avait assuré que le moteur avait été
rodé, or il ne l'était pas. Du coup, on lui a trop tiré
sur la gueule, il a chauffé et il est cuit !

Il nous faudrait du vent pour avancer. Il ne se lève
pas. Le départ, ce samedi matin est à 10 heures. L'île
de Wight est en vue mais nous en sommes bien loin
encore. À l'approche des Needles, une modeste brise
d'ouest arrive, nous permettant d'envoyer le spinnaker, mais à mesure qu'on se traîne vers le Solent,
nous croisons la flottille des concurrents qui s'est
élancée vers le Fastnet. Elle profite du courant favorable mais pour nous qui allons en sens inverse on
l'a dans le nez. Quand nous passons, enfin, la ligne
de départ, nous avons neuf heures de retard sur les
autres. Il ne nous reste plus qu'à remonter le plus
possible de concurrents, tout en sachant que la victoire nous fait un pied de nez.

La brise et les courants lors des reverses nous

mènent la vie dure jusqu'au virage du phare du Fastnet dont nous apercevons le feu dans le brouillard grâce à une parfaite navigation de Petipas. Le trajet du retour nous console : au plus près serré, *Pen Duick VI* nous montre sa bravoure. Nous remontons la plupart de nos rivaux, nous leurs reprenons environ dix heures, et alors que nous commençons à envisager un classement flatteur le vent se dégonfle et *Sorcery,* le voilier américain de 21 mètres auquel il eût été utile de nous comparer, passe la ligne. Nous sommes neuvièmes en temps réel. Nos futurs adversaires autour du monde, *Adventure, Sayula, Guia, Grand Louis, Second Life,* sont loin derrière nous. Et pourtant nous étions partis longtemps après eux.

Nous ne restons que quelques heures à Plymouth. Je veux retourner dare-dare à Brest pour mettre le bateau au sec, modifier la surface du safran, essayer de nouvelles voiles, effectuer les dernières mises au point.

Pen Duick VI est maintenant prêt pour se lancer dans la grande boucle. Ceux qui l'ont conçu et construit ont fait du bon travail. Les essais ont démontré que tout fonctionne bien à bord. J'ai confiance dans mon bateau : il est bien armé pour gagner.

20

LES MALHEURS DE *PEN DUICK VI* ET LES TRIBULATIONS DE GÉRARD PETIPAS

Avec *Pen Duick VI*, je me sens confiant. Disons que je n'ai rien laissé au hasard. Le jour du départ, je n'ai rien à me reprocher : essais, réglages, modifications, voiles, tout a été méticuleusement testé. L'équipage a eu le temps de découvrir le nouveau bateau et de se familiariser avec les manœuvres dans le Fastnet, et au cours de sorties à la mer. C'est un bon équipage. Il y a Michel Barré, 39 ans, moniteur de voile à la Jeunesse et aux Sports ; Jean-Philippe Chaboud, 32 ans, officier radio de première classe de la Marine marchande ; Antoine Croyère, 25 ans, ingénieur à Toulouse ; Jean-Pierre Dagues, 28 ans, notre médecin de bord ; Olivier de Kersauson, 30 ans, mon ancien du bord et cameraman ; Pierre Leboutet, 24 ans, entraîneur fédéral ; Pierre Mousaingeon, 29 ans, architecte ; Marc Pajot, 21 ans, étudiant en maths et physique, médaillé d'argent aux J.O. de Kiel ; Patrick Phelipon, 21 ans, étudiant ; Bernard Rubinstein, 27 ans, professeur de mathématiques après avoir fait des études supérieures de chimie ; Thierry Vanier, 24 ans, étudiant et Arnaud Dhallenne. Et puis mon frère Patrick qui ne peut embarquer que pour la première étape. Ils sont tous costauds, expérimentés, et ont envie d'en découdre avec nos principaux rivaux, l'argentin *Sayula II*, l'anglais *Great Britain II*, *Adventure*, *Grand Louis*, *Kriter*, *33 Export* et l'italien *Guia*.

Pen Duick VI est de taille à leur contester la victoire.

Le départ a lieu le 8 septembre 1973, à 17 heures, et, comme d'habitude, pour aller virer l'unique marque de l'étape, la bouée Bembridge, il a fallu slalomer pour éviter les centaines d'embarcations à voile et à moteur venues assister à l'événement. Plus d'une fois j'ai failli, dans ce trafic pagailleux, entrer en collision avec des navigateurs du week-end inconscients, évitant de justesse l'abordage. Ce soir-là, il n'y a plus que *Great Britain II* à un mille derrière mais très vite il est englouti par la brume. Dès le lendemain matin, nous ne verrons plus aucun bateau engagé dans le tour du monde.

Les jours passent. Grâce à la radio, vers le 29 septembre, nous savons que notre avance sur notre poursuivant immédiat, *Adventure*, se situe à quatre jours. *Pen Duick VI* a prouvé son talent à toutes les allures et le moral de mes équipiers, qui ne chôment pas dans les manœuvres épuisantes et répétées, est au zénith. À bord, l'entente entre mes marins, à l'exception des inévitables petites frictions inhérentes à la cohabitation dans un habitacle exigu, est bonne. Les hommes, je les ai répartis par quart en fonction de leurs aptitudes et je les laisse se débrouiller entre eux. Je suis skipper, je ne suis pas moniteur de colo. Cependant, je ne tolérerais pas de frictions stupides : nous sommes en course. Chacun doit faire son travail sans tirer au flanc. Le but est de se défoncer pour faire avancer la barque.

Dans le redoutable pot-au-noir — je dis redoutable à cause des dangers de rester planté dans les calmes —, notre route s'avère bonne et nous sommes à peine ralentis par rapport aux autres qui « rament » loin derrière nous. Oui, tout va bien, et notre victoire dans la première étape, qui se termine au Cap, ne peut plus nous échapper. C'est du moins ce qui était évident si le destin ne s'en était mêlé, avec ses facéties.

Le 4 octobre, sur une mer formée, alors que le bateau gîte jusqu'au plat-bord, que le vent a fraîchi jusqu'à atteindre 35 nœuds — nous obligeant à amener l'artimon, puis prendre un ris dans la grand-voile, puis à envoyer le yankee 3 —, après avoir dirigé et participé aux différentes manœuvres, je descends me reposer. Il est 0 heure 15. À peine suis-je installé dans ma couchette que le bateau brusquement se redresse et le chuintement de l'eau le long de la coque perd de sa sonorité. Au même moment, un homme de quart dans le cockpit se penche dans l'ouverture et crie :

— Le mât !

Au bruit, je l'avais déjà compris. Le temps de gicler de ma couchette, je suis sur le pont, suivi par les hommes hors-quart, qui s'apprêtaient à dormir.

— Éric, je crois qu'il s'est plié juste en dessous de la barre de flèche inférieure mais, à cause de la nuit, je ne peux pas le jurer, m'annonce d'une voix désolée l'homme de barre.

Le mât gît sur le plat-bord, qu'il a tordu, et il est maintenu au-dessus de son emplanture par des drisses qui, à chaque coup de roulis, menacent d'arracher le tout. Il n'y a pas une minute à perdre.

— On se débarrasse du mât, et vite !

Mes équipiers et moi, on s'attelle à la besogne. On commence par récupérer la bôme, qui pourra resservir. On libère le point d'écoute de la voile, puis on désolidarise la bôme du mât. On cisaille les câbles des haubans et les drisses : tout le gréement coule.

La course autour du monde est perdue.

— Éric, qu'est-ce qu'on fait ? me demande Kersauson.

— On fait route vers Rio. C'est le port le plus proche et on devrait le rallier assez rapidement puisque les vents dominants sont favorables.

Nous sommes tous tristes.

— On envoie la voile d'étai et l'artimon.

L'action atténue la tristesse.

Pourquoi ce mât est-il tombé ? Si l'avarie était sur-
venue pendant la journée, j'aurais peut-être pu en
déterminer la cause, alors que ne pas savoir est
angoissant. Pour *Pen Duick VI* la course est perdue
mais, sachant que la société Espars Nirvana, dirigée
par Cœudevez, possède un profil de mât identique à
celui qui nous a lâchés et que le fabricant pourrait
l'équiper en une dizaine de jours, je me dis que nous
pourrions participer aux trois dernières étapes, Le
Cap-Sydney, Sydney-Rio et Rio-Portsmouth.

On installe l'antenne de secours puisque l'autre,
placée sur le mât, est partie à la mer. Toute la journée, mon radio essaie d'obtenir une communication
avec la France. Il n'y parvient que le soir.

Pendant ce temps, à 21 heures — heure de Paris —,
Gérard Petipas dîne avec son épouse. Il n'est pas
mécontent du tout du déroulement de la course. *Pen
Duick VI* semble caracoler en tête. L'avant-veille,
c'est-à-dire le mardi 2 octobre, au cours de l'une des
deux vacations hebdomadaires radio avec le
bateau — le mardi et le vendredi — les nouvelles qu'il
a reçues lui ont confirmé le bon état du bateau et le
bon moral de l'équipage. Gérard se dit : « Pourvu que
ça dure. » En effet, les accords qu'il a négociés avec
des journaux et des radios dépendent du classement
final du bateau : les sommes perçues seront plus ou
moins importantes en fonction de la place qu'il occupera et serviront à rembourser le banquier qui a
avancé l'argent pour la construction. Bien entendu,
si *Pen Duick VI* devait abandonner, la société dont il
est le directeur ne toucherait que des berniques,
c'est-à-dire rien. Ce qui serait une catastrophe financière.

Gérard et son épouse, leurs jeunes enfants Alexis
et Gilles étant au lit, dînent en tête à tête, ce qui ne
leur est pas arrivé souvent depuis la mise en chantier
de *Pen Duick VI*. Il est donc 21 heures, et le téléphone
sonne. Un peu agacé d'être dérangé en plein dîner,
Gérard va décrocher le combiné.

— Ici Hubert, annonce une voix atone.

Hubert, c'est Hubert Henrotte, le directeur de l'agence Sygma à qui le bateau communique ses nouvelles du bord.

— Gérard, poursuit Henrotte, je viens d'avoir une mauvaise nouvelle : ils ont démâté et ont mis cap sur le Brésil. C'est foutu pour la course...

— Ils ont donné des détails ? Est-ce qu'il y a des blessés ?

— La liaison était mauvaise mais ils n'ont pas parlé de blessés.

— On se rappelle dès qu'on a du nouveau.

Bouleversé, Gérard répète rapidement à sa femme la nouvelle qu'il vient d'apprendre et réfléchit. Le départ de la deuxième étape, Le Cap-Sydney, est fixé entre le 2 et le 7 novembre inclus. Il calcule : pour réparer, il faut compter environ six jours en supposant qu'il y ait également de gros dégâts sur le pont. Il faudrait que *Pen Duick VI* atteigne Rio entre le 13 et le 16 octobre et que tout le matériel nécessaire aux réparations se trouve sur place dès le 13. Si les fournisseurs se « défoncent », ce n'est pas impossible.

Gérard appelle Michel Le Berre, le publiciste, qui dîne à La Rochelle chez les parents de Patrick Phelipon, l'un des équipiers de *Pen Duick VI*. Le Berre a une particularité : il ne s'affole jamais. Aussi est-ce sur un ton placide qu'il demande :

— Peut-on faire quelque chose ?

— Oui, si nous parvenons à faire arriver tout le matériel à Rio d'ici neuf jours maximum. La difficulté majeure consiste à le faire transporter.

— Ne t'inquiète pas. Je rentre à Paris et je me charge de trouver un avion.

Gérard n'a dormi qu'une poignée d'heures. Très tôt le matin du mercredi 5 octobre, il dresse la liste des personnes à alerter pour mettre le dispositif de dépannage en alerte. D'abord, le fabricant du mât, en Suisse. Ensuite Victor Tonnerre, pour qu'il refasse des voiles en Tissaverre et à condition qu'il y ait du tissu en stock. Puis la maison SARMA, pour qu'elle fabrique de nouveaux haubans. Quand il arrive à son bureau, Gérard trouve Le Berre qui va chercher un avion-cargo. Puis on lui apporte un télégramme provenant du bateau :

« Avons démâté — Faisons route Rio — Faire nécessaire pour envoyer mât et accastillage — Haubanage complet — Grand-voile yankee 3 — Trinquette génoise lourde — 2 filières — 6 chandeliers — 200 m Tergal tressé 24 millimètres — Suggère augmenter barre de flèche supérieure de 10 cm — Éric. »

Gérard se colle au téléphone. Cœudevez, d'Espars Nirvana, le rassure : il a un tube et le travail pour le mât démarre sur-le-champ. Il fera son impossible pour le préparer dans les plus brefs délais. La maison Tissaverre n'a pas de stock mais met aussitôt du tissu en fabrication. Délai de livraison : deux jours. Victor Tonnerre mettra son équipe au travail jour et nuit s'il le faut, dès qu'il réceptionnera le Tissaverre. En attendant, il commence à fabriquer les drisses.

Il fait un sale temps gris avec de gros grains, et *Pen Duick VI* sous artimon et voile d'étai progresse néanmoins assez vite, malgré le roulis. Pour gagner un peu en vitesse et en maniabilité, je décide de fabriquer un gréement de fortune dès le lever du jour. Avec deux tangons de spinnaker amarrés entre eux par l'une de leurs extrémités, les autres étant articulées sur les cadènes de haubans, nous pouvons dresser un mât bipode qui nous permettra d'envoyer un peu de toile sur l'avant.

Je constate que le bateau atteint des vitesses de 7 à 8 nœuds. La tension de la course est tombée. Il faut prendre son mal en patience et toute récrimination est du gaspillage de paroles. Mes garçons jouent au morpion et au scrabble. Michel donne des leçons de yoga. Mon frère Patrick a confectionné un joli hameçon avec une grosse goupille en inox, qui nous permet de pêcher un tazar, un thon, et un long poisson d'un mètre, brun-noir, avec un nez pointu et une dentition digne d'un barracuda, un peu moins rond qu'un congre : trois repas de chair fraîche, exquise.

Parfois, quand le bateau avance à peine, certains se baignent : ils plongent de l'avant et se raccrochent à un filin traînant sur l'arrière. Moi, pendant cette progression vers Rio, je prépare, avec le câble et le filin de rechange qui est à bord, les deux drisses de foc et la drisse de trinquette pour le nouveau gréement. C'est un travail qui prend énormément de temps : ce sera toujours ça de fait et qui ne sera plus à faire à Rio.

Pendant ce temps, Gérard se fait de la bile et passe d'une anxiété à l'autre. Le tissu pour les voiles a été fabriqué et Victor Tonnerre a pu les couper, et coudre. Le colis avec les nouvelles drisses est prêt. Le nouveau mât sera terminé et pourra être embarqué dans l'avion-cargo le jeudi 11 octobre. Ces bonnes nouvelles ne suffisent pas à rassurer Gérard. Il doit encore résoudre l'approvisionnement. Le container des vivres prévus pour la deuxième étape, Le Cap-Sydney, est embarqué sur un cargo des Messageries Maritimes qui fait route sur Le Cap. Au cas où *Pen Duick VI* appareillerait de Rio directement pour Sydney, il faut préparer un nouveau ravitaillement suffisant pour une si longue navigation. Ce problème n'est pas résolu.

Il en reste un second, le plus important, qui attend toujours sa solution : l'avion. Il reste à en trouver un, possédant une porte arrière et pouvant loger le mât. Michel Le Berre téléphone tous azimuts, à toutes les compagnies et même à des propriétaires privés, mais ses recherches n'ont toujours pas abouti.

À part ça, le jeudi 11 octobre, tout le petit matériel est emmagasiné dans le bureau de Petipas, capharnaüm de caisses et cartons contenant la girouette Brookes, l'enrouleur Goiot, les cordages, les chandeliers, les lattes, les mousquetons, les poulies, les cloches de tangon. Une partie des voiles arrivera le vendredi. Reste toujours à trouver l'avion.

Gérard a les yeux cernés et les joues creuses. Il dort à peine. Il est constamment sur la brèche mais son opération « remâtage » prend forme. Il a organisé l'escale de Rio. La Marine brésilienne a permis au bateau blessé d'accoster dans son arsenal et pourra utiliser une grue. Pour les travaux, il a enrôlé deux équipes : l'une s'occupera du mât, l'autre remettra en état le pont et installera une barre à roue. La première comprendra Gérard lui-même, Albert Cœudevez, Pierre English, l'ancien équipier, et Yves Devillers, un journaliste des *Cahiers du Yachting*. La seconde sera formée par des ouvriers de l'Arsenal de Brest, ayant participé à la construction, que la Direction technique des constructions navales a accepté de détacher, soit cinq personnes, et l'ingénieur Xavier Joubert.

Gérard lève les yeux au ciel quand il reçoit un nouveau message du bateau. Il contient une nouvelle liste d'ustensiles : poêle Tefal, autocuiseur de 6 litres, 80 sacs en plastique, des joints-clapets pour les WC.

Un albatros, événement rare à cette latitude la plus nord qu'ils atteignent, nous escorte toute la journée du 11 octobre et plonge voracement sur tout ce qu'on lui jette à la mer. La plupart des matelots, qui découvrent le mythique oiseau marin, s'extasient en le voyant planer avec ses longues ailes et s'amusent à le voir atterrir avec des mouvements pataulds. C'est la seule distraction d'une navigation qui se déroule avec des vents variables qui me permettent, de temps en temps, après avoir affalé mon installation avec les tangons, d'envoyer le spinnaker sur le mât d'artimon.

Quand, en écoutant France-Inter, nous apprenons que le nouveau mât sera à Rio le dimanche 14 au matin, je ne peux m'empêcher de laisser éclater ma joie à l'unisson avec mon équipage. Grâce à Gérard, nous ne perdrons pas de temps et je commence à croire que nous pourrons, si tout va bien, arriver au Cap dans des délais nous permettant de prendre le départ de la deuxième étape avec les autres concurrents.

Pendant ce temps, à Paris, Gérard a reçu d'Espars Nirvana la confirmation que le nouveau mât sera prêt pour le jeudi 11 au soir. Cœudevez lui a annoncé qu'il le transportera à l'aéroport de Genève-Cointrain pour être embarqué dans l'avion-cargo. Oui, mais quel avion-cargo ? Michel Le Berre ne le sait toujours pas. Il est sur deux pistes : l'appareil appartenant à Alain Delon, dont le coût est de 30 000 francs, prix du carburant, ou celui d'une compagnie étrangère. Vérifications faites, ces deux possibilités sont abandonnées parce que l'avion de l'acteur est trop petit pour contenir le mât, et l'autre ne sera disponible que dans une semaine.

Gérard se ronge les sangs à l'idée que *Pen Duick VI* arrive à Rio avant le matériel destiné aux réparations. Il n'est pas au bout de ses angoisses. La veille — c'était mercredi 10 —, en désespoir de cause, il avait, avec Le Berre, téléphoné au ministère des Armées et exposé la situation dans laquelle il se trouvait. On lui avait demandé de déposer une demande officielle dont la réponse était à l'avance favorable.

— Monsieur le ministre fera tout ce qui est en son pouvoir pour vous aider, lui avait répondu un collaborateur d'Yvon Bourges.

Sans perdre une minute, Petipas et Le Berre avaient foncé au Bourget et examiné avec les techniciens de l'Armée de l'air comment effectuer le chargement du mât et du matériel à bord d'un gros transporteur du COTAM. « C'est dans la poche ! » avait jubilé Le Berre, dont la nature optimiste contraste avec le caractère soucieux de l'ancien capitaine au long cours.

Le jeudi matin, patatras ! L'avion n'est pas libre car il a déjà une mission à accomplir qui ne peut être retardée. Gérard est effondré. Un camion doit partir dans la soirée de Brest, avec le matériel. Quant aux ouvriers de l'Arsenal, ils sont déjà en route pour Paris. Le mât sera disponible à l'aéroport de Genève. Tous ces efforts pour que tout soit prêt à temps auront été vains : manque l'avion. De nouveau,

Le Berre téléphone partout, ne trouvant pas l'appareil qui convient. Il est 17 heures.

— C'est foutu ! soupire Gérard en se laissant tomber dans son fauteuil.

— Je ne vois pas ce que je pourrais faire d'autre, où chercher... reconnaît Le Berre, pour la première fois atteint par le découragement.

Les deux hommes sont là, face à face, vaincus par le sort, quand soudain — dring-dring — le téléphone sonne et Gérard décroche. C'est le ministère des Armées :

— Monsieur Gérard Petipas ?

— Oui.

— Nous avons un avion disponible. C'est un KC 135 qui devrait convenir à vos besoins. Il devait effectuer un vol d'entraînement mais il ira en priorité vous emmener à Rio. Le décollage est prévu demain matin, en fin de matinée au Bourget. Il fera un crochet à Genève pour ramasser le mât avant de redécoller pour le Brésil.

Sauvés !

Comme convenu, Petipas et Le Berre retrouvent vers 9 heures, le lendemain matin — vendredi 12 octobre —, Yves Devillers et Pierre English à l'aéroport. Ils sont en compagnie de l'équipe de l'Arsenal de Brest, six hommes : Xavier Joubert, Divy Kerdoncuff, Marcel Simon, Jacky Bellion, François Bars et Christian Meichel. Le temps de serrer la main de l'équipage aux ordres du commandant Guilleux, le temps de faire le pointage du matériel — 5 tonnes au total — de l'embarquer, et c'est le décollage, à midi. À 13 heures 15, c'est l'atterrissage à Genève où Albert Cœudevez et son équipe se tiennent près du camion portant le mât.

— Putain ! ce qu'il est long : pourvu qu'il rentre ! s'inquiète Gérard.

La coopération du personnel helvétique est touchante. On demande aux Français quels sont leurs besoins, on leur fournit un élévateur qui se positionne contre la portière du KC 135, on fait la chaîne pour décharger tout le matériel embarqué au Bourget afin de faire place au long espar.

Au début, tout va bien. Toute l'équipe, munie de sangles, travaille avec synchronisation et le mât s'engouffre, mètre après mètre, dans le ventre de l'avion-cargo. On transpire. On progresse lentement mais sûrement. Jusqu'au moment où la tête de mât bute au fond de la carlingue, c'est-à-dire qu'elle ne peut plus avancer davantage. Juché sur l'élévateur, English crie :

— Il reste encore 1,30 mètre à l'extérieur

Il est évident que le mât ne rentrera pas complètement. Gérard sent tout à coup son énergie proverbiale le lâcher. À un mètre près, tout semble fichu.

— Qu'est-ce qu'on fait ? demande Le Berre, lui aussi à bout d'espérance.

— Je ne vois qu'une solution : le couper. Mais pour ça, on doit consulter Xavier.

Joubert n'est pas contre, mais il souhaite l'accord du fabricant et Albert Cœudevez se déclare opposé à cette « guillotinade », précisant que dans ce cas il ne garantit plus rien. À ce moment survient une nouvelle inquiétude : le commandant Guilleux, étant donné que son escale à Genève sera plus longue que prévu, a besoin de l'accord de sa base pour savoir si la mission se poursuit en dépit du contretemps. Il doit rappeler le lendemain, samedi 13, à 7 heures, pour avoir le feu vert.

Tout le monde se remet au boulot pour effectuer le travail inverse, à savoir sortir le mât. Xavier a déjà discuté avec les soudeurs de son équipe, qui se tiennent prêts à opérer. Harcelé, Cœudevez finit par accepter la mutilation de son œuvre, à 1,40 mètre près de la base. Mais le fabricant refuse d'assister à l'opération.

— On va se coucher et on se retrouve à l'aéroport demain, à 7 heures pile, décide Petipas.

Samedi 13 octobre. Tout le monde est ponctuel au rendez-vous. La journée démarre avec une bonne nouvelle : l'avion est autorisé à poursuivre sa mission. Tout va vite. Dès 8 heures, le mât sectionné se

glisse dans la carlingue, une équipe l'arrime solidement, tandis que des bénévoles de l'aéroport aident
à faire la chaîne pour rembarquer les caisses de
matériel. L'équipage enfile ses combinaisons de vol.
La porte est verrouillée. Il est 9 heures 30 quand
l'avion militaire décolle de Genève-Cointrain pour
Rio de Janeiro, après une escale obligatoire à Dakar.
À 4 heures du matin, heure locale, le KC 135 se pose
à Rio.

Le déchargement débute à 7 heures avec l'arrivée
de la première équipe de manutentionnaires. Le
soleil est déjà haut dans le ciel et la chaleur acca-
blante quand mât et tonnes de matériel sont chargés
sur des camions. Escortés par trois motards de la
police, le convoi traverse le trafic fou de Rio et s'immobilise dans l'arsenal brésilien où les corvées du
nouveau déchargement de la journée mettent tout le
monde sur le flanc. Il est 16 heures. Après une rapide
incursion au yacht-club où personne n'a de nouvelles
de *Pen Duick VI*, Gérard et Le Berre, avec Joubert et
ses ouvriers, arrivent enfin à leur hôtel. Le dîner est
expédié à toute vitesse. Tous n'ont qu'une envie : aller
se coucher. Et dormir. Longtemps.

En cette nuit du dimanche au lundi, il est 2 heures.
Gérard est abîmé dans le sommeil depuis une heure
et demie à peine, quand le téléphone de la chambre
résonne douloureusement dans ses oreilles. Toujours
les yeux fermés, il tâtonne à la recherche du combiné, le trouve, le décroche, écoute :

— Monsieur, *Pen Duick VI* vient d'arriver. Il se
dirige vers la baie du yacht-club.

Comme un somnambule, Gérard se lève et va vers
la douche. Sa barbe est longue, il est pâlot. En se
brossant les dents, il calcule : depuis le démâtage, le
4 octobre, il a dû dormir une trentaine d'heures au
grand maximum. C'est peu.

21

LE MASSACRE DES VOILES

En débarquant, je trouve sur le quai Gérard, Michel et Xavier qui ont plutôt mauvaise mine mais sourient, contents. On se serre la main.

— Tout est là, me dit Petipas. Regarde.

Je regarde. Il y a le mât allongé sur le sol, des piles de cartons et de caisses, plus le matériel que l'équipe brestoise a emporté avec elle et qui comprend des postes à souder et l'outillage nécessaire. Je suis éberlué et ému. Toutes ces personnes accourues nous attendre et apporter leur aide forment une chaîne d'amitié. Avec mes équipiers; qui nous ont rejoints à terre, on sait que les réparations ne traîneront pas et que, même si la course est perdue, nous pourrons la continuer et essayer de nous distinguer.

— Merci, dis-je.

Et d'ailleurs, que dire d'autre ? L'amitié se passe de mots, elle se nourrit de gestes et de fidélité.

Dès le lundi de bon matin, c'est le branle-bas de travail. Les ouvriers de l'arsenal abattent une besogne spectaculaire, ne ménageant ni leur temps ni leur peine. Dans ces longues journées, ils se sont réparti les tâches : certains se chargent de rabouter les deux morceaux du mât, d'autres installent la barre à roue. En effet, les premières navigations nous ont fait peiner pas mal sur la barre franche qui est vraiment dure. Cette modification, qui n'avait pas eu le temps d'être effectuée avant le départ, était prévue pour l'escale du Cap. *Pen Duick VI* est un bateau-ruche. L'équipage, en effet, ne chôme pas non plus pendant cette escale forcée. Une partie de mes marins grée le mât, passe les drisses, pose les haubans ; deux équipiers réparent les voiles, avec l'aide d'un voilier carioca ; deux autres recollent des parties du pont endommagé. Ceux qui restent font le ménage et rangent les chargements de vivres achetés par Gérard. Il y a un seul moment désagréable dans ces activités frénétiques, c'est quand je dois débarquer un équipier qui ne fait que de rares et brèves apparitions à l'arsenal, refusant de participer aux corvées. Dans ces cas-là, je suis inflexible : il ne dispose que de quelques minutes pour faire son sac et quitter le bord. Il regagnera la France avec le groupe de dépannage.

La cassure du mât me turlupinait. L'ignorance des causes d'une avarie peut en provoquer une autre. Depuis le démâtage, il m'avait été impossible, surtout à la mer, d'en découvrir la cause. Ce sont Gérard et Xavier qui trouvent l'explication. Au cours de leur inspection du bateau, ils découvrent que les cloisons des toilettes sont déformées. Ils enlèvent le bordé intérieur du plafond et s'aperçoivent que le pont s'est affaissé de 2 à 3 centimètres sous le pied du mât. À aucun moment, je n'ai imaginé qu'il s'enfoncerait, millimètre après millimètre, au fil des jours. Les ouvriers vont avoir davantage de travail pour consolider cette partie du bateau mais au moins je repartirai avec l'esprit plus tranquille. Je passe ma dernière soirée à coudre des garnitures en cuir pour mes barres de flèche.

Si les voyages forment la jeunesse, celui-ci est un échec : personne n'a eu le temps — ni l'argent — de faire du tourisme.

3 250 milles séparent par l'arc du grand cercle Rio de Janeiro du Cap de Bonne-Espérance. Aucun concurrent n'a encore terminé la première étape,

aussi sommes-nous certains de pouvoir prendre le départ du second marathon, qui nous conduira à Sydney.

Nous cassons la poulie de spinnaker. Je monte en tête de mât et je bricole. Dans la soirée du 26 octobre, nous cassons la poulie tribord et déchirons le spinnaker. Le 27, à 2 heures du matin, cela fait une semaine que nous avons quitté le Brésil et j'ai une demi-journée de retard sur mes prévisions. Dès que le vent forcit, *Pen Duick VI* avance très vite et surfe magnifiquement sur une mer bien creusée et moutonneuse. Pourtant, malgré ces moments euphoriques, entre anticyclone et vents variables, il ne fait pas de doute que je ne rallierai pas Le Cap en quinze jours mais en une vingtaine au moins.

À bord, l'organisation a changé. Outre l'équipier que j'ai viré, mon frère Patrick, comme c'était prévu, nous a quittés à Rio, rappelé par son travail. Du coup, nous ne sommes plus que 12 à bord, ce qui diminue chaque bordée d'un équipier.

En mer, on a les bonheurs qu'on peut. Pierre Lebouttet, qui s'était porté volontaire pour remplacer le cuisinier défaillant à la dernière minute, demande à ne plus être le seul attelé aux fourneaux, afin de pouvoir participer plus activement aux manœuvres. La perspective, dans une étape aussi longue, de préparer les repas de l'équipage à tour de rôle ne fait pas l'unanimité, d'autant plus que certains cuisinent des mixtures infâmes, des potions borgiaques. Lebouttet reçoit les renforts d'Antoine Croyère, Jean-Pierre Dagues et Arnaud Dhallenne. Chacun leur tour, ils cuisineront pendant cinq jours d'affilée et seront hors-quart. Leurs petits plats font les délices de l'équipage. C'est souvent ainsi que naissent des vocations.

La ferrure de bout de barre de flèche inférieure bâbord est en train de perdre son boulon de fixation, pratiquement dévissé. Avec la chaise, on me hisse en bout de barre de flèche où je commence le démontage. J'enlève l'axe et libère ainsi le hauban de la ferrure. Je remets l'axe dans les deux embouts pour rabouter les deux parties du hauban. Sur le pont je fais raidir le ridoir pour que le tout ne se balance pas. De plus, ce hauban me sert pour me tenir pendant que je revisse le boulon. Le plus dur va commencer. Le hauban de nouveau mou, je retire l'axe et me trouve bien embarrassé avec deux parties de hauban très lourdes, qui prennent un ballant terrible dans la houle, et un axe, le tout devant reprendre place dans la ferrure. Je ne peux plus prendre appui sur le hauban puisque c'est moi qui le tiens. Le seul point de prise que je puisse m'assurer est la barre de flèche elle-même, mon coude étant passé par-dessus. La prise n'est pas fameuse mais j'ai besoin de mes deux mains. Dans certains coups de roulis j'ai la désagréable sensation de me sentir glisser irrésistiblement vers l'extrémité de la barre. Pendant un moment, je crois que je ne vais pas réussir le remontage, ne parvenant pas à présenter correctement l'embout de la partie supérieure. Malgré le roulis, je concentre toute mon énergie : je tire vers le bas l'embout du haut pendant que je tire vers le haut celui du bas. Enfin, les trous arrivent en face ; je peux pousser l'axe. Je me sens bien soulagé : il n'y a plus qu'à resserrer les ridoirs.

Par radio, j'apprends que le départ de la seconde étape a été fixé au 7 novembre. Cela signifie que notre escale au Cap sera très courte, ne nous accordant que quelques heures pour remettre en état le bateau, acheter des vivres frais et repartir. Décidément, ce tour de la terre se fera sans tourisme.

Le temps est maussade et froid. Après l'anticyclone qui nous a ralentis, le vent ne cesse de forcir, fraîchir, faiblir et mollir pour repartir ensuite. Des marsouins nous escortent longtemps, avançant à toute allure, sautant sur les vagues. Leur vitesse est surprenante mais la nôtre aussi, puisque dans les longs surfs le speedomètre indique 18 nœuds.

Nous passons la ligne d'arrivée après quinze jours et dix-neuf heures depuis notre appareillage de Rio. Le jury, alerté par radio, nous attend pour tirer le coup de canon et une foule importante nous ovationne lorsque nous accostons, à 21 heures, au quai du yacht-club. On nous congratule : « Vous avez pulvérisé le record de la traversée Rio-Le Cap », nous dit-on.

Je suis sensible au compliment, car il prouve que le bateau est racé et son équipage brillant. Mais les records à la voile n'ont guère de signification pour moi. Il est anormal, sinon injuste, de comparer des performances réalisées dans des conditions de vent différentes.

Adventure est premier au classement officiel. Son temps compensé est de 36 jours et 9 heures. *Pen Duick VI*, à cause de son avarie, est crédité de 57 jours, ce qui situe notre retard à 20 jours et 15 heures. Irrattrapable.

Deux nouveaux équipiers nous attendent sur le quai : Mickaël Le Berre embarquera jusqu'au bout de la course ; Bernard Deguy sera des nôtres jusqu'à Sydney.

On embarque aussi de nouvelles poulies de spinnaker, fabriquées par l'Arsenal de Brest. On bricole le gréement. On recolle pour la deuxième fois le revêtement du pont. On fait réparer un spinnaker par le voilier local, le second reste avec sa déchirure. Le voilier américain de *Sayula* remet aimablement en état notre yankee n° 2.

Quand arrive le jour du départ, nous avons tous l'impression de ne pas avoir fait escale tellement notre retour à terre a été éphémère.

Comme prévu, le 7 novembre, à 13 heures 30, ça redémarre. Avec une bourde. Ayant oublié de m'imprégner des instructions de course, peu de minutes avant le coup de canon je me les suis fait lire rapidement par un équipier. Les a-t-il mal lues ou les ai-je mal comprises, toujours est-il que *Pen Duick VI* vire la bouée marquant un point de la ligne de départ du mauvais bord, me contraignant à faire demi-tour pour la passer dans le bon sens.

Dans la soirée, *Great Britain* est loin derrière sur notre tribord et, plus loin encore, *Sayula* n'est qu'un petit point à peine visible. *Pen Duick VI* caracole en tête. Puis, dès la première nuit, débute l'hécatombe des voiles. D'abord c'est le spinnaker lourd qui se déchire subitement, et c'est un pépin d'importance car nous n'en possédons pas de rechange. On le remplace par le star cut. On poursuit notre route. Le troisième jour, on se trouve sur la face est d'un anticyclone anormalement bas, qui nous secoue avec des vents de 50 nœuds sur une grosse mer. Nous sommes sous grand-voile et trinquette génoise lourde, et marchons à 9 nœuds. Un homme de quart crie : « La trinquette ! » Trop tard. Un paquet de mer l'a déchirée. Le temps de la récupérer et de la rentrer, c'est au tour de la grand-voile de lâcher sur plusieurs mètres. Nous en avions deux, au départ de Portsmouth. La première est partie avec le mât lors de notre avarie, et nous utilisons la seconde, dont la chute bat affreusement dans la brise. À Rio j'en avais reçu une autre mais elle a le même défaut.

Le 13 novembre, *Pen Duick VI* est descendu jusqu'au 45e parallèle. La température est frisquette. L'air et l'eau sont à des températures basses et, dans le carré, malgré le chauffage utilisé à peine une heure par jour, on ne dépasse pas les 5°. Le vent du sud charrie un air humide sous un ciel couvert et sinistre. Avec Patrick, nous passons le plus clair de notre temps à réparer des voiles. Mon équipier s'est installé à la machine à coudre posée sur la table et, bravement, entreprend la réparation du spi lourd tandis que moi je recouds la trinquette à la main.

La force du vent oscille toujours entre 25 et 30 nœuds. Comme il fraîchit encore, je fais amener le spinnaker moyen et envoyer le star cut. C'est un spi plus petit, taillé dans un tissu solide, une voile robuste et rassurante, intermédiaire entre le grand et le petit spi lourd. Une voile qui inspire confiance. Les hommes de quart la hissent mais à peine sont-ils de retour dans le cockpit, encore essoufflés par l'effort, crac ! mon star cut se déchire lui aussi le long de la têtière et des deux ralingues.

Nos malheurs ne sont pas finis. Le lendemain, après être resté en l'air près de vingt-quatre heures, le petit spi lourd s'abat brusquement : les tresses maintenant l'anneau du point de drisse à la têtière se sont usées. C'est la grande misère des voiles. Avec Patrick, nous vivons comme des reclus dans le carré. Pour recoudre les tresses du star cut j'ai interrompu mon travail sur la trinquette. C'est un travail lent et difficile car les tresses et les renforts de la têtière forment une épaisseur qui m'oblige d'abord à beaucoup d'efforts pour enfoncer l'aiguille, ensuite à utiliser une pince pour la ressortir. Je ne dis rien mais je suis vraiment inquiet avec tous mes spinnakers K.O.

Certains jours, les « quarantièmes rugissants » méritent bien leur appellation. Si le vent n'atteint pas cette furie que certains ont décrite (peut-être avec une certaine exagération), ce sont les houles croisées qui donnent à l'océan Indien sa lamentable réputation. Le vent n'est pas au sud-ouest et pourtant nous recevons une houle secondaire de cette direction qui s'oppose à la principale, très creuse, qui provient du nord-ouest. L'affrontement de ces deux houles donne davantage d'amplitude aux vagues, qui atteignent des hauteurs impressionnantes avant de se déverser dans un continuel vacarme abrutissant.

Quand le soleil parvient à se frayer un passage dans les nuages, la mer alors subitement éclairée prend des tons superbes. Engoncés dans nos cirés, les visages tourmentés par le vent et le froid, nous contemplons presque émerveillés ces déferlantes aux traînées blanches à la surface de l'eau. Sous les crêtes laiteuses l'eau est verte et limpide, puis devient bleue, mais d'un bleu qui n'a rien de semblable avec celui, sombre, des mers chaudes : ici, il vire au vert, signe de froid. Les embruns soulevés par le vent ressemblent à un voile blanchâtre, survolé par les albatros, les pétrels noirs et les damiers du Cap.

Le vent n'est pas poète. Le spi moyen se déchire à son tour. Puis la deuxième grand-voile cède également. Quand les hommes de quart s'en sont aperçus, il était trop tard : le temps de se précipiter pour l'affaler, une couture au-dessous du premier ris a lâché. Comme nous n'en possédons pas d'autre, en attendant nous l'établissons avec un ris. Comme dit le dicton, « on fait avec les moyens du bord ».

On envoie le spinnaker moyen tout neuf qui nous a été remis au Cap, du moins me l'avait-on livré comme tel. Or, en fait, c'est un lourd, fabriqué dans ce qu'il existe de plus résistant en matière de nylon. Si moi ou l'un de mes équipiers nous étions aperçus de l'erreur d'étiquetage, nous l'aurions utilisé plus souvent en nous épargnant bien des désagréments car cette voile est vraiment épatante. Elle encaisse sans broncher le vent fort et nous tire admirablement, au point que, dans un surf, le speedomètre grimpe à 23 nœuds, le record de *Pen Duick VI.*

À bord, tout le monde se régale de ces longues glissades qui paraissent interminables, comme des montagnes russes des fêtes foraines.

Pour surfer, il faut trois conditions : du vent fort, porter beaucoup de voilure, trouver de belles vagues. Dans les parages qui précèdent les Kerguelen, ces trois éléments sont réunis. Alors le bateau, ayant une bonne vitesse grâce au souffle du vent, est rattrapé par une vague bien grosse qui le soulève comme sur un toboggan, lui donne de l'élan, l'entraîne, faisant grimper le speedomètre à 18 ou 20 nœuds. C'est grisant. De chaque côté du bateau, la vague d'étrave s'élève très haut, formant des murailles liquides et grondantes entre lesquelles on s'engouffre presque voluptueusement.

Après les Kerguelen, une rafale à 60 nœuds couche le bateau. Je dis bien couche, car les voiles sont dans l'eau. Le barreur a l'impression qu'il n'a plus rien entre les mains tellement la barre est molle. Et puis, la rafale passée, lentement, *Pen Duick VI* se redresse et reprend sa route. Jamais je n'avais vécu une telle expérience. Nous affalons rapidement la voile d'étai, quant au spinnaker, on n'en récupère que des débris ; lui qui paraissait indestructible n'est plus qu'une guenille de voile dont on ne ramène que la moitié. Irréparable. Hélas, ce n'est pas fini parce que dans la nuit, alors que je barre, un grain bref et violent s'abat sur nous avec soudaineté et le plus grand de nos focs se déchire à son tour. C'est un carnage de voiles !

C'est par la radio que nous apprenons les drames qui endeuillent la course. *Tauranga*, le voilier italien, a perdu un homme à la mer, un Anglais, équipier de *British Soldier* dans la première étape. Quelques jours passent et on nous annonce que Dominique Guillet, co-skipper de *33 Export*, a disparu également. Sa perte nous affecte. Nous le connaissions et l'aimions beaucoup. Longtemps, il avait navigué avec nous à bord de *Pen Duick III* et il était non seulement bon marin mais homme de cœur.

L'éventualité qu'un de mes équipiers passe par-dessus bord est toujours présente à mon esprit et c'est pourquoi j'assiste ou participe aux manœuvres, veillant à ce que personne ne s'expose à un danger. J'ai de l'amitié pour ces garçons qui triment sur mon bateau uniquement pour le bonheur de naviguer. La pensée que l'un d'entre eux tombe à l'eau et que je ne puisse le repêcher m'angoisse, et pourtant je sais que si un tel malheur devait se produire je ne pourrais pas faire grand-chose pour le sauver. Dans ces parages, celui qui bascule dans cette mer à 6° est perdu. La survie dans une telle eau n'excède pas quelques minutes. Engoncé dans son ciré, alourdi par ses bottes, le malheureux n'aurait pas la force de nager jusqu'à la bouée qu'on lui aura envoyée et qui sera loin de lui à cause de la vitesse du bateau. Le temps d'amener les voiles, de lancer le moteur, de virer de bord et de le retrouver, minuscule point englouti par les vagues, rend tout espoir de sauvetage vain.

Ces drames de la mer ressuscitent toujours la question des harnais de sécurité. À mon bord, je n'impose rien parce que pour exiger des autres, il faut donner l'exemple. Or, moi, je refuse de porter un harnais. Mon raisonnement est simple : je préfère disparaître en quelques minutes, si désagréables soient-elles, plutôt que de me gâcher en permanence la vie à bord avec des ceintures.

Mes équipiers sont remarquablement entraînés, savent se tenir sur un pont par mauvais temps, faire attention et donc courent moins de risques que d'autres. Enfin, je n'interdis pas le port du harnais et certains, d'ailleurs, ne se privent pas de mettre une ceinture. Il est bien entendu que ce libre arbitre ne s'applique pas au plaisancier moyen. Dans le mauvais temps, le harnais de sécurité est indispensable pour eux, et d'autant moins gênant qu'ils manœuvrent moins vite que nous, en course.

Patrick, avec une patience angélique, a recousu notre dernier spinnaker. Il y a passé des heures de travail minutieux. Le temps de l'envoyer, le temps qu'il reçoive une risée, et il est complètement déchiqueté. Le massacre des voiles continue !

Nous continuons notre route vers Sydney avec des vents contraires ou mollissants, des grains subits et des rafales soudaines, puis des calmes et des brises mal établies. Nous manœuvrons comme des galériens au gré des dépressions qui nous précèdent ou nous poursuivent sur une mer à l'humeur changeante, tantôt grosse, tantôt plate, tantôt houleuse. Des conditions météorologiques qui ne figurent sur aucune Pilot Chart. Des situations anormales. On passe d'une dépression très dure au calme, de toute la voilure dessus à sec de toile, et mes équipiers ont bien du mérite car ils ne ménagent pas leur peine. Il faut les voir crocher dans la toile, mouliner comme des diables, tirer sur les écoutes, envoyer les voiles, ahanant, les muscles endoloris, dans le vent et les embruns, sur ce pont qui se dresse et plonge dans les creux. La course, dans ces mers hostiles, donne aux marins leur grandeur. Ou révèle brutalement leur médiocrité.

Nous ne sommes plus loin de Sydney. Et il fallait bien que la dernière grand-voile dont nous disposions meure à son tour. À force de battre, elle a perdu toutes ses lattes, qui se sont échappées de leurs fourreaux usés. Nous l'amenons aussitôt avant qu'elle ne soit en pièces et Patrick, comme d'habitude, joue de la machine à coudre. On la réenvergue mais, prudemment, nous la gardons ferlée sur la bôme : on la garde en réserve uniquement pour les moments d'accalmie.

Nous remontons en zigzag, en tirant des bords incessants le long de la côte sud-est de l'Australie. Nous ne sommes plus qu'à 20 milles de Sydney et comme tous les soirs, depuis trois jours, le vent disparaît. Toute la nuit, nous faisons du surplace, puis, au lever du jour, la brise du sud se réveille et c'est sur les chapeaux de roues, sous spinnaker, que nous franchissons la ligne de Sydney.

Il n'est pas dans ma nature de m'abriter derrière la malchance, la poisse, la scoumoune pour justifier mes contre-performances. Mais quand même ! Depuis le départ de Portsmouth, nous n'avons pas été gâtés : après le démâtage dans la première étape, nous avons subi des vents défavorables sur la fin de la seconde, alors que nos rivaux, plus loin derrière, n'en ont pas subi. Sans oublier notre cimetière de voiles.

En accostant à notre quai, dans la baie, on se dit que, peut-être, nous avons fait notre plein d'avaries et autres fortunes de mer. La troisième étape va nous prouver le contraire. Mais nous ne le savons pas encore.

Au classement en temps réel à la fin de cette étape

nous sommes premiers, devant *Great Britain II* et *Second Life, Kriter, Sayula, Grand Louis* et *Guia*. Au classement général, *Sayula* est premier et *Pen Duick VI* est antépénultième. Notre démâtage nous coûte cher.

22

LES MALHEURS DE *PEN DUICK VI (SUITE)*

C'est les vacances. Laborieuses.

On change le fourneau à alcool qui s'encrassait et on le remplace par une cuisinière qui fonctionne avec des bouteilles de gaz.

On cherche longtemps un chantier naval pour mettre *Pen Duick VI* au sec et refaire sa peinture de carénage qui en a bien besoin : ça prend du temps parce que la plupart d'entre eux sont surchargés de travail ou ne peuvent accueillir un bateau dont la quille est si profonde. Finalement, au bout de quelques jours, j'en déniche un dans l'île de Cockatoo, au fond de la baie, ce qui représente un trajet d'une heure pour y aller, et autant pour revenir en voiture.

On nettoie le bateau à fond. On démonte les réas de drisse qui avaient pris du jeu, et je remplace les drisses de spinnaker logées à l'intérieur du mât.

On change de compas de route trop volages et sensibles aux embardées du bateau. On essaie une seconde grand-voile sans lattes, qui ne donne qu'à demi satisfaction. Elle bat au plus près mais se comporte bien aux allures portantes.

Nous avions trois semaines d'escale. À cause de tous nos bricolages, des réglages, de l'avitaillement, des essais, elles ont filé comme le vent. Il ne nous reste que deux petites journées pour profiter de nos vacances. Des Français résidant à Sydney nous

invitent à une « barbecue-party » au bord d'une plage
immense, encaissée dans les falaises. On embarque
dans un minibus et en route pour les côtelettes de
mouton, les saucisses grillées et la baignade. Le sable
est blanc, la mer transparente et vivifiante, ses rou-
leaux, bonheur des surfers, se déversent en grondant : l'Australie est un grand et beau pays. Le jour
où démarre la Sydney-Hobart, le 26 décembre, nous
appareillons pour aller assister au départ et faire un
« brin de route » avec les concurrents et notamment
avec *Variag*, le voilier français skippé par Marc
Henrion. Ma mémoire me ramène en arrière, en
1967, quand j'étais venu courir et gagner avec *Pen
Duick III*.

Le 29 décembre 1973, à 16 heures, nous passons
la ligne, en route vers Rio, terme de la troisième
étape. Notre appareillage se fait par petite brise et
Pen Duick VI est très à l'aise dans ces conditions de
vent qui lui permettent assez rapidement d'accroître
son avance. Dans la nuit, les feux des deux concurrents qui nous suivaient disparaissent et, au lever du
jour, à mesure que le vent fraîchit, nous progressons
à 10 nœuds sous spinnaker lourd, trinquette, grand-
voile, grande voile d'étai et artimon.

Parfois, sur les bateaux, il y a des périodes étranges
de silence, presque de recueillement. On n'entend
que le frôlement de l'eau glissant le long de la coque
et le souffle du vent dans le gréement. L'équipage
savoure ces moments privilégiés. Bien réglé, le voilier glisse et taille sa route, son étrave s'élève et s'enfonce presque avec douceur, comme si le bateau et
la mer étaient mystérieusement complices.

Soudain, c'est la catastrophe. Sous la compression
du tangon de spinnaker, l'étarqueur larguable qui
sert à raidir le bas-étai (servant à maintenir le mât
vers l'avant) a cédé. Poussé par le tangon, le mât
s'abat vers l'arrière, brisé net à la hauteur de la barre
de flèche inférieure. C'est abominable. Le spinnaker
et la trinquette de spi partent à l'eau, le bas de la

grand-voile et la bôme s'abattent sur le pont, tandis que la voile d'étai bat furieusement au vent. Je l'ai déjà dit : je commande un équipage exceptionnel. Kersauson, Marc Pajot et Deguy se ruent sur l'avant et crochètent avec fureur pour récupérer le spinnaker avant qu'il ne passe sous la carène et s'entortille dans la quille. Les autres m'aident à récupérer la bôme et la grand-voile, à cisailler le haubanage pour libérer le gréement.

Après le premier démâtage, la course était perdue. Après le second, elle est finie. On abandonne.

Personne ne fait de commentaires pendant la route de retour à Sydney, sous artimon ou au moteur. Il ne me faut pas longtemps pour déceler la cause de l'avarie. En examinant la cassure de l'étarqueur, j'aperçois des traces d'oxydation déjà anciennes. Tôt ou tard, cette pièce aurait cassé. Il a mieux valu pour nous que l'accident se produise à 200 milles dans le sud-est de Sydney que dans les parages du 56e parallèle sud. On se console comme on peut.

Le vendredi 1er janvier 1974, Sydney, comme une bonne partie de la planète, a la gueule de bois lorsque nous accostons, à 7 heures du matin. Inutile de chercher à contacter un chantier ou un fabricant de mâts avant le lendemain matin.

Alors on recommence à attendre et à réparer. Des amis australiens et français viennent nous voir pour nous consoler mais sous le ciel de l'été austral, nous sommes inconsolables. La société Alstar possède un profil de mât convenant à *Pen Duick VI*, à quelques détails près. Je transmets les renseignements à Gérard Petipas et à André Mauric. Peu de jours après, Gérard me fait savoir que la compagnie d'assurance consent à payer le nouveau mât, les nouvelles voiles, le nouveau gréement. Quant à Mauric, il accepte que le mât soit posé sur le fond du bateau et non sur le pont.

Un mois s'écoule avant de procéder au mâtage. Les autres sont déjà loin, vers le Horn mythique, mais cela ne nous concerne plus, nous ne figurerons plus dans le classement. Réglages et essais routiniers, retouches des nombreuses voiles et embarquement de vivres, et, le 5 février, à 11 heures 30, par faible brise, nous repartons vers le large, le Pacifique Sud et le Horn. Deux jours plus tard, dans l'ouest de la Nouvelle-Zélande, on s'offre une queue de cyclone dont la puissance atteint 70 nœuds. Comme avec *Pen Duick III*, en revenant d'Ouvéa avec Kersauson, Guégan et Colas, je fais affaler tout et, à sec de toile, je laisse dériver. En cape sèche, le bateau bouchonne et nous attendons sans états d'âme particuliers que ça se passe. Et ça se passe. Et nous reprenons notre progression. Profitant d'un rare moment où le Pacifique est tranquille, je fais instaurer un solide panneau en aluminium derrière le poste du barreur dans le but de le protéger d'une grosse déferlante surgissant par-derrière. La température a baissé à l'approche de l'île Stewart et le brouillard est épais. Nous souffrons à la barre, nous souffrons dans le cockpit. Les visages, malgré les capuches, et les mains, malgré les gants, sont marqués par le vent glacé et humide qui nous fouette avec la force de ses 35 à 40 nœuds. On avance dans la grosse mer.

Le 8 mars, j'ai failli dire adieu à ce monde. On a pas mal de toile dans la brise et il faut empanner. Cette manœuvre, répétée des centaines de fois depuis notre départ, nous l'exécutons facilement. Mais ce matin-là, à 4 heures, je suis en train de m'activer sur la manivelle pour hisser le tangon le long du mât. Il se trouve à environ 6 mètres du pont quand, se détachant de sa ferrure, il me tombe sur le dos, sous l'omoplate, heurtant également l'arrière de mon bras. Sous le choc, j'ai été tassé sur le pont. J'ai mal, bien sûr, mais cela ne m'empêche pas de dire ce que je pense à l'équipier qui était chargé de vérifier que le blocage du tangon était bien en place. Les négligences sur les gros bateaux sont impardonnables car, je l'ai déjà dit, elles provoquent des accidents pouvant être tragiques. Je pensais que tout le monde avait bien retenu la leçon : un amarrage doit être parfait, un nœud doit être souqué, une manille bloquée, une goupille bien en place, une écoute ne doit pas frotter.

On longe un iceberg qui a bien 90 mètres de hauteur, dont la couleur varie, selon la lumière du ciel, du blanc immaculé au gris sale. Dans l'après-midi du 23 février et pendant plusieurs jours, il neige et il grêle, et on a à peine 2º. Les hommes souffrent d'onglée. Je leur avais acheté des gants de pêcheur, solides et chauds, mais on ne peut manœuvrer à l'avant que les mains nues. Le chauffage fonctionne une heure le matin et quelques heures le soir, mais il ne procure qu'un bref répit à nos misères.

On voit des dauphins noirs avec le ventre, le bout du nez blancs, sans nageoire dorsale, une espèce que j'ai vue uniquement dans ces parages. On subit toujours des grains assez forts. Par radio, Petipas m'annonce que les autres concurrents quitteront Rio pour la dernière étape entre le 5 et le 11 mars. Nous ne pourrons pas être présents pour ce dernier départ.

L'île Horn se découvre et on aperçoit la masse sombre de son sommet culminant à 424 mètres. Nous passons tout près de ce lieu légendaire et maudit par les marins de jadis, cimetière de bateaux où tant d'hommes ont péri. Tous mes équipiers sortent leurs appareils photo. Kersauson filme. Moi, je pense que trois de mes bateaux viennent cette année de passer ce cap tant redouté : d'abord *Pen Duick III*, que j'ai confié à Marc Linski pour son école de voile et qu'il ramène de Tahiti en France ; peu avant nous, *Pen Duick IV*, qu'Alain Colas a baptisé *Manureva*, avec lequel il fait un tour du monde en solitaire avec une seule escale à Sydney ; enfin nous, sur *Pen Duick VI*.

La remontée de l'Atlantique Sud est fastidieuse à cause des humeurs fantasques du vent, parfois violent, parfois debout, parfois absent. Rio nous apparaît le 16 mars. *Pen Duick VI* s'amarre à son ponton après avoir passé la ligne à 19 heures 15. Nous avons mis 39 jours, 21 heures, 45 minutes pour venir de Sydney, mieux que *Great Britain II*, qui a remporté l'étape en 40 jours et 16 heures.

Mais nous sommes tout seuls dans la marina. Les autres sont déjà repartis.

Sur la route qui nous ramène sur le Vieux Continent, je pense déjà aux courses futures dans lesquelles *Pen Duick VI* prendra sa revanche. En attendant, suivant les humeurs de la brise, nous continuons à tirer des bords pour rentrer à la maison.

Il y a les périodes tranquilles et ensoleillées au cours desquelles, avec mes équipiers, en maillot de bain, nous nous livrons à des séances de culture physique sur le pont pour nous maintenir en forme — auxquelles succèdent inévitablement les longs quarts en ciré et bottes, où l'on grelotte un peu.

Dans quelques jours, après ces neuf mois vécus ensemble, partageant tout — fatigues, espoirs, désillusions mais aussi beaucoup de moments de bonheur — nous allons nous séparer. Tous ces garçons, si différents et aux aspirations si diverses, que la mer et le bateau ont réunis dans le même rêve et la même tristesse, ont formé un équipage riche en qualités humaines — ces qualités sans lesquelles on ne peut rien entreprendre. Tous possèdent les vertus nécessaires et indispensables pour naviguer sans heurts : des natures agréables, de la bonne humeur et de l'humour, des dispositions pour la plaisanterie et la faculté d'admettre une remarque pas toujours obligeante sans s'offusquer. La vie à bord ne convient pas aux bouderurs, aux ombrageux, aux susceptibles : elle est faite de dévouement à l'égard de la petite communauté embarquée, de respect envers les autres, dont le premier commandement est : « Ne pas troubler le repos des hommes hors-quart. »

Ils possèdent des qualités humaines mais aussi nautiques et sportives. Un bon marin ne peut être balourd, gauche, mollasson. Un bon équipier doit être un sportif. Si, sur les petits bateaux, les efforts musculaires et les manœuvres n'exigent pas de gros efforts — un sac à voile pèse 15 kilos au plus — sur les grands, comme *Pen Duick VI*, certains sacs atteignent les 90 kilos et dans l'exiguë soute à voiles, il faut de solides biceps pour les trimbaler.

Sans décerner de médailles ou de satisfecit aux uns et aux autres, je peux dire que tous m'ont donné satisfaction, y compris Marc Pajot. Quand je l'ai enrôlé, certains m'ont fait remarquer qu'il était un spécialiste du dériveur et ne possédait aucune expérience des courses au large. Ma conviction était que Marc non seulement était un garçon sympathique mais que la médaille d'argent, remportée avec son frère aux Jeux Olympiques sur *Flying Dutchman*, prouvait qu'il avait les qualités d'adresse, d'agilité, d'endurance et de volonté, les connaissances des réglages et la sensibilité à la barre pour ne pas me décevoir. Et, en effet, il a fallu très peu de temps à Marc pour se familiariser avec la manœuvre.

Olivier de Kersauson avait sa place à bord. Son ancienneté à mon côté l'avait désigné comme mon second, et il est vrai qu'une solide amitié nous unissait, même si nos caractères sont diamétralement opposés. C'est un personnage complexe, fascinant, haïssable quand il s'en donne la peine mais un excellent marin qui « sent » tout sur un pont.

Je connaissais aussi Jean-Philippe Chaboud, déjà sur *Pen Duick II.* Il avait couru à bord du 12 mètres du baron Bich pour la Coupe America. Son rôle de radio à bord a été d'une importance capitale. À cause d'une mauvaise disposition de l'antenne, notre poste radio obtenait de médiocres liaisons avec Saint-Lys Radio, aussi Jean-Philippe communiquait en graphie, une connaissance lui permettant de capter ou d'émettre les messages radio en morse. Tout ce qui était électrique, à bord, restait sous sa responsabilité.

À part Pierre Mousaingeon, qui avait couru sur *Pen Duick III* Falmouth-Gibraltar, les autres m'étaient inconnus. Si, dans la première partie, il y a eu des accrochages à cause de l'inexpérience de certains, très vite tous ont progressé. Même le « toubib », Jean-Pierre Dagues — pourtant moyennement doué physiquement et qui commit quelques bourdes avec un tangon, lui valant les sarcasmes d'Olivier —, était devenu un équipier acceptable. Je tenais à avoir à bord un médecin, personnage sécurisant dans ces longues étapes où l'on est loin de tout secours. Il est difficile de trouver un médecin qui soit disponible et bon marin.

L'organisation du bord a été simple. Deux hommes hors-quart : moi, skipper-navigateur, et le cuisinier. Deux bordées. Chaque jour, un homme de repos à tour de rôle, chargé uniquement du ménage et de la vaisselle. Dans ces longues courses hauturières, une nuit complète de sommeil n'est pas un luxe et permet une bonne récupération.

Les nouveaux m'ont confié, à Rio, leur étonnement de n'avoir été que rarement engueulés par moi, et ont cru que je ne m'intéressais pas à eux. Je leur ai expliqué que mes « coups de gueule », je les réservais essentiellement aux équipiers chevronnés dont les fautes me semblaient inexcusables.

Ils étaient tous venus pour gagner. On a perdu. Je leur sais gré d'avoir réagi à nos mésaventures sans gémissements ni critiques. Tout au long de la course, ils ont mené le bateau au maximum, dans des conditions difficiles, manœuvrant de jour comme de nuit dans le froid et les embruns glacés, sur l'avant, où ils avaient l'impression de surplomber un précipice quand l'étrave se levait et puis de précipiter dans un grand vide interminable.

Aucun bateau de cette course n'a été mené avec autant de détermination, de sauvagerie, et aucun équipage n'a consenti autant d'efforts pour, finalement, perdre. Mais la combativité de mon équipage n'a jamais flanché. Sachant que j'envisage de courir les Bermudes et Bermudes-Plymouth, quatre parmi eux m'ont déjà fait savoir qu'ils étaient prêts à remettre leur sac à bord.

Quand nous débarquons à Brest, le 22 avril 1974, à peine accosté, l'amiral Daille, patron de l'escadre de l'Atlantique, monte à bord nous souhaiter la bienvenue et exprimer sa sympathie.

On quitte le bateau. Certains retrouvent leur famille ou des amis. Nous avons du mal à nous quitter. C'est pataud, un homme, quand il est ému, il ne sait pas exprimer ses sentiments, par pudeur virile. Alors, on se serre la main et on se dit bêtement : « Salut. À bientôt... »

23

UN NAVIGATEUR COLPORTEUR

Je ne pense qu'à courir. À peine de retour, j'ai envie de repartir. *Pen Duick VI* a subi quelques travaux d'entretien et il est prêt pour régater. Un mois après avoir débarqué du tour du monde, me revoilà en route, le 26 mai 1974, pour Newport où nous allons prendre le départ de la course des Bermudes. Parmi mes équipiers, se trouvent Olivier de Kersauson, toujours tonitruant, Daniel Gilles, toujours calme, Gérard Petipas, toujours sérieux, voire soucieux de l'avenir. Plus Alain, un jeune Français résidant à New York, cuisinier dans un grand restaurant, qui souhaite prendre ses vacances à mon bord et assurer les repas. La perspective de nous régaler avec de bons petits plats est alléchante. Alain, donc, embarque. Le matin qui précède l'appareillage, il nous prépare des croissants chauds, odorants, exquis. Puis le bateau prend la mer et notre cuistot disparaît. Nous ne le verrons plus debout. Pendant toute la course, il va se recroqueviller au fond de sa couchette, terrassé par un mal de mer atroce. Il est vrai que la course se déroule avec vent debout et mer agitée, et chaque montée et descente du bateau à la lame plonge le pauvre Alain dans un abominable supplice. *Pen Duick VI* termine troisième en temps réel, derrière *Ondine* et *Tempest*, et je suis en rogne : nous avons perdu parce que, bêtement, nous avons oublié d'embarquer le reacher, la voile qui nous a fait défaut vers la fin du parcours.

Je cours, le 2 juillet, les Bermudes-Plymouth et *Pen Duick VI* remporte, enfin, sa première victoire. Je cours Cowes-Cork, que je perds de quelques secondes, et Cork-Brest, que je gagne. Pour finir la saison en beauté, je décide de participer aux régates de fin d'année en Floride. En attendant, on s'accorde une petite croisière le long des côtes bretonnes, histoire de faire un peu de bateau en touristes. On est dans les parages des Glénans, sous voilure réduite, la mer est grosse et la brise souffle à 40 nœuds : le mât casse juste sous les barres de flèche inférieures.

C'est le troisième en moins d'un an et, du coup, les compagnies d'assurance effrayées par cette hécatombe refusent de m'assurer. Petipas se décarcasse comme d'habitude et trouve au dernier moment le département Plaisance, que l'UAP vient de créer, lequel consent à m'établir une police.

Ce mât, comme dirait le général de Gaulle, est un véritable « tracassin » pour moi. Finalement, c'est un fabricant anglais qui m'en étudie et construit un, avec un profil plus fort et plus épais. Mes mâts précédents pesaient 700 kilos ; le mât anglais fait une tonne mais il s'avérera indestructible.

Je ne pense qu'à courir. Pendant ce temps, Gérard Petipas rame pour régler tous les problèmes budgétaires, innombrables, car je suis enseveli sous les dettes : plus de 800 000 francs, une somme imposante à l'époque, dont je n'ai pas le premier centime. Tout le monde, y compris le ministre des Armées, Yvon Bourges, était persuadé que la Marine nationale nous avait payé tous les frais occasionnés par le démâtage de *Pen Duick VI*. En réalité, l'armée nous avait fait cadeau du carburant de l'avion-cargo, mais nous avions réglé tout le reste : les travaux à l'arsenal, la nourriture de l'équipage, les frais d'hôtel, les taxes d'atterrissage. Gérard Petipas, au cours d'un entre-

tien avec Yvon Bourges, lui avait apporté les preuves :
toutes nos factures.

Je ne pense qu'à courir, et Gérard court après l'argent. Il se fait beaucoup de souci. Et il s'en fait
davantage encore quand il est convoqué par le Tré-
sor public.

Quand Petipas se présente rue Tronchet, dans les
locaux du service spécialisé dans les grandes affaires
et les grandes fraudes, c'est une jeune femme au
regard sévère qui l'accueille.

L'inspectrice lui dit :

— Monsieur, j'ai ici une déclaration de société qui
date de 1973. Nous sommes début 1975 et je n'ai
jamais reçu une seule déclaration de TVA ni de
chiffre d'affaires. Comme si vous n'existiez pas !
Alors voilà : je vous taxe forfaitairement de
350 000 francs de redressement. En un premier
temps.

Abasourdi, Gérard ne peut que bredouiller :

— Qu'est-ce que vous dites ?

La fonctionnaire, imperturbable, poursuit :

— Vous avez une maison que vous payez à tempérament et qui est notre caution : on prend une hypo-
thèque dessus.

En entendant cette sentence administrative,
Gérard croit que le ciel vient de lui tomber sur la
tête ! Il entreprend alors d'expliquer à l'inspectrice
comment était née notre société, comment il en avait
accepté la responsabilité — à ma demande et sans
avoir la moindre idée de ce à quoi il s'engageait —,
et enfin la situation financière plus que précaire dans
laquelle nous nous trouvons. Sa sincérité et sa bonne
foi sont convaincantes et la jeune femme qui, malgré
sa fonction, a du cœur, se laisse fléchir :

— Vous semblez d'une naïveté telle que je vous
crois. De plus, le nom de Tabarly me paraît une
garantie. Je vous accorde trois semaines pour m'apporter votre comptabilité. À ce moment-là, on verra
ce qu'on fait.

Moi, je courais. J'ignorais tout de ces démêlés avec le fisc. Gérard m'a raconté qu'il avait passé ces trois semaines à travailler avec un comptable bénévole, chez qui il se rendait tous les soirs à 20 heures, après sa journée de travail, et avec qui il restait jusqu'à 3 heures du matin, tentant de mettre de l'ordre dans les six cartons bourrés de factures et de relevés de compte, en vrac, qui constituaient sa drôle de comptabilité maison. Pendant ces trois semaines de grâce fiscale, les deux hommes trièrent et classèrent le contenu de cinq cartons. Pour le sixième, le temps leur manqua. Le jour convenu, Petipas s'est pointé rue Tronchet, ses cartons bien ficelés sur les bras. Après avoir tout méthodiquement épluché, l'inspectrice lui dit, sur un ton amène :

— On a fait une enquête et, manifestement, il n'y a pas eu d'enrichissement personnel ni chez M. Tabarly, ni chez vous. Effectivement, vous êtes couverts de dettes. On tire donc un trait sur le passé, mais promettez-moi qu'à l'avenir vous remplirez vos déclarations.

— Je vous le promets, a dit Gérard, avant d'ajouter, avec enthousiasme : vous êtes formidable !

Cette mésaventure aurait pu nous coûter très cher. Moi, au loin sur mon bateau, je me disais que toutes nos factures impayées ne devaient pas nous faire perdre notre optimisme, partant du principe que lorsqu'on agit honnêtement tout finit par s'arranger. Gérard, lui, confronté quotidiennement à nos soucis, voyait l'avenir nettement plus sombre.

Venu me voir à l'escale de Rio, Gérard me suggère une éventuelle solution à nos ennuis financiers : fonder notre propre maison d'édition : Pen Duick. Il me raconte qu'il a rencontré l'éditeur Jacques Arthaud, auquel il a proposé d'éditer un livre sur ma course autour du monde, même si le résultat était décevant. « Tabarly vainqueur ou perdant, ça se vend », avait approuvé Arthaud.

— Seulement, ajoute Gérard, le contrat qu'il nous

offre, avec les pourcentages habituels, permettrait d'éponger une partie des dettes mais ne rapporterait rien à la société qui a, pourtant, un besoin d'argent urgent. C'est pourquoi on doit créer notre propre maison pour s'en sortir...

— Mais, Gérard, on n'y connaît rien !

— D'accord, on n'y connaît rien mais quand nous avons constitué notre société je n'y connaissais rien non plus. Maintenant, j'ai appris.

— C'est bon. On fait comme tu veux.

— Je voudrais demander conseil à Marcel Bich. Tu le connais, tu lui as rendu service dans une Coupe America et il t'a dit que tu pourrais aller le voir si, un jour, tu avais besoin d'un coup de main.

— C'est vrai. Qu'est-ce que je dois faire ?

— Tu lui écris une lettre pour lui demander de me recevoir.

J'ai écrit la lettre. Gérard est reparti pour la France, d'où il l'a expédiée. Dès le lendemain, Jacqueline, la belle-sœur de Marcel Bich, qui était également son assistante, téléphone à Petipas pour lui annoncer que le baron lui proposait une invitation pour le week-end, dans sa propriété de Saint-Lys.

Le dimanche, Gérard, son épouse et leurs enfants débarquent dans la matinée chez le richissime industriel. La conversation ne s'engage pas tout de suite. Le baron et la baronne, croyants et pratiquants, désirent assister à la messe. Ils invitent Petipas et à sa famille à les accompagner mais Gérard, athée, décline poliment l'invitation. Après la messe ils déjeunent, sans qu'il soit question un seul instant du but de la visite. Ce n'est qu'après le repas que le baron entraîne Petipas pour une promenade dans son parc. Chemin faisant, Gérard expose notre projet.

— Souhaitez-vous mon aide financière ? propose généreusement Bich.

— Non, merci. J'ai seulement besoin d'un conseil. J'aimerais que vous, en tant qu'homme d'affaires, me disiez s'il est raisonnable, alors que nous sommes au fond d'un puits profond, de continuer ou s'il vaut mieux arrêter et mettre la clef sous la porte. Pensez-vous que nous puissions nous en tirer ?

— Quel âge avez-vous ?

— Éric aura bientôt 44 ans, et moi 35.

Tout en continuant à marcher, le baron réfléchit, puis donne son opinion d'homme rodé aux méandres des affaires :

— Premièrement, Éric a un nom, et vous une marque, Pen Duick, qui vaut des milliards en notoriété. Deuxièmement, tous deux êtes jeunes et prêts à travailler. Troisièmement, à votre place, je me battrais et continuerais. Avec une seule réserve : ne jamais vous fourrer dans les mains des banquiers car si vous faites appel à eux, vous êtes morts. Débrouillez-vous seuls.

Quand Gérard lui confie notre intention d'éditer nous-mêmes mon livre, Marcel Bich dit aussitôt : « Ça oui, c'est une excellente initiative ! »

C'était un homme formidable, toujours disposé à aider ceux qui avaient les idées claires et qui refusaient de renoncer. Au moment où Petipas prend congé de lui, le baron s'accoude à la portière de la voiture et lui dit :

— Vous ne m'avez rien demandé. Mais si vous risquez de couler, appelez-moi. Ce serait dommage que le nom de Pen Duick disparaisse.

Pendant que je navigue, je ne me rends pas vraiment compte des tribulations de Gérard pour remettre nos finances à flot. Ce n'est qu'à mon retour en France qu'il égrène ses pérégrinations avec l'éditeur, l'imprimeur et notre banque :

— Je suis allé voir Benjamin Arthaud, le père de Jacques, pour lui dire que nous faisions ton livre par nos propres moyens et lui demander d'en être le diffuseur. Il m'a rétorqué qu'il aurait préféré l'éditer lui-même mais qu'il comprenait notre position. Il s'est engagé à nous en prendre 35 000 exemplaires, avec une réduction de 53 % par rapport au prix de vente normal. Il m'a remis une lettre où il mettait noir sur

blanc notre accord. J'ai foncé chez Roquemaurel —
c'était notre banquier, le frère d'Ithier de Roquemaurel — pour le mettre au courant du contrat avec
Arthaud, ce qui l'a rassuré. Chaque bouquin nous
rapportera 25 francs ; multiplié par 35 000, ça représente 875 000 francs, ce qui couvrira presque nos
dettes — qui se montent aujourd'hui à 1 200 000
francs. Ces fichues dettes qui m'empêchent de
dormir !

« Ensuite j'ai filé chez l'imprimeur, Charles-Arnaud
Hérissey, à Évreux. Là encore, j'ai négocié. Après lui
avoir montré la lettre d'Arthaud où il s'engage à
m'acheter 35 000 exemplaires, je lui demande combien il peut fabriquer de livres avec la somme correspondant à ces ventes. Hérissey fait ses calculs et me
répond : 50 000. Je dis « banco ».

Après la course, je vais m'installer quelque temps
chez Gérard, et là, il me fait une suggestion surprenante :

— L'unique solution pour gagner de l'argent, me
dit-il, et de nous débarrasser de nos problèmes,
gagner de l'argent et rembourser toutes nos dettes,
c'est de vendre nous-mêmes les 15 000 exemplaires
en plus.

— D'accord, mais comment ?

— On va se rendre dans tous les comités d'entreprise de la région parisienne et on va se transformer
en camelots à l'heure du déjeuner !

C'est ce que nous faisons. Tous les jours, à 11 heures 30 pile, on charge la 4L de Gérard de cartons de
bouquins. Quelquefois, la guimbarde a du mal à
démarrer. Arrivés sur les lieux, on décharge, on installe des piles de livres dans le local mis à notre disposition par l'entreprise, et je dédicace, je dédicace à
toute vitesse. Gérard, lui, tient la caisse... et
encaisse... Ça marche bien. Mon record : 400 livres
vendus à Air-France.

Cela dure d'octobre à décembre, et on se tape
un bonne centaine de comités d'entreprise. À ces

signatures s'ajoutent des conférences que je donne, un peu partout, le soir. Là encore, on embarque dans la 4L et on roule jusqu'à Saint-Étienne, Rennes, Bordeaux ou Lille. Je raconte mon tour du monde, je réponds aux questions de mon auditoire, puis je signe encore des livres. Nous rentrons de nuit. Gérard conduit ; moi, je dors.

Nous vendons tous nos livres. À raison de 30 francs de bénéfice par exemplaire, ça fait une belle somme. Nous sommes sauvés.

On fait un nouveau tirage de 20 000 exemplaires de notre livre : ils se vendent comme des petits pains. Pour son premier ouvrage, notre maison d'édition a fait un tabac.

Loïc Fougeron vient nous voir pour que l'on publie son bouquin. Les éditions du Pen Duick ont le vent dans le dos.

— Tu es satisfait ? me demande Gérard, enfin rasséréné après tant de mois d'inquiétude.

— Oui. Mais dès qu'on aura un peu plus d'argent, je remettrai mon vieux *Pen Duick* en état de naviguer.

Depuis que les frères Costantini ont fermé leur chantier, mon bateau a été convoyé par mon frère et par Petipas dans la marina du Crouesty, où il se ronge, en plein air, exposé au soleil et aux intempéries.

24

CINQ TEMPÊTES POUR UNE DEUXIÈME
VICTOIRE EN SOLITAIRE

Kersauson a débarqué. Nous courions ensemble depuis sept années et je l'aimais bien. Mais Olivier va avoir 34 ans et il veut commander à son tour. Il en a les capacités. Il va chercher un sponsor et un bateau pour participer à la Clipper Race, qui partira de Londres, fera escale à Sydney, avec retour dans la capitale anglaise. Une belle course. On se quitte donc en se souhaitant mutuellement bonne chance. Sept années de souvenirs nous unissent, pimentées parfois de situations ubuesques auxquelles il a parfois participé.

Je me souviens, notamment, de cette saison où, à bord de *Pen Duick III*, j'allais en Floride pour participer aux courses du SORC, la South Ocean Racing Conference. Nous avions traversé l'Atlantique et musardé en Haïti, à l'île de la Tortue et à Fort-de-France. Nous étions trois à bord, le reste de l'équipage devant nous retrouver à Saint-Pétersbourg, en Floride.

Par petite brise et avec un peu de courant contraire, on tirait des bords à raser la côte cubaine depuis plus de vingt-quatre heures. Au moment où on s'apprêtait à s'écarter de Cuba pour faire route directe sur la côte sud des États-Unis, on tombe sur un concours de pêche sous-marine entre plongeurs cubains et chiliens. C'était, si mes souvenirs sont bons, en 1972, et l'île de Fidel Castro vivait dans la crainte obsessionnelle de la contre-révolution. Voyant un voilier certainement non cubain approcher, les organisateurs — armés ! — de cette manifestation sportive ont alerté par radio les gardes-côtes cubains, qui leur ont intimé l'ordre de nous stopper. À mon bord, nous étions loin de nous douter de ce qui se tramait. Nous avons vu approcher à grande vitesse un Boston-Whealer avec un équipage braquant sur nous des mitraillettes. Nous avons obtempéré. J'explique qui nous sommes et le pourquoi de notre présence en ces parages. L'un des Cubains, ayant lu un reportage nous concernant dans une revue nautique américaine, nous sourit et dit, rassurant :

— L'ordre de vous relâcher ne va pas tarder.

Nous attendons. Et puis, deux heures plus tard, un petit patrouilleur surgit, nous prend en remorque et nous traîne dans un vieux port fantomatique de la côte nord-est de Cuba. Les quais sont effondrés, des wagons rouillés attendent d'improbables marchandises et un Liberty Ship coulé le long d'un quai complète ce décor sinistre. Un petit village misérable se trouve tout près de cette côte basse, bordée par la mangrove.

On nous amarre et nous sommes consignés à bord : une sentinelle en armes se tient sur le quai, où nous avons le droit de faire quelques pas mais sans le quitter. On nous interdit de téléphoner à l'ambassade de France et nous commençons à nous inquiéter car personne ne sait où nous sommes.

Enfin, un véhicule militaire nous emmène, toujours sous escorte armée, dans les locaux des gardes-côtes où un officier nous soumet à un interrogatoire. Après les questions d'usage — nom, prénom, date et lieu de naissance, etc., etc. — il me demande sèchement :

— Depuis quand étiez-vous dans les eaux territoriales cubaines ?

— Depuis plus de vingt-quatre heures.

— C'est impossible ! rugit-il, furieux et humilié que notre présence n'ait pas été signalée plus tôt par ses services.

Je l'admets, à ce moment précis j'ai le tort de m'énerver et de lui dire, non sans ironie, qu'il ferait mieux de ne pas perdre son temps avec des gens comme nous et que s'il voulait vraiment traquer les contre-révolutionnaires, il ferait bien d'envoyer un commando à Miami, là où se trouvent, de notoriété publique, les ennemis de la révolution castriste.

L'officier hurle, menace de nous mettre au cachot, puis se calme et nous fait reconduire à bord. Pendant notre absence, *Pen Duick III* a été fouillé.

— Attendez sans bouger d'ici, nous ordonne un gradé.

Nous avons attendu : trois jours. C'était le tarif appliqué aux étrangers qui violaient les pures eaux territoriales cubaines.

Olivier et moi avons connu bien d'autres démêlés avec les autorités. Comme j'ai déjà eu l'occasion de le dire, il m'arrivait souvent, dans la fièvre des appareillages, d'oublier des pièces d'identité ou des documents du bateau — ces papiers chéris des douaniers.

Il nous est arrivé également d'avoir affaire à la Brigade des stupéfiants. Nous devions participer à la course Los Angeles-Tahiti. Arrivés dans la nuit notre bateau était mouillé devant le yacht-club, à Los Angeles. Le matin, je téléphone au service de l'immigration pour les formalités. Peu après, quatre malabars montent à bord et commencent à fouiller partout. Ce ne sont pas des fonctionnaires de l'immigration mais des policiers de la Brigade des stupéfiants.

— Que cherchez-vous ? leur avons-nous demandé.
— Drugs !
La cause de cette irruption à bord était un jeune

demandé un passage. Je n'aime pas prendre à mon bord quelqu'un que je ne connais pas et qui ne parle pas français : m'exprimer en anglais m'épuise. Mais le bateau sur lequel il était avait eu la gentillesse de nous remorquer pour passer le canal. C'était un échange de bons procédés. L'Américain, un grand blond souriant, était sympathique et inspirait confiance. Et pour cause : être sympathique et inspirer confiance est le b-a-ba lorsqu'on est un trafiquant de drogue fiché par la police de son pays. Car c'était lui — et sa marchandise — que les flics californiens cherchaient.

Il nous a été relativement facile de prouver que nous n'étions pas complices, qu'il n'y avait aucune « poudre », aucune « dose » à bord. Les types des « stups » sont repartis, me laissant bien décidé à ne plus accepter de « bateau-stoppeur ». Avant de quitter le bord, ils me font remarquer que je n'aurais pas dû venir accoster directement au yacht-club mais attendre au mouillage de quarantaine que les formalités soient faites.

Je dis à mes équipiers :

— On lui aurait donné le Bon Dieu sans confession...

Et j'entends Kersauson me répondre, de sa voix insolente :

— Comme skipper tu es plutôt bon ; mais comme « psy », t'es nul !

Olivier va donc courir sa chance dans la Clipper Race. De nouveaux équipiers embarquent sur *Pen Duick VI*, dont les noms seront bientôt célèbres : Éric Loiseau, Jean-François Coste, auxquels succéderont plus tard Philippe Poupon et Titouan Lamazou. Ils m'accompagnent dans la course du Triangle de l'Atlantique, qui part de Saint-Malo, fait escale au Cap, repart pour Rio et se termine à Portsmouth.

Avant d'appareiller de la cité malouine, n'ayant plus de dettes, j'ai un nouveau projet en tête, en vue de la prochaine Transatlantique en solitaire de 1976.

Mon idée est simple : il s'agit d'un trimaran amélioré qui ira très vite grâce à des plans porteurs, appelés hydrofoils, lui permettant de sortir sa coque hors de l'eau et qui ne sera donc plus freiné par la mer.

J'expose mon projet à des ingénieurs d'aéronautique parce qu'un « foil », au fond, c'est une aile d'avion. Des techniciens de Dassault se penchent sur mon idée. On fait des maquettes et des essais en bassin — concluants. La difficulté consiste à obtenir les mêmes résultats satisfaisants à la taille réelle du bateau, 18 mètres, et suffisamment léger pour qu'il puisse décrocher avec un vent à 10 à 15 nœuds. C'est difficile parce que, en 1975, on ne connaît pas encore les fibres de carbone, ni le titane ; on fabrique en aluminium. Confrontés à cette impossibilité de voler sur l'eau, on se rabat sur une étude de trimaran avec des « foils » destinés à sa stabilité sur l'eau. C'est sur ce nouveau bateau, donc, que je compte pour la course en solitaire.

À l'escale de Rio, pendant le Triangle Atlantique, un message de Petipas m'annonce qu'aucun chantier ne se sent capable de construire mon multicoque suffisamment à temps pour que je puisse l'engager dans la Transat.

Il me semble l'avoir déjà dit, mais je peux le répéter pour bien me faire comprendre. J'aime les efforts physiques, et aussi me mesurer à la violence des éléments, comme les vents et les océans. La vie à terre, pendant longtemps, m'a semblé peu intéressante et même décevante. La vie à terre n'est pas vraiment mon affaire. Le bateau exige de la discipline et de la volonté, requiert certaines vertus antiques, peut-être désuètes, mais qui correspondent à mon caractère. Aussi, pour mon plaisir personnel, j'ai pensé, au cours de cette escale chez les Cariocas, que ce serait un pari amusant de mener tout seul mon *Pen Duick VI*, conçu pour quatorze marins. Après cette petite forêt de mâts abattus pour des raisons diverses, c'est un bateau que je connais bien, avec lequel je cours peu de risques d'avarie grave car il est d'une robustesse à toute épreuve. Les seules modifications

que je dois envisager — et qui sont peu coûteuses —
concernent des détails mineurs du plan du pont.
Malgré les inconvénients que présente *Pen Duick VI*
pour cette Transatlantique réputée pour ses dépressions, comme j'ai vraiment envie de me lancer dans
cette épreuve et que je ne dispose pas du multicoque
auquel je songeais, *Pen Duick VI* fera l'affaire.

Le règlement prévoit que les skippers et les
bateaux doivent se soumettre à une épreuve de quali-
fication de 500 milles. En tant que skipper, bien
qu'ayant déjà traversé l'Atlantique en solitaire, je n'ai
jamais navigué en solo sur *Pen Duick VI*. Je dois donc
me soumettre à cette exigence du règlement. Après
avoir débarqué més équipiers — que des amis français vont héberger —, nous sommes seuls, *Pen
Duick VI* et moi, pour une croisière me permettant,
sur cet océan tranquille, de réfléchir et trouver les
solutions aux problèmes de manœuvre que j'aurai
en course.

Je n'aime pas étaler mes états d'âme — ce qui ne
signifie pas que je n'en aie jamais. Je suis incapable
d'analyser et de décrire mes émotions, mes sentiments, parce que j'estime qu'ils ne regardent que
moi. De plus, on l'aura compris, les discours philo-
sophiques ne sont pas mon point fort.

Pourtant, quand je me retrouve à Plymouth, dans
Milbay Duck, là où douze ans auparavant j'avais
appareillé avec *Pen Duick II* pour ma première
course transatlantique en solitaire, cette course qui
allait modeler mon existence, j'éprouve — pourquoi
le nier ? — un pincement au cœur. En 1964, mon
père était là, à mes côtés, avec son sourire rassurant,
sa voix chaleureuse, ses tapes affectueuses sur mon
épaule — un geste simple mais qui exprimait toute
son affection et la complicité qui nous unissait. Mon
père est mort l'année précédente, en dégringolant
d'une fenêtre qu'il peignait. J'ai eu beau me dire,
malgré mon chagrin, que la vie continuait, son
absence m'est douloureuse. Heureusement pour moi,

je ne puis m'abandonner à ma mélancolie : la course, avec son agitation et son excitation, m'accapare aussitôt.

Je me sens prêt et confiant. Mon pilote automatique fonctionne à la perfection et ne devrait pas me faire faux bond comme celui qui m'avait trahi en 1964. Mon système pour envoyer et amener le grand spinnaker tout seul est également au point : il s'agit d'un long fourreau de toile, ayant toute la hauteur de la voile disposée en longueur dans cette gaine, avec ses deux points d'écoute sortant à la base. Pour un homme seul, envoyer le spinnaker n'est pas le plus difficile. Le plus difficile est de l'amener, car il est pratiquement impossible à un solitaire de le ramasser. Sans entrer dans des détails techniques barbants, mon procédé me permet de faire rentrer l'immense voilure dans son fourreau. Cette trouvaille, qui me permet d'utiliser la voilure tout seul, même avec 20 ou 25 nœuds de vent, on l'a aussitôt surnommée la « chaussette à spi ».

J'embarque du riz, des pâtes, du pain de seigle, du beurre salé, du chocolat en poudre, de la sauce tomate italienne, une cargaison de camemberts, de la confiture de cerises, du fromage râpé, des boîtes de crème au chocolat et une provision de vin rouge : 60 bouteilles. Les badauds, ignorant que ces bouteilles ne seront bues que lors de mon retour des États-Unis en équipage, ne se privent pas de lancer des commentaires — admiratifs ou réprobateurs.

Parmi mes plus dangereux concurrents, il y a *Club Méditerranée*, le 4 mâts aménagé par Alain Colas, *ITT Oceanic*, ex-*Vendredi 13*, *Kriter III*, *The Third Turtle* du Canadien Michaël Birch, et puis, parmi les navigateurs farfelus, le skipper italien Ambrogio Fogar, du multicoque le plus impressionnant par sa petite taille, *Spirit of Surprise*.

Ce qu'a été cette course, sans doute la plus âpre à cause de la dureté de l'océan, mon journal de bord en témoigne.

Le départ est donné le 5 juin 1976, à midi. Et mes soucis se manifestent le jour même, juste avant le départ. La génératrice qui doit alimenter mon pilote automatique, et qui fonctionnait à merveille lors des essais à Brest, refuse obstinément de démarrer : quelque part — mais où ? — le fil est coincé. Mon ami Xavier Joubert, qui connaît bien le bateau puisqu'il a participé à sa construction, en quittant mon bord dans la baie de Plymouth me crie de son dinghy quelques conseils pour démonter et réparer l'engin récalcitrant. De la tête, je fais « oui » mais je ne me fais guère d'illusions : les possibilités de bricoler en mer, avec les mouvements du bateau, sont utopiques. Il faudrait une journée de calme, chose improbable. Ma rogne contre le mécanisme défectueux est atténuée par la consolation de disposer d'une génératrice de secours, qui m'a été apportée deux jours avant le début de la course. Son fonctionnement est parfait, seulement je doute qu'elle dure parce qu'elle est trop exposée aux intempéries. Il faudra que je lui aménage un abri de fortune dès que ce sera possible. Malgré cela, je suis vraiment inquiet car le pilote automatique est indubitablement une pièce indispensable.

Après l'excitation habituelle du départ, je me retrouve vite en tête de la course. *Spirit of America* est le dernier concurrent que j'ai aperçu. Malgré le courant contraire, je double le Cap Lizard avant la tombée de la nuit. Je suis seul en mer.

Le pilote automatique enclenché, je m'apprête à me mitonner un bon petit plat quand un changement de vent m'oblige à quitter mon fourneau et à regagner le cockpit. Dehors, impossible de distinguer quoi que ce soit : la brume a tout enveloppé. Pour doubler la bouée de Runnel Stone avec du courant fort dans le nez et une faible brise, je dois tirer un petit bord. Ma progression est lente, et ce n'est qu'après minuit, dans un brouillard qui s'est épaissi, que je peux faire cap sur les Scilly, aidé par la corne de l'île Round qui me guide. À 3 heures 30, sachant que dans ce coin je ne risque aucune mauvaise rencontre avec un cargo ou un caboteur, je décide d'aller me coucher.

C'est alors que j'ai ma deuxième grosse déception de la journée : lorsque je branche mon alarme de cap, elle refuse de se mettre en route. Consternant ! Cet appareil me servait depuis 1968, à bord de *Pen Duick IV* d'abord, puis de *Pen Duick V* : son klaxon qui se déclenche dès que le bateau dévie de sa route est un allié précieux. À rien ne sert que je m'emporte et que je l'insulte, il refuse de fonctionner correctement : dès que je le branche, sa sonnerie retentit sans arrêt, de façon crispante. Il me souvient alors, mais trop tard, que lorsque je suis allé le chercher dans le grenier, le carton où je l'avais remisé était maculé de taches huileuses auxquelles je n'avais pas, à tort, prêté attention. Ce qui m'a dupé lors des essais, ce fut la mer plate : l'alarme avait alors la précision d'un chronomètre suisse. Mais dans le fort clapot, l'alarme s'emballe et devient folle. Je tente de la démonter, d'y injecter une huile quelconque, mais j'échoue et me résigne à utiliser mon réveil, ce qui me contraindra à contrôler si mon cap est toujours bon.

7 juin. En mer, on ne cesse de regarder, d'écouter, de penser. Tout en bricolant — avec une boîte de conserve vide, un sac de plastique et du papier collant — une protection pour ma génératrice américaine, je réfléchis aux conditions météorologiques qui ont dû être favorables aux multicoques ; s'ils ont choisi la route du nord ils doivent se trouver devant moi.

Depuis la veille, le baromètre a des chutes de façon régulière, ce qui indique l'imminence d'une bonne dépression. Toute la nuit, le vent va faire son charivari aux environs de 50 nœuds, et le bateau cogne durement dans ce coup de tabac qui me contraint à barrer parce que, dans cette mer, le pilote automatique ne parvient pas à gouverner. Trempé pendant des heures par les paquets de mer qui s'écrasent sur le pont, je passe une très mauvaise nuit.

Pour soulager les efforts du bateau, j'affale l'artimon, puis je dois prendre un ris dans le génois, espérant ainsi le protéger des vagues. Prendre un ris dans le génois au petit largue dans la brise est une manœuvre qui me demande toutes mes forces. Je me souviens qu'à peine de retour dans le cockpit, exténué, l'aiguille de l'anémomètre est montée à 40 nœuds, m'obligeant à courir vers l'étrave pour amener le génois sans perdre de temps. Je hisse ma plus petite trinquette — la 4 — et avec ma grand-voile *Pen Duick VI* fonce dans la mer qui se creuse. La dépression est sur ma tête.

Le bateau est bien réglé. Je descends dans la cuisine me préparer une platée de spaghetti que j'avale avec voracité. De ma vie, je n'avais jamais ingurgité une telle ration de pâtes.

Dans la nuit, le vent souffle en furie à 50 nœuds et *Pen Duick VI* tape et cogne brutalement dans les creux mais résiste aux chocs, grâce à son avant que j'ai fait renforcer lors de sa remise en état, à Brest, en vue de cette course. Quant à moi, à la barre, je subis des cataractes d'eau et des embruns piquants comme des aiguilles de glace. Le pilote automatique se décale avec une obstination énervante. Normalement, quand le bateau lofe, c'est-à-dire remonte au vent, il devrait mettre de la barre pour le faire abattre, or la barre reste sous le vent et le bateau vire. Dans cette mer dure et confuse, je suis obligé de barrer toute la nuit dans le froid. Je suis habitué au mauvais temps mais je n'en ai jamais autant souffert que pendant ces heures, au point que, par moments, je dois me réfugier dans le carré pour y puiser un peu de chaleur éphémère. Il est évident que je ne pourrai pas veiller dans le cockpit en permanence sans risquer de m'épuiser, de me vider de toute mon énergie. La coque vibre quand elle plonge dans un creux avec un bruit de tonnerre.

Au petit matin, dans un décor d'apocalypse, le vent monte encore à 60 nœuds et les vagues se chevauchent. Je venais de m'échiner pour amener la grand-voile et ensuite la rabanter, en y mettant toutes mes forces, ce qui n'était pas facile sur le pont secoué et ballotté. C'est peu après que je fais une découverte qui m'atterre : l'hélice de ma génératrice de secours est perdue. La manille qui la reliait à l'arbre de transmission a cédé sous les effets d'usure. Désormais, je n'aurai plus de courant pour alimenter mon pilote automatique — et la course n'a débuté que depuis quatre jours ! J'enrage, me sentant persécuté par les pilotes automatiques.

La situation n'est guère avenante. Physiquement, je suis épuisé par les manœuvres, les heures à la barre, la nuit blanche et le froid. Trempé et frigorifié, je me sens moralement découragé. Mes tribulations lors de la Transat de 1964, après l'avarie de mon pilote automatique, me reviennent en mémoire. Mais alors je me trouvais bien plus près de Newport, il ne me restait pas une aussi grande étendue d'eau à franchir. Et j'avais douze ans de moins !

Je refuse de me laisser abattre, et j'essaie d'évaluer si, avec un bateau aussi dur à mener que *Pen Duick VI*, j'ai une chance de pouvoir poursuivre ma route jusqu'au bout. Je ne sais que faire. Abandonner ? Ne pas abandonner ?

Malgré mon désarroi, je suis conscient que, pour continuer, il me faut renoncer à la route du nord, trop dure, et aller chercher des conditions météorologiques moins pénibles plus au sud. Ce choix m'est imposé par la nécessité de trouver du soleil, afin de permettre aux panneaux solaires un débit maximal me donnant ainsi la possibilité d'utiliser le pilote de temps à autre. Enfin, cette route du sud est quand même plus confortable pour ma carcasse. Ma décision est prise. Je vire de bord et à 5-6 nœuds, je fais route au sud-est. Je ne me leurre pas : j'ai pratiquement abandonné. Toutefois, avant que ma décision soit définitive, je décide de me reposer pour avoir les idées plus claires. Cette nuit, je ne remonte pas mon réveil.

Lorsque je refais surface, le 9 juin, il est déjà tard. Après ces heures de repos, je vois la vie et la course sous un angle meilleur et il n'est plus question de renoncer. J'avoue qu'à ce moment-là, je ne suis pas fier de moi et m'en veux d'avoir baissé les bras la veille. Je suis furieux, aussi, d'avoir perdu tout ce temps dans l'est. Furieux de ma faiblesse. Mes chances en ont pris un sale coup. Non seulement je n'ai pas avancé mais j'ai même reculé : j'ai gaspillé un jour et demi !

Le vent, à ce moment-là, est sud-sud-ouest et m'empêche de poursuivre ma descente vers des zones plus agréables. Il s'est momentanément calmé, et je renvoie grand-voile et artimon, j'amarre la barre et, tant bien que mal, après avoir viré de bord, le bateau se débrouille assez bien dans cette zone agitée. Cette fois, je fais route sur la côte américaine : bon gré, mal gré, c'est donc par le nord que je rallierai Newport.

Le temps se gâte de nouveau. Après une deuxième dépression — pas trop teigneuse — j'en subis aussitôt après une troisième — hargneuse celle-là. Ces dépressions successives m'obligent à manœuvrer fréquemment, envoyer la toile pendant les accalmies, la rentrer dès que la tempête s'annonce à nouveau. Ces efforts se déroulent dans une brise fraîche mais je me sens physiquement bien. Ma grosse fatigue du 8 juin est surmontée et je me suis rarement senti autant en forme physiquement.

À cause du temps couvert presque en permanence — pluie, crachin, brouillard étant toujours présents — il m'est impossible de faire de la navigation. Les vêtements mouillés ne sèchent jamais à bord d'un bateau. Aussi, pour en conserver des secs, avant d'aller manœuvrer, j'enfile les vêtements mouillés qui ne risquent plus de l'être davantage : c'est désagréable sur le coup, mais ils sont vite réchauffés.

Après la manœuvre, je peux profiter de vêtements secs.

La quatrième dépression me tombe dessus dans la matinée du 14 : puissante et brutale. Je dormais quand la gîte soudaine et importante du bateau me tire de ma couchette. Debout promptement, je monte sur le pont et je dois ramener la grand-voile car il y a 50 à 55 nœuds de vent. Affaler une telle surface dans ces conditions représente une belle bagarre et exige du temps. Avant que la grand-voile ne soit rabantée sur sa bôme, il me faut me décarcasser pendant près d'une heure — parce que, à mesure qu'on l'amène, elle continue à battre furieusement et passer des bouts pour l'étouffer n'est pas une sinécure. L'anémomètre est bloqué à 60 nœuds et la mer est complètement blanche. L'écoute de trinquette casse. De longues traînées d'écume et des nuages d'embruns arrachés par la brise à la crête des vagues qui déferlent en grondant correspondent bien à la définition des marins des grands voiliers de jadis : furie de temps.

L'homme confronté à la colère des éléments est impuissant, aussi, en cape sèche et tandis que le bateau roule bord sur bord, tranquillement, je me prépare des pâtes à la sauce tomate et je vais me coucher. Dans ce genre de course, il ne faut jamais négliger de reprendre des forces dès que c'est possible. Allongé et bien calé, avant de m'assoupir, je pense qu'il faut être fou pour naviguer en solitaire... Je pense aussi à la flottille hétéroclite des concurrents et je crains que, dans ce chapelet de dépressions, on n'enregistre un certain nombre d'accidents.

Dans la soirée, une nouvelle mauvaise surprise m'attend : ma barre à roue, qui réagissait en même temps que la barre franche, est immobile. Ses drosses ont cédé et il me sera impossible de réparer. Cette avarie n'est pas catastrophique mais elle me contrarie : la barre à roue était bien pratique car elle me permettait de régler avec précision l'amarrage de la barre franche.

Un souci chasse l'autre. Si le vent a légèrement molli, tout en étant quand même à 40 nœuds, la mer est restée très grosse et le bateau gigote toujours d'une façon inconfortable. Cependant, en course, il faut toujours essayer d'avancer. Par moments, je me demande où sont les autres et je crains que les multi-coques engagés sur la route du sud ne m'aient pris une bonne avance pour peu qu'ils aient trouvé des meilleures conditions météo que les miennes — épouvantables. Le vent a molli et le moment me paraît venu, après vingt-quatre heures passées en cape sèche, d'envoyer de nouveau de la toile. C'est alors que je découvre qu'un coulisseau de l'artimon est cassé. Par beau temps, ce serait une bricole de rien du tout, vite expédiée, mais dans le mauvais temps que je subis, la réparation va me prendre deux bonnes heures. Avec le vent furibond, il n'est pas question d'enlever facilement une série de coulis-seaux jusqu'à celui qui a lâché, car la voile se mettrait à battre follement et partirait en charpie. Dès que j'en ai largué deux ou trois, il faut rabanter la voile et les sortir peu à peu. Idem pour remettre tout en place. Moi qui aime les exercices musculaires, j'en ai ma dose. Le travail sur le pont est tellement pénible, à cause des mouvements brutaux et désordonnés de *Pen Duick VI*, qu'il me faut deux bonnes heures pour en venir à bout.

Certains jours, la poisse se manifeste en cascade. Alors que le soleil fait une furtive apparition, j'essaie de prendre une hauteur avec mon sextant mais au moment où je vise, vlan ! un paquet d'embruns s'abat sur moi. Le sextant est noyé, ce qui m'oblige à rentrer dans le carré pour l'essuyer soigneusement.

L'après-midi, un cargo norvégien à la coque orange m'oblige à me dérouter. Je l'ai vu arriver de loin. Il avance à petite vitesse, avec un joli tangage. Au bout d'un certain temps, il devient évident que nous sommes en route de collision, ou du moins qu'on ne passera pas loin l'un de l'autre. Je m'attends à le voir changer de cap mais il poursuit, imperturbable, sa route. Par précaution, je prends la barre, prêt à manœuvrer, et ma précaution s'avère justifiée parce que, au dernier moment, pour ne pas risquer de me trouver sous son étrave, je vire de bord, passe au vent arrière pour empanner et poursuivre ma route derrière lui. Indigné, j'aperçois deux hommes de veille qui me regardent. Alors, fou de rage, je leur montre mon poing afin qu'ils sachent ce que je pense d'eux. La visibilité était parfaite, ils m'ont forcément aperçu de loin, c'est donc délibérément que le cargo m'a refusé la priorité. C'est une attitude inadmissible, mais qui se produit fréquemment : les capitaines des navires marchands se fichent de la priorité des voiliers, profitant de leur masse intimidante et assurés de l'impunité car je vois mal auprès de qui j'aurais pu me plaindre — surtout si j'avais été coulé ! Que l'on ne vienne surtout pas arguer que, avec leur taille, ils manœuvrent difficilement : s'ils sont sous pilote automatique, il leur suffit de tourner un bouton pour modifier leur route ; sinon, l'officier de quart n'a qu'à donner un ordre à son homme de barre pour se dérouter de 10° sans perdre de temps. J'avais déjà connu ce refus de priorité avec *Pen Duick III*, de nuit, devant l'entrée de la Loire où nous dûmes empanner en catastrophe pour éviter qu'un cargo nous éperonne. Dans ces moments-là, je rêve de posséder une carabine pour dégringoler leurs beaux carreaux de passerelle !

Longtemps, je rumine ma colère tout en renvoyant de la toile. Je me croyais tranquille pour un certain temps. Ma tranquillité sera de courte durée. Le vent, qui était au nord-ouest, descend au sud-ouest. Je me passe la main dans ma barbe qui a poussé, me demandant si je ne vais pas être secoué par une autre dépression.

Je ne vais pas avoir à me poser longtemps la question. Le 16, à 4 heures du matin, ça se remet à souffler à 55 nœuds. Nouvelle bagarre avec la grand-voile pour l'amener. Le baromètre chute rapidement : cinquième dépression en huit jours. Cela ne m'étonne pas car l'Atlantique Nord n'est pas un océan calme, et cette situation n'est pas exceptionnelle.

Après chaque crête, c'est un trou abrupt dans lequel le bateau tombe presque en chute libre. Cela se traduit par les pires chocs que *Pen Duick VI* ait dû encaisser. L'un, en particulier, restera marqué dans ma mémoire tant il a été violent : toute la vaisselle en est sortie de ses logements, ce qui n'était jamais arrivé, même pendant le Tour du Monde. Sur l'établi, la cloison qui retenait les équipets remplis d'outils, a été arrachée, entraînée par le poids de ces derniers.

Le 17 au matin, la dépression passée, j'envoie le génois alors que le vent mollit rapidement. Je vais barrer une bonne partie de la matinée car, avec ce vent si léger et le gros clapot, le bateau ne marche pas barre amarrée. Il y a un brouillard très épais et la température est très basse. Je vais rester de veille toute la nuit. Le vent change de force continuellement et il faut donc, sans cesse, régler la barre. Ce n'est qu'à l'aube que je vais pouvoir aller dormir. Heureusement, la température devient douce le soir, avec le vent passant au sud-ouest et apportant sans doute un peu de tiédeur du Gulf Stream.

Aujourd'hui, 18, je vais enfin avoir un point. Le ciel est toujours couvert mais, par deux fois, je peux observer le soleil qui restera cependant derrière une légère couche de nuages. La deuxième fois, par chance, ce sera à l'heure de la méridienne. Je me retrouve à 40 milles dans le sud-est de l'estime.

Ma progression est lente, mais elle me semble explicable, compte tenu des conditions rencontrées. Je peux simplement me poser des questions sur les autres concurrents. Ceux qui peuvent m'inquiéter sont ceux qui ont choisi de passer par le sud, car on peut imaginer que, sur ce chemin, ils aient rencontré des conditions nettement plus favorables, leur permettant d'être bien placés. Je ne suis pas très pessimiste en ce qui concerne ceux qui ont pris la route du nord, mais je pense que s'il y a des bateaux rapides qui ont choisi de passer par le sud, des multicoques comme *Kriter III* ou *Spirit of America*, dans la mesure où ils ont pu être favorisés par le temps ils ont des chances d'être en tête.

Au briefing, lors du départ, on nous avait signalé la présence de très nombreux icebergs dans la zone que j'ai presque atteinte. Le matin du 19, je vais tenter de couper la zone dangereuse dans sa partie sud, ce qui ne devrait pas nécessiter plus de vingt-quatre heures. Les icebergs, pour un navigateur solitaire, sont évidemment dangereux puisque, pendant que l'on dort, le bateau peut très bien aller en percuter un. Même quand on ne dort pas, compte tenu de la brume épaisse qui règne dans ces parages, on peut très bien ne pas pouvoir les éviter, faute de les avoir vus à temps. Lorsqu'il y a un barreur en permanence, même dans les cas où il n'y a que cent mètres de visibilité, cela lui donne tout de même un préavis : il peut donc brutalement pousser sa barre dans un sens ou dans l'autre, et échapper ainsi de justesse à la collision. En solitaire, on marche barre amarrée ; si le temps était clair, il suffirait d'aller jeter un coup d'œil de temps en temps pour voir s'il n'y a rien de particulier, mais on ne peut pas être vingt-quatre heures sur vingt-quatre à scruter le brouillard pour essayer de détecter au dernier moment l'iceberg qui va sortir de la brume. Par conséquent c'est angoissant de traverser une zone où l'on sait qu'on pourrait s'en farcir un.

Le vent continue à adonner et, à 6 heures, on est vent de travers. Le bateau ne marche plus barre amarrée, mais je vais appliquer la méthode mise au point, en 1964, avec *Pen Duick II*, à la différence près qu'il y a trop de traction sur l'écoute de trinquette pour que je puisse la tenir à la main et l'amarrer à la barre : c'est donc l'écoute de la petite voile d'étai qui va piloter le bateau.

Le vent est tombé.

Des oiseaux sont posés sur l'eau calme et comme moi ils attendent le retour du vent. Le baromètre est très haut. Ma moyenne n'est pas brillante et j'accentue mon retard sur ma première Transat. En course, on ne pense qu'à la course et aux autres concurrents en course. D'après moi, ceux qui ont pris l'option nord ne devraient pas me précéder ; en revanche, il n'est pas impossible que les multicoques, dans le sud, m'aient devancé. Dans le courant de la journée, le vent se lève, poussant une brume dense qui vient emprisonner le bateau.

Les deux journées qui suivent, soit le 21 et le 22 juin, sont agréables. Malgré le brouillard plus ou moins épais et le froid toujours vif en ce début d'été, la mer est lisse comme une patinoire ; poussé par une gentille brise, *Pen Duick VI* avance vite et la vie à bord est confortable. Bien repu après avoir avalé une bonne platée de spaghetti et savouré un peu de vin rouge, tranquillement installé dans le cockpit pendant que le soleil semble me cligner de l'œil entre deux nuages, je vois un troupeau d'épaulards qui m'évite pour me laisser poursuivre ma route. La veille, deux cachalots avaient défilé le long de la coque presque à la toucher. Le voilier italien *Tauranga* qui en a heurté un lors de la course autour du monde a coulé ; quant à Kersauson, son *Kriter II* a eu, au cours de la Clipper Race, une énorme bosse sous l'étrave et des membrures pliées quand son ketch a abordé un de ces mastodontes marins qui avait surgi devant lui.

Il y a dix-huit jours que la flottille a quitté Plymouth et il me reste encore 630 milles à parcourir. Si le vent ne me donne pas un coup de main, il me faudra encore quatre jours avant de franchir la ligne à Newport. Cette course, j'aurais pu la boucler en dix-huit jours, seulement voilà... Sans la journée et demie que m'a coûté mon intention d'abandonner et autant de temps perdu dans la tempête du 16, je devrais me trouver tout près du but mais ces calculs ne servent à rien : les heures perdues ne se rattrapent jamais.

Mes regrets sont atténués par le ciel magnifique et la chaleur du soleil qui a fait irruption sur l'océan et rendent mes manœuvres moins pénibles, mais qui restent fréquentes à cause du caractère instable du vent.

Je suis allé voir dans le réduit arrière pourquoi mon pilote automatique ne marchait plus. J'ai eu vite l'explication : la plaque de tôle sur laquelle est fixé le pignon entraînant les drosses est complètement endommagée. J'ai constaté que même dans les grosses mers le bateau marche bien barre amarrée, et c'est ce que j'aurais dû faire pour m'épargner des efforts. Ce constat arrive trop tard car je ne courrai plus jamais en solitaire avec *Pen Duick VI*.

Ce soir, je commence à sentir la fatigue. Durant les manœuvres, je dois m'étendre pour souffler un peu. De plus, à force de manipuler des mousquetons, des filins et la toile, mes mains me font très mal. Le baromètre baisse un peu. Une petite dépression passe, peu méchante. Le brouillard est de retour.

25 juin. Peu avant que mon réveil ne sonne, la gîte de *Pen Duick VI* me réveille. Je grimpe sur le pont. Le vent a fraîchi sérieusement. J'amène la grand-voile. Un exercice qui ouvre l'appétit pour le petit déjeuner. Le baromètre descend toujours. Je pense que lorsque la dépression sera passée, le vent remontera vers l'ouest. Vers 20 heures, mes prévisions sont confirmées : le baromètre remonte. En plein grain,

avec 40 nœuds de vent, je vire de bord. Toute la nuit, je suis de veille car le vent ne fait que changer en force et en direction. Tous les quarts d'heure, il me faut régler quelque chose ou m'adonner à des tâches laborieuses et périlleuses, telles que border les écoutes ou empanner. Ce n'est qu'au petit jour que le vent se stabilise et m'accorde deux heures de sommeil.

La journée du 26 va se dérouler avec les mêmes contraintes. À ce moment-là, le doute s'insinue en moi et je pense, de plus en plus, que mes chances de gagner sont minces.

Je n'ai jamais oublié les tourments vécus à l'approche, interminable, de la fin de cette régate, ni mes efforts pour combattre le sommeil qui engourdit mes réflexes. En effet, le petit temps, plus la houle, rendent ma progression lente. Je m'apprête à passer une seconde nuit sans sommeil. Mes mains sont de plus en plus douloureuses. J'ai des durillons crevassés, et tirer sur des filins est très pénible. Mes prévisions étaient justes : j'ai manœuvré toute la nuit pour avancer à peine, dans un brouillard bien humide.

Cette cinquième Transatlantique en solitaire, il aura vraiment fallu la conquérir, mille après mille. De nouveau encalminé, je vais me coucher trois heures en réglant mon réveil toutes les heures. Le lendemain, je constate que je ne suis pas au bout de mes ennuis. Mon « gonio » est en panne également. Mais les derniers milles vont être avalés facilement.

29 juin. Terminus ! À 3 heures 12 minutes 63 secondes, je franchis enfin la ligne d'arrivée à la Tour Brenton. La nuit est noire et l'air humide quand, avec *Pen Duick VI*, on se faufile dans la rade, lentement, sous grand-voile. Personne ne m'attend parce que personne ne connaissait ma position. La veille, j'ai bien essayé d'établir un contact avec les organisateurs mais mon poste a craché des étincelles et j'ai aussitôt renoncé : c'est incroyable, chacune de

mes tentatives pour utiliser ces appareils se solde par un échec.

Personne donc ne m'attend pour enregistrer mon arrivée et je ne vais pas pouvoir manœuvrer à la voile dans la marina. Je ne peux pas utiliser mon moteur — plombé à Plymouth — tant qu'un membre du jury n'aura pas vérifié que les plombs entourant mon arbre d'hélice sont toujours en place.

J'avance dans le goulet par petite brise, tandis que mes yeux me piquent et que je rêve de dormir. Le jour s'est levé. J'arrive dans la baie de Newport, me préparant à mouiller, quand une annexe à moteur rugit dans le silence du port et fonce vers moi. Ses deux occupants me font des signes. Je reconnais Denis Glicksman, un jeune photographe sympathique, et son ami Pesty, qui m'ont aperçu par hasard en cette heure matinale. Ils me saluent et commencent aussitôt à me photographier, avec ma barbe de vingt-quatre jours, mon jeans rapiécé et mon jersey. Je leur demande :

— Il y en a combien d'arrivés ?

— Tu es premier !

J'ai une amorce de sourire satisfait. Je suis tellement vanné que même la victoire ne me rend pas exubérant.

25

« C'EST INTELLIGENT CE QUE
TU VIENS DE FAIRE LÀ ! »

On l'appelle « la rançon de la gloire ».

Je me souviens qu'à peine amarré à Newport, après trois nuits blanches, je n'aspirais qu'à un gros steak, me raser, me doucher et dormir. J'ai pu me nourrir, me couper la barbe, me laver, mais pour le repos, « tintin » ! Assailli par les journalistes, les photographes, les cameramen, je n'ai pas eu droit à une seconde de quiétude. Ma mère n'était pas là. La pauvre femme était repartie, ne pouvant plus supporter cette longue attente, ce climat lugubre, les attitudes gênées de tous ceux qui commençaient à me croire perdu.

Toute cette inquiétude injustifiée, puisque aucun bateau n'était encore arrivé, était née d'un gag de deux G.O. du Club Méditerranée qui, un matin, s'étaient répandus dans les locaux du club, Place de la Bourse, en disant : « Tabarly a été repéré par la Patrouille des Glaces canadienne. Il est dans les parages de Terre-Neuve. Très en avance. » Le gag avait dépassé leurs espérances car ce bruit, parvenu aux oreilles de journalistes, l'un d'eux, consciencieusement, avait voulu vérifier l'information et appelé la Patrouille des Glaces. Il a dû y avoir une incompréhension de langage, car les Canadiens ont cru qu'on leur communiquait une information qu'ils répercutaient à leur tour quand on les interrogeait. Il était facile de calculer, en fonction du nombre de milles à parcourir entre le point supposé et l'arrivée, quel jour je franchirais la ligne. Ce délai étant passé, plus les jours s'écoulaient, plus l'inquiétude grandissait : il apparaissait évident qu'un malheur m'était arrivé.

Il a fallu que Gérard Petipas, pour en avoir le cœur net, appelle à son tour la Patrouille des Glaces en leur demandant de lui préciser le numéro du vol qui m'avait repéré. On lui répondit que l'information leur était parvenue de France. Gérard s'est senti soulagé, mais ma mère était déjà rentrée.

On m'a amené en avion à New York, on m'a embarqué sur un long-courrier d'Air France et je me suis retrouvé à Paris, dans un studio d'Europe 1, devant un micro. Ensuite j'ai dû, tel un héros antique, remonter les Champs-Élysées pour recevoir les vivats d'une foule chaleureuse, qui se découvrait l'âme maritime. J'ai essayé d'échapper à cette manifestation mais on m'a répondu que tout était organisé et que je me devais d'être le point de mire de milliers de gens enthousiastes. Je me suis plié à toutes ces obligations mais, sincèrement, j'aurais aimé être ailleurs.

Les années ont passé. Mais le souvenir que je conserve de cette course est qu'elle fut l'une des plus dures, à cause des conditions météorologiques exceptionnellement difficiles dans lesquelles elle se déroula. D'où mon étonnement admiratif pour le Canadien Mike Birch, arrivé deux jours et quelques heures après moi sur un petit trimaran avec lequel, selon l'expression de Mike, il « bouchonnait » quand la mer était trop méchante. Une Transat qui fit des victimes, puisque *Kriter III* a coulé, *Spirit of America* a dû abandonner, *Three Cheers* a disparu, *Cap 33* et *Quest* ont dû relâcher pour cause d'avaries graves.

C'est cette Transat 1976, à cause de sa notoriété et du grand ramdam publicitaire qu'elle a provoqué, qui a déclenché la course aux sponsors et l'intrusion de l'argent dans le monde de la voile.

Les années ont passé. Avec de nouveaux équipages, *Pen Duick VI* a longtemps navigué dans le Pacifique, couru, cassé, gagné, et bourlingué. Il a été le dernier d'une lignée de bateaux à bord desquels j'ai parcouru, sur les sept océans qui bordent le monde, plus de 300 000 milles, avec, constamment, quelles qu'aient pu être les fortunes de mer, un immense bonheur. Cette épopée des *Pen Duick* s'est, disons, pour simplifier, achevée en 1981. En juillet 1985, avec le grade de capitaine de vaisseau, j'ai pris ma retraite de la Marine nationale. Et la Royale m'a honoré d'une cérémonie traditionnelle. En effet, un commandant de bateau partant en retraite était conduit à terre dans une embarcation emmenée à l'aviron par les officiers de son bâtiment.

C'était au Poulmic. Ce matin-là, le ciel était d'un joli bleu dans lequel s'étiraient quelques cumulus. En tenue d'été, pantalon bleu et chemise blanche à manches courtes et col ouvert, j'avais embarqué sur *France*, le 12 mètres de l'École Navale. Fidèle à la tradition, j'avais ensuite pris place dans la chaloupe à liston blanc et coque grise, maniée par seize officiers de l'École qui ramaient en cadence avec le gabier debout sur l'étrave. J'étais à l'arrière, debout, ému par ce rituel d'adieu. Après trente-quatre années passées dans le giron de la Royale, je devenais un « pékin ».

J'ai couru sur *Paul Ricard*, mon trimaran à hydrofoils avec lequel j'ai battu le record de la traversée de l'Atlantique, en 1980, puis sur deux *Côte d'Or* et enfin sur *Bottin Entreprise*, un trimaran de 18,20 mètres, conçu pour la Transat en double du printemps 1989.

C'est sur ce bateau que j'ai connu mon unique frousse de marin, à l'âge de cinquante-huit ans. La course se déroulait en deux étapes : Lorient-Saint-

Barth et de là, après quelques jours de repos, retour au point de départ, Lorient, terme de la régate. Mon équipier était Jean Lecam, un type avec qui je m'entendais bien, qui avait déjà navigué avec moi sur *Pen Duick VI* et qui, ensuite, avait poursuivi une jolie carrière de coureur qu'il continue toujours.

Bottin était un trimaran de la nouvelle génération, un beau et bon bateau, et nous étions en tête sur la route du retour. Il faisait beau et le spinnaker nous tirait gaillardement. L'ennui, dans les courses, c'est que l'on a tendance — en tout cas c'est mon défaut — de mener nos barques toujours à la limite de l'accident.

Je venais de relancer le bateau, mais quand il a fallu abattre, je n'ai pas pu tirer assez sur la barre pour l'empêcher de continuer d'accélérer. La barre de *Bottin* était très dure et j'étais depuis longtemps de quart. J'avais fait plus que mon temps mais Jean était à l'intérieur, en train de s'occuper de la radio. Moi, j'en avais plein les bras. Donc, n'ayant pas assez tiré sur la barre, le bateau a chaviré.

Tout se déroule très vite. On franchit le point de non-retour en un rien de temps, sans avoir le temps de réagir. On se retrouve alors dans une position où l'on sait que le chavirage est inévitable. Là, on a le temps de se poser des questions, de voir que ça va mal se passer, qu'on va faire une chute d'environ 10 mètres, et on se dit : « Pourvu que ça se passe bien... »

Ça ne s'est pas bien passé. En tombant, je me suis fracturé la clavicule. Cela aurait pu être pire si ma tête avait porté au lieu de l'épaule. Du coup, je n'aurais pas pu regagner le bateau. J'ai bien senti que mon épaule n'était plus normale, mais cela ne m'empêchait pas de nager, et j'ai pu remonter sur le bateau retourné.

Lecam, à l'intérieur, n'avait rien vu mais il a pu sortir par la trappe d'évacuation du tableau arrière. Je me souviens qu'au moment où je me hissais sur le bras de liaison, il est apparu et m'a engueulé, ou presque, en me disant :

— C'est intelligent ce que tu viens de faire là !

Nous sommes restés six heures environ, accroupis sur le flotteur, et puis un cargo est arrivé et nous a ramassés.

C'est la seule fois où j'ai eu peur. Les autres fois, je n'en ai pas eu le temps : ça s'est passé trop vite. La peur a été rétrospective.

Ma décision n'a pas été prise en un jour, comme ça, brusquement, sur un coup de tête. Elle a progressé graduellement, à mesure que je prenais de l'âge. Mais j'avais dépassé la soixantaine, je courais toujours, et ce ne sont pas les années qui m'ont décidé à mettre sac à terre. Non : simplement, je ne voulais plus me gâcher l'existence à chercher un sponsor ; ça ne m'amusait plus du tout d'attendre près d'un téléphone, sans être certain de trouver un financement, au risque de passer des mois à me faire suer en pure perte.

Olivier de Kersauson me disait : « Tu es le plus grand menteur que je connaisse. Tu me disais : "Pas de femme, pas d'enfants, pas de chiens." » Pour rien au monde, je ne voulais aliéner ma liberté. Le monde féminin m'intriguait, m'attirait, mais il pouvait difficilement être compatible avec ma manière de vivre, toujours à bord d'un bateau, toujours en course, dans le compagnonnage des équipages, avec la dureté de la vie en mer et ses moments de détente au carré. Ma méfiance à l'encontre de la vie familiale, ma crainte d'avoir des enfants à élever — des enfants aussi imperméables aux études et à la discipline que je le fus — m'ancraient dans ma résolution de demeurer, coûte que coûte, un homme libre de toute entrave.

J'ai eu des passagères mais jamais d'équipières. Non pas parce que je ne crois pas les femmes capables de naviguer, mais simplement parce que sur un gros voilier en course, les efforts musculaires nécessitent une puissance physique incompatible avec la morphologie féminine. À moins, bien sûr, de recourir aux ex-athlètes de l'Est, véritables cariatides n'ayant pas grand-chose à voir avec la féminité.

Longtemps, la vie à deux ne m'a pas concerné. Dédiant tout mon temps à mes bateaux et aux courses, je comptais rester célibataire. Pourtant, lorsque j'y pensais, je savais quel type de femme aurait pu me rendre amoureux.

D'abord j'exigeais qu'elle possède les mêmes qualités morales que j'apprécie chez un homme : la droiture et la fidélité. Ensuite, qu'elle ait une élégance naturelle et peu de maquillage. Enfin, qu'elle ait au moins la trentaine, un âge où les femmes s'épanouissent. Si elle était déjà mère de famille, j'aimerais son enfant comme s'il était le nôtre. Je ne crois pas beaucoup aux liens du sang et aux dynasties. Pour cette femme, je serais prêt à faire des concessions : naviguer un peu moins.

J'ai connu Jacqueline à bord du bateau d'un ami, ancré dans la marina de La Trinité-sur-Mer, qui m'offrait un pot peu àprès la Transat de 1976. Jacqueline, Martiniquaise, demeurait dans les environs. D'un premier mariage, elle avait eu une fille, Anne. Nous avons bavardé. Nous avons sympathisé. Nous nous sommes revus et puis mariés il y a treize ans, en 1984, à la mairie de Gouesnac'h, avant la naissance de notre fille Marie, dans la plus stricte intimité. Je ne porte pas d'alliance parce que je considère que ce symbole conjugal ne correspond à rien. Je me suis engagé à lui être fidèle. Là encore, quand je donne ma parole, ça suffit : la bague au doigt n'apporte à mon avis rien de plus. J'ai toujours tenu mes engagements.

Je redoutais le mariage mais dès l'instant que l'on aime quelqu'un, ça va. Bien que Jacqueline me laisse toute liberté, il y a des moments où je me sens un peu bridé — mais cela tient à l'existence que j'ai menée lorsque je courais. Du coup, il m'arrive, parfois, d'être maladroit — les femmes disent désinvolte — mais ce n'est jamais sciemment. Elles attachent des valeurs de symbole à des détails qui ne m'effleurent même pas l'esprit.

C'était en 1985, au cours d'un Tour du Monde, et mon absence remontait à trois mois déjà. Parti d'Auckland, après une courte escale à Paris je prends l'avion pour Quimper afin de retrouver Jacqueline. C'était un vendredi soir. Je devais repartir pour la Nouvelle-Zélande, impérativement, le lundi matin pour rejoindre *Pen Duick VI* et mes équipiers. Ce n'était donc qu'une brève escale conjugale. Le vendredi soir, donc, de retour à la maison, je passe une soirée tranquille avec ma femme et nos filles, bientôt interrompue par un appel téléphonique d'Éric Loiseau. Après avoir raccroché, je rejoins Jacqueline, sans penser à lui faire part de la conversation que je viens d'avoir avec Éric. Puis, nous allons nous coucher.

Le lendemain matin, de très bonne heure, je me lève et je commence à préparer mon sac. J'ai beau éviter de faire du bruit, mes déplacements dans la chambre finissent par réveiller ma femme.

— Où vas-tu ? me demande-t-elle, tout ensommeillée et visiblement éberluée.

Candidement, je lui réponds :

— Excuse-moi, je n'ai pas pensé à te le dire mais Loiseau met son bateau à l'eau pour sa première sortie et il m'a invité pour les essais, de Brest à La Trinité. Ça me fait plaisir de naviguer avec lui. Je te revois dimanche...

Que n'avais-je pas dit là ! C'est une furie qui se dresse sur son lit, me reprochant de ne pas consacrer le moindre temps à ma famille. Je dois faire mon « mea culpa » et reconnaître, à cet instant, mon manque de psychologie. Je n'aurais jamais dû, en plus, lui demander de m'accompagner à Brest pour ramener, seule, la voiture chez nous. Cela me paraissait pourtant logique. Mais les hommes et les femmes n'ont pas toujours une logique concordante.

Nous habitons Gouesnac'h, dans une agréable longère que j'avais repérée, lors d'une promenade avec ma mère, il y a bien longtemps. Les meubles proviennent de mes parents pour la plupart, d'autres ont été achetés, par Jacqueline, chez des brocanteurs. Le terrain de quatre hectares, enjolivé par un bois qui descend vers l'Odet, a une histoire.

C'était en janvier 1969 et j'étais rentré des Antilles pour voir où en était la construction de *Pen Duick V*. Un ami, qui savait que depuis mon enfance je rêvais d'un terrain d'où je pourrais apercevoir mon bateau depuis mon lit, me signale qu'il en connaît un correspondant à mes souhaits. Il se trouve sur l'Oder. Je n'avais pas un sou pour l'acquérir mais, cédant à l'insistance de mon ami, je le visite et rencontre son propriétaire, un fermier qui souhaitait s'en défaire. Le prix était intéressant et je pensais pouvoir réunir la somme nécessaire, grâce à mes avances sur droits d'auteur, et à un emprunt bancaire. J'expose mon cas au fermier, en lui précisant qu'il me serait impossible de régulariser l'achat avant le mois d'août. Il me dit, simplement : « D'accord, je vous attendrai. »

Aucun papier n'avait été signé entre nous. À mon retour des courses dans le Pacifique, quand je suis retourné le voir, il m'attendait. Toujours simplement, il m'a dit : « Je vous l'avais promis. La parole donnée est la parole donnée. »

Je n'avais douté, à aucun moment, de lui.

Depuis que j'ai cessé de courir, ma vie est devenue campagnarde. J'entretiens ma forme en fendant du bois. Je réponds à mon nombreux courrier. Je monte à Paris le moins possible, quand je ne peux l'éviter pour les affaires, avec Gérard ou, comme dernièrement, quand il a fallu que je me démène pour la sauvegarde du Musée de la Marine.

L'annonce par la commission Friedmann de l'expulsion du Musée de la Marine de son emplacement au Palais de Chaillot pour mettre à la place le nouveau Musée des Arts premiers m'a scandalisé. Il était prévu de mettre les collections en caisses, de les entreposer on ne sait où, pendant plusieurs années, en attendant de les installer dans un lieu excentré, trop petit et complètement inadapté : le Musée des Arts africains et océaniens lorsqu'il serait libre. Bref, c'était presque l'arrêt de mort de ce que je crois être le plus beau musée maritime du monde.

Ce traitement révoltant n'est malheureusement que le reflet de la désinvolture avec laquelle sont traitées, en France, les questions maritimes.

Le peuple français garde une mentalité trop terrienne. Il a découvert la mer par le côté loisir et il se passionne pour les courses océaniques mais, bien que sentimentalement attaché à la Marine, il reste dans l'ignorance de l'importance stratégique et économique des océans. Il ne faut pas lui en vouloir, personne ne le lui enseigne. Cette éducation devrait commencer dès l'école. Mais aucun manuel scolaire ne souligne que des conflits qui peuvent paraître continentaux ont été gagnés sur mer. Si à Trafalgar les Français avaient gagné, il n'y aurait pas eu Waterloo. Si les Alliés n'avaient pas gagné la bataille de l'Atlantique, l'URSS n'aurait pas pu être ravitaillée, les débarquements en France n'auraient pu avoir lieu et les Allemands auraient gagné la guerre.

Nos gouvernements, qui ne sont que le reflet des gouvernés, ont toujours sous-estimé l'importance de la mer. La Marine nationale est, comme toujours, le parent pauvre des armées et notre Marine marchande, tuée par des syndicats irresponsables et des gouvernements qui ont laissé faire, a pratiquement disparu des océans. Pourtant, un petit pays comme la Norvège possède une des premières flottes marchandes du monde. Il en tire de larges profits et prouve qu'il n'est pas nécessaire d'être asiatique pour faire naviguer des cargos.

Les Français ont donc terriblement besoin d'une éducation maritime. Or ce magnifique Musée de la Marine est un des rares instruments pédagogiques que nous ayons et voilà qu'il allait être pratiquement détruit. Il faudrait au contraire l'agrandir pour que son rôle éducatif soit largement renforcé.

Heureusement, de nombreuses voix, non seulement dans le monde maritime pratiquement unanime, mais aussi de partout en France, se sont élevées pour protester contre cette aberration.

Notre combat aura porté ses fruits car à l'heure actuelle il n'est plus question de déménager le Musée à la sauvette. Le Président de la République a promis qu'il ne commencerait à bouger que lorsqu'un lieu d'accueil prestigieux et plus grand serait prêt pour le recevoir. Wait and see.

À tour de rôle, avec Jacqueline, nous conduisons et allons chercher Marie à son collège. Avoir un enfant me faisait peur, et tant que ma fille n'aura pas achevé ses études et trouvé sa voie dans la vie je me ferai du souci pour elle. Les parents sont responsables de l'éducation de leurs enfants et, dans ce domaine, rien n'est jamais acquis d'avance.

Certains jours, je reste dans mon bureau encombré de maquettes, livres de mer, revues et photos de mes bateaux qui me rappellent les grands moments de ma vie de navigateur :

Il y a *Pen Duick II*, qui appartient toujours à l'École de Voile du Beg-Rohu et qui, après un long abandon, a été restauré et navigue de nouveau depuis 1994.

Il y a *Pen Duick III*, dont je ne possède qu'un tiers, qui est à Saint-Malo.

Il y a *Pen Duick IV*, rebaptisé *Manureva* par Alain Colas et qui a disparu avec lui, en 1978, lors de la Route du Rhum.

Il y a *Pen Duick V*, le seul bateau qui ne m'ait jamais appartenu. D'abord propriété du port de Saint-Raphaël, il a été ensuite vendu à un privé qui l'a rebaptisé *Topaze* avant de le céder au Musée de la Marine qui l'a envoyé en restauration à Saint-Malo. Il n'a plus ses ballasts, mais il est prévu de les lui remettre pour qu'il retrouve son état d'origine.

Il y a, enfin, *Pen Duick VI*, qui navigue beaucoup.

Je le loue à un garçon qui gagne sa vie en faisant de l'école de croisière, mais je peux naviguer à son bord, en famille, un mois par an, quand il est aux Antilles. Ils sont les voiles de mon cœur.

Chaque hiver, je passe près de 400 heures à remettre en état mon vieux *Pen Duick*, à l'abri sous son hangar. Un travail long, minutieux, qui demande de la patience. Mais en 1998 il va fêter ses cent ans et je veux qu'il soit beau pour cet anniversaire. Quand je le regarde, avec sa coque et sa carène séculaires, aux lignes inégalables, j'ai envie de lui dire : « Tu as une sacrée chance de flotter et naviguer encore ! »

26

POURQUOI J'AI MIS SAC À TERRE...

Trois fois il a failli mourir et chaque fois il est ressuscité.

1988 est l'année de sa troisième naissance. Pendant vingt et un ans, il a été exposé aux intempéries, d'abord au chantier Costantini, puis sur un terrain du port du Crouesty, subissant les ravages du temps. La coque en polyester n'avait pas souffert, mais son pont en contre plaqué et ses superstructures étaient complètement pourris. Pendant vingt et un ans, pourtant, où que j'aie pu me trouver dans le monde, en course ou en croisière, j'ai toujours eu l'arrière-pensée qu'un jour je lui redonnerais sa beauté d'antan et que nous naviguerions de nouveau ensemble. Pour cela, il me fallait du temps, de l'argent et de l'amitié.

En 1983, je m'adressai à Raymond Labbé, constructeur de bateaux et amoureux de vieux bateaux, installé à Saint-Malo.

— Est-ce que ça t'embête, Raymond, d'avoir *Pen Duick* dans ton chantier pendant « x » années ? À mesure que j'aurai l'argent, je te commanderai des petites tranches de travaux, comme ça, petit bout par petit bout, on arrivera bien un jour à le revoir sous voiles...

Raymond, qui dirigeait une très bonne équipe de charpentiers de marine « bois », avait accepté sans hésiter.

Toujours à cause de ma dèche chronique, pour économiser, j'avais remorqué *Pen Duick* avec *Pen Duick VI* tout autour de la Bretagne jusqu'à la cité malouine. Du Crouesty à l'Aber Wrac'h la navigation avait d'abord été tranquille en ce début d'août. Puis, le vent ayant beaucoup fraîchi, *Pen Duick*, au bout de ses remorques de 30 mètres chacune, s'était mis à bondir sur l'eau comme un vieux cheval pris au lasso ; il était temps d'arriver !

Je savais ce que je voulais : des aménagements à l'ancienne, en acajou, avec des moulures, une table à cartes, un moteur de 18 CV devant le mât, pas très puissant mais suffisant pour les manœuvres portuaires.

Ma pénurie financière ne m'avait permis d'entamer ces travaux qu'au compte-gouttes, si bien qu'en 1988 seuls les aménagements étaient terminés — plus l'achat du moteur. Restaient les superstructures, tout le pont, la fixation du moteur avec son arbre et sa petite hélice. À ce rythme, je n'étais pas près de naviguer !

Un jour, Bruno Troublé me téléphone à Gouesnac'h et m'annonce qu'il est chargé de monter l'opération « Voiles de la Liberté », la première organisation nautique de la ville de Rouen, et me dit :

— On aimerait bien que *Pen Duick* soit présent à Rouen, le 9 juillet 1989.

— J'aimerais bien, Bruno, mais malheureusement je ne dispose pas de suffisamment d'argent pour achever les travaux et le faire naviguer.

— Écoute, Éric, je sais que la ville de Rouen est vraiment désireuse d'avoir ton bateau. Elle pourra sans doute t'aider. Je m'en occupe.

Troublé, très actif, intervient auprès de la municipalité, et l'adjoint au maire me téléphone pour m'annoncer que la ville m'alloue une somme. Je crois qu'elle sera suffisante pour régler les travaux à Raymond Labbé. Et je me trompe. Le bateau est mis à l'eau et il est magnifique : non seulement le pont est superbe et les aménagements intérieurs remarquables, mais même la peinture de la coque a été parfaitement réussie. Mais il manque de l'argent pour solder mes dettes auprès de Labbé. Comme d'habitude, Gérard trouve la solution : expose — moyennant 10 000 francs — *Pen Duick* à Toulon, puis à la Foire de Bordeaux, ensuite au Salon nautique de Paris. On édite un album intitulé sobrement *Pen Duick*, retraçant en photos rares la vie et la survie du bateau, qui se vend très bien. Une fois de plus, je suis tiré d'affaire.

Gérard Petipas et Jacqueline, confrontés à mes tribulations d'argent, se sont toujours fait beaucoup de souci car ils ont des natures inquiètes. Moi, j'ai toujours été confiant : il y a toujours une solution à tout. Tant que j'ai navigué, j'ai eu beaucoup de dettes mais j'ai eu, aussi, la chance d'avoir à traiter avec des créanciers qui, en général, n'étaient pas pressés et à qui j'avais demandé d'attendre, sachant qu'un jour j'aurais les moyens de rembourser.

Pen Duick a été ponctuel au rendez-vous de Rouen. La navigation entre Saint-Malo, Sercq, dans les îles anglo-normandes, Cherbourg, Le Havre et Rouen a conquis Jacqueline et Marie qui avaient embarqué pour la première fois sur ce bateau mythique.

Il est rare que je m'abandonne à l'émotion, au lyrisme. Cela m'est arrivé cependant une fois. J'étais dans mon bureau aux murs lambrissés et je voyais, en contrebas, le mât de *Pen Duick*. Alors j'ai écrit :

« Il est là, superbe, sous son gréement aurique, humant le vent, évaluant la force de la mer, frissonnant dans l'attente de la première risée : objet d'art, précieux, exigeant, sensuel, vif, capricieux, tel est *Pen Duick*, mon bateau. »

Le jour de ses cent ans nous ferons la fête. Grâce à lui, j'ai eu de la chance.

27

ET POURQUOI JE REMETS SAC À BORD

Cet ouvrage s'achevait sur les souvenirs d'un retraité de la Marine qui avait mis sac à terre. En effet, je ne pensais plus courir sur mer.

Et puis, alors que le Vendée-Globe tournait autour du monde, Yves Parlier, le skipper de *Aquitaine Innovation*, au cours d'une conversation avec son agent de communication, lui faisait part de son désir de participer cette année au Fastnet et à la Transat en double Jacques Vabre qui va du Havre à Carthagène, en Colombie, avec moi comme équipier. Alerté, Gérard Petipas me transmit cette proposition et, après réflexion, j'acceptai. J'acceptai pour plusieurs raisons. D'abord, Yves Parlier est un très bon marin qui connaît son métier et ne parle pas pour ne rien dire. Ensuite, il aime innover et inventer : son bateau actuel, sans m'attarder sur les détails techniques, le prouve en mer. Enfin, parce que même la soixantaine entamée, quoi que je puisse faire sur terre pour me distraire, je ne suis toujours pas « guéri » des bateaux et de la compétition.

J'ai donc dit « oui ». Même si, physiquement, je n'ai plus la forme d'il y a quelques années, je crois pouvoir toujours manœuvrer correctement. En tout cas, je ferai mon maximum pour ne pas décevoir. Presque toute mon existence s'est déroulée sur la mer. Je ne me sens pas encore capable de regarder les autres partir, et moi, de rester sur le quai.

Table